D0729875

Von Jonina und Magnus, von Owen und Sikka, von Ruth und Raoul erzählen Judith Hermanns neue Geschichten, von Norwegen, Nevada, Prag, Karlsbad und Island. Sie erzählen vom Lieben und Reisen und davon, wie sich Lieben und Reisen auf wundersame Weise ähnlich sind. Mit großer literarischer Meisterschaft entfaltet Judith Hermann den ihr eigenen unwiderstehlichen Sog und mächtigen Zauber noch intensiver als zuvor.

›Mutig greift sie nun aus, lässt sie ihre Erzählungen wachsen und bereichert sie das Spektrum ihrer Tonlagen um Ironisches und gar Witziges, um Sarkasmen und Skurrilitäten.‹

Roman Bucheli, NZZ

*Judith Hermann* wurde 1970 in Berlin geboren. Nach einer journalistischen Ausbildung und einem Zeitungspraktikum in New York erhielt sie 1997 das Alfred-Döblin-Stipendium der Akademie der Künste. 1998 erschien ihr erstes Buch ›Sommerhaus, später‹, dem eine außergewöhnliche Resonanz zuteil wurde. Im selben Jahr wurde ihr der Literaturförderpreis der Stadt Bremen zuerkannt, 1999 der Hugo-Ball-Förderpreis und 2001 der Kleist-Preis.
Judith Hermann lebt und schreibt in Berlin.

*Unsere Adresse im Internet: www.fischerverlage.de*

# JUDITH HERMANN

## *Nichts als Gespenster*

### Erzählungen

Fischer Taschenbuch Verlag

3. Auflage: November 2004

Veröffentlicht im Fischer Taschenbuch Verlag,
einem Unternehmen der S. Fischer Verlag GmbH,
Frankfurt am Main, Mai 2004

Lizenzausgabe mit freundlicher Genehmigung
der S. Fischer Verlag GmbH, Frankfurt am Main
© 2003 S. Fischer Verlag, Frankfurt am Main
Druck und Bindung: Clausen & Bosse, Leck
Printed in Germany
ISBN 3-596-15798-6

*für Franz*

*Wouldn't it be nice*
*if we could live here*
*make this the kind of place*
*where we belong*

*The Beach Boys*

# Inhalt

*Ruth*
*(Freundinnen)*

Ruth sagte »Versprich mir, daß du niemals etwas mit ihm anfangen wirst«. Ich erinnere mich, wie sie aussah dabei. Sie saß auf dem Stuhl am Fenster, die nackten Beine hochgezogen, sie hatte geduscht und sich die Haare gewaschen, sie trug nur ihre Unterwäsche, ein Handtuch um den Kopf geschlungen, ihr Gesicht sehr offen, groß, sie sah mich interessiert an, eher belustigt, nicht ängstlich. Sie sagte »Versprich mir das, ja?«, und ich sah an ihr vorbei aus dem Fenster, auf das Parkhaus auf der anderen Straßenseite, es regnete und wurde schon dunkel, die Parkhausreklame leuchtete blau und schön, ich sagte »Also hör mal, warum sollte ich dir das versprechen, natürlich fange ich nichts mit ihm an«. Ruth sagte »Ich weiß. Versprich es mir trotzdem«, und ich sagte »Ich verspreche es dir«, und dann sah ich sie wieder an, sie hätte es nicht sagen sollen.

Ich kenne Ruth schon mein Leben lang.

Sie kannte Raoul seit zwei oder drei Wochen. Er war für ein Gastspiel an das Schauspielhaus gekommen, an dem sie für zwei Jahre engagiert war, er würde nicht lange bleiben, vielleicht hatte sie es deshalb so eilig. Sie rief mich in Berlin an, wir hatten zusammen gewohnt, bis sie wegen des Engagements umziehen mußte, wir konnten nicht gut damit umgehen, voneinander getrennt zu sein, sie rief mich eigentlich jeden Abend an. Ich vermißte sie. Ich saß in der Küche, die jetzt leer war bis auf einen Tisch und einen Stuhl, ich starrte auf die Wand, während ich mit ihr telefonierte, an der Wand hing ein kleiner Zettel, den sie dort irgendwann aufgehängt hatte, »tonight, tonight it's gonna be the night, the night«. Ich dachte ständig darüber nach, ihn abzureißen, aber dann tat ich es nie. Sie rief mich an, wie immer, und sagte sofort und ohne zu zögern »Ich habe mich verliebt«, und dann erzählte sie von Raoul, und ihre Stimme klang so glücklich, daß ich aufstehen und mit dem Telefon in der Hand durch die Wohnung laufen mußte, sie machte mich unruhig, in gewisser Weise nervös. Ich hatte mich nie für ihre Männer interessiert und sie sich nie für meine. Sie sagte »Er ist so groß«. Sie sagte all das, was man immer sagt, und auch ein bißchen was Neues, ihre Verliebtheit schien sich nicht unbedingt von anderen, früheren Verliebtheiten zu unterscheiden. Sie waren eine Woche lang umeinander herumgeschlichen und hatten sich Blicke zugeworfen und die Nähe des anderen gesucht, sie hatten sich nachts, nach einem Fest, betrunken in der Einkaufspassage der Kleinstadt zum ersten Mal geküßt, sie küßten sich hinter den Kulissen in den Pausen zwischen zwei Szenen und in der Kantine, wenn die Kollegen gegangen waren und die Kantinenköchin die Stühle hochstellte – er habe so weiche Hände, sagte sie, sein Schädel sei kahlrasiert, manchmal trage er eine Brille, das sehe dann seltsam aus, ein kleines, verbogenes Metallgestell, unpassend für sein Gesicht. Sie sagte »Er ist eigentlich eher *dein* Typ, wirklich, genau dein Typ, du würdest umfallen, wenn du ihn sehen könntest«, ich sagte »Was soll das denn sein, mein Typ?«, und Ruth zögerte, kicherte dann, sagte »Weiß nicht, körperlich eben? Bißchen asozial vielleicht?« Er würde schöne Sachen sagen – »Die Farbe deiner Augen ist wie Gras, wenn der Wind hineinfährt und die Halme ins Weiße kehrt« –, sie zitierte ihn andächtig, er sei auch eitel (sie lachte darüber), in gewisser Weise wie ein Kind, er spielte den Caliban im *Sturm*, das Publikum würde toben, Abend für Abend. Er käme aus München, sein Vater sei schon lange tot, er habe Philosophie studiert, eigentlich, im Sommer fahre er nach Irland, schlafe im Auto, versuche zu schreiben an den Klippen mit Blick auf das Meer. Raoul. Ruth sagte *Raul*.

Als ich Ruth besuchte – nicht wegen dieser neuen Liebe, ich hätte sie ohnehin besucht –, holte sie mich vom Bahnhof ab, und ich sah sie, bevor sie mich sah. Sie lief den Bahnsteig entlang, versuchte mich zu entdecken, sie trug ein langes, blaues Kleid, die Haare hochgesteckt, ihr Gesicht leuchtete, und ihre ganze Körperspannung, ihr Gang, die Haltung ihres Kopfes und ihr suchender Blick drückten eine Erwartung aus, die in keiner Weise, die niemals mir gelten konnte. Sie fand mich auch nicht, und irgendwann stellte ich mich ihr einfach in den Weg. Sie erschrak, und dann fiel sie mir um den Hals, küßte mich und sagte »Liebe, Liebe« – das neue Parfum, das sie trug, roch nach Sandelholz und Zitronen. Ich löste ihre Hände von mir und hielt sie fest, ich sah in ihr Gesicht, ihr Lachen war mir sehr vertraut.

Ruth hatte eine winzige Wohnung in der Innenstadt gemietet, eine Art amerikanisches Apartment, ein Zimmer, eine Kochnische, ein Bad. Vor den großen Fenstern hingen keine Vorhänge, einzig im Badezimmer konnte man sich vor den Blicken der Autofahrer, die ihr Auto im gegenüberliegenden Parkhaus abstellten und dann minutenlang, wie geistesabwesend, herüberstarrten, verbergen. Das Zimmer war klein, ein Bett darin, eine Kleiderstange, ein Tisch, zwei Stühle, eine Stereoanlage. Auf dem Fenstersims das Foto mit dem Blick aus dem Fenster unserer Wohnung in Berlin, das ich ihr zum Abschied geschenkt hatte, auf dem Tisch ein silberner Aschenbecher aus Marokko, ein Paßfoto von mir im Rahmen des Spiegels über dem Waschbecken im Bad. Es muß einen Moment gegeben haben, in dem ich in der Wohnung alleine war – Ruth im Theater, beim Einkaufen, mit Raoul –, und ich erinnere mich, daß ich auf dem Stuhl am Fenster saß, auf Ruths Stuhl, eine Zigarette rauchte und mich den Blikken der Menschen im Parkhaus aussetzte, die Leuchtreklame flackerte, das Zimmer war fremd, das Treppenhaus hinter der Wohnungstür dunkel und still.

Ruth sieht anders aus als ich. Alles an ihr ist mein Gegenteil, was an ihr rund ist und weich und groß, ist an mir hager und knochig und klein, meine Haare sind kurz und dunkel, ihre sehr lang und hell, lockig und knistrig, ihr Gesicht ist so schön, ganz einfach, und es stimmt alles, ihre Augen, ihre Nase, ihr Mund in einem ebenen Gleichmaß. Als ich sie das erste Mal sah, trug sie eine riesige Sonnenbrille, und noch bevor sie sie abnahm, wußte ich, wie ihre Augen sein würden, grün.

Ich wollte drei Tage lang bleiben, dann nach Paris fahren, dann zurück nach Berlin. Ich reiste in dieser Zeit oft in fremde Städte, blieb eine orientierungslose, zähe Woche lang und fuhr wieder ab. Noch auf dem Bahnsteig sagte Ruth »Bleib länger, ja?« Die Stadt war klein und überschaubar, die Fußgängerzone gleich hinter dem Bahnhof, das Theater am Marktplatz, die Spitze der Kirche immer über den Dächern zu sehen. Ruth trug meinen Koffer, beobachtete mich, war besorgt, daß ich zynisch werden könnte, abfällig, hochmütig gegenüber der Fußgängerzone, dem Tchibo, dem Kaufhaus, dem Marktplatzhotel, dem Ort, an dem sie jetzt lebte für zwei Jahre. Ich mußte lachen, ich war weit davon entfernt, zynisch zu werden, ich beneidete sie um diese zwei Jahre in der Kleinstadt, ohne daß ich ihr wirklich hätte erklären können, weshalb. Wir setzten uns in ein italienisches Eiscafé, bestellten Erdbeereis mit Schlagsahne und Kaffee und Wasser, ich zündete mir eine Zigarette an und hielt mein Gesicht in die Spätsommersonne. Ich dachte »In einer Kleinstadt könnte ich sorgloser sein«. Der Kellner servierte Kännchen, Eisbecher, Gläser, sah Ruth andächtig an, sie merkte es nicht, mich ignorierte er. Ruth war unruhig, aß ihr Eis nicht auf, bestellte noch einen Kaffee, sah immer wieder die Fußgängerzone hinauf und hinunter, ein hastiger, eiliger, suchender Blick über die Menschen, zurück in mein Gesicht, wieder fort. Dann lächelte sie und sagte »Es ist schlimm, schlimm, schlimm«, sie sah überhaupt nicht unglücklich aus dabei. Sie sagte »Du mußt mir sagen, was du von ihm hältst, ja? Du mußt ganz ehrlich sein«, und ich sagte »Ruth«, und sie sagte ernsthaft »Das ist mir wichtig«. Es war schwieriger geworden mit Raoul in der vergangenen Woche, es hatte den ersten Streit gegeben, ein sinnloses Mißverständnis, schon wieder vorüber, und dennoch, es schien irgendeine Exfrau zu geben in München, mit der er in Ruths Gegenwart lange Telefonate geführt hatte, er entzog sich von Zeit zu Zeit, hielt Verabredungen nicht ein oder kam zu spät, war schweigsam manchmal, mürrisch und dann wieder euphorisch, ungeduldig, berauscht von Ruths Schönheit. Sie sei nicht sicher, sagte sie, was er von ihr wolle, sie sagte »Vielleicht will er mich auch nur flachlegen«. Bis zu dem Zeitpunkt, zu dem ich sie besuchte, hatte er sie zumindest noch nicht flachgelegt. Aber es gab Gerüchte, irgend jemand hatte gesagt, er habe einen Ruf und nicht den besten, Ruth war eigentlich von so etwas nicht zu verunsichern, und dann doch, sie sagte »Ich will keine Trophäe sein, verstehst du« und sah mich dabei so kindlich und offen an, daß ich mich fast schämte, für mich, für Raoul, für den ganzen Rest der Welt. Ich sagte »Ruth, das ist albern, du bist keine Trophäe, niemand wird dich verraten und niemand wird dich erjagen, ich weiß das«, ich meinte es ehrlich, und Ruth sah für einen kurzen Moment getröstet und sicher aus. Sie nahm meine Hand und sagte »Und du? Und wie geht es dir?«, ich wich aus, wie immer, und sie ließ mich ausweichen, wie immer, und dann saßen wir so, vertraut, schläfrig im Nachmittagslicht. Gegen sieben mußte Ruth ins Theater, ich begleitete sie.

Ruth, schlafend. Als wir die erste Wohnung miteinander geteilt hatten – vor wie vielen Jahren, vor fünf, vor zehn? –, schliefen wir in einem Bett. Wir gingen oft gleichzeitig schlafen, lagen einander zugewandt, Gesicht an Gesicht, Ruths Augen in der Nacht dunkel und glänzend, sie flüsterte halbe Sätze, summte leise, dann schlief ich ein. Mit einem Mann hätte ich niemals so einschlafen können, ob Ruth das konnte, weiß ich nicht. Ihr Schlaf war fest und tief, von einer reglosen Schwere, sie lag immer auf dem Rücken, ihre langen Haare um ihren Kopf herum ausgebreitet, ihr Gesicht entspannt und wie ein Bildnis. Sie atmete ruhig und langsam, immer war ich vor ihr wach und lag dann da, den Kopf auf die Hand gestützt, und betrachtete sie. Ich erinnere mich, daß ich ihr einmal in einem seltenen Streit damit gedroht hatte, ihr im Schlaf die Haare abzuschneiden, ich will nicht glauben, daß ich so etwas jemals gesagt haben könnte, aber ich weiß, es ist wahr. Ruth besaß einen alptraumhaft riesigen Wecker aus Blech, der einzige Wecker, von dessen ohrenbetäubendem Alarm sie tatsächlich wach wurde. Der Wecker stand auf ihrer Seite des Bettes, und obgleich ich immer vor ihr wach war, weckte ich sie nicht, sondern ließ sie durch das wahnsinnige Klingeln aufwachen; sie tauchte sichtbar gequält aus dem Schlaf empor, öffnete die Augen, schlug auf den Wecker und tastete sofort nach ihren Zigaretten, die sie am Abend immer neben das Bett legte. Sie zündete sich eine an, sank in die Kissen zurück, rauchte, seufzte, sagte irgendwann »Guten Morgen«. Später hat sie sich das Rauchen am Morgen abgewöhnt, in anderen Wohnungen und anderen Betten. Vielleicht auch, weil wir dann nicht mehr zusammen aufwachten.

Ruth spielte die Eliante in Molières *Menschenfeind*. Ich hatte sie während ihres Schauspielstudiums an der Hochschule in vielen Inszenierungen gesehen, als Wikingerkönig in Ibsens *Nordische Heerfahrt*, ihre kleine Gestalt in Bärenfelle gehüllt und die Haare zu einer Wolke um den Kopf drapiert, sie wurde auf einem Lanzenmeer auf die Bühne getragen und brüllte sich zwei Stunden lang die Seele aus dem Leib; als Lady Macbeth hing sie an seidenen Fäden kopfüber vor einer weißen Wand und vollführte mit den Händen fischähnlich gleitende Bewegungen; am fremdesten war sie mir als Mariedl in Schwabs *Präsidentinnen*, kaum wiederzuerkennen in einem grauen Putzkittel, zusammengekauert unter einem Tisch. Ruth war eine gute Schauspielerin, eine komische, präsente, sehr körperliche, immer aber war sie für mich Ruth, erkannte ich sie wieder, ihr Gesicht, ihre Stimme, ihre Haltung. Vielleicht suchte ich sie auch immer wiederzuerkennen – Ruth, die sich am Morgen anzog, langsam, sorgfältig, Kleidungsstück für Kleidungstück, dann in den Spiegel sah mit einem besonderen, nur für den Spiegel bestimmten Ausdruck und immer von der Seite. Ruth, wie sie ihren Kaffee trank, die Schale mit beiden Händen hielt und nicht absetzte, bis sie sie ausgetrunken hatte, wie sie rauchte, sich die Wimpern tuschte, beim Telefonieren in den Hörer lächelte mit schräg geneigtem Kopf. Für eine Porträtstudie hatte sie mich spielen wollen, sie lief mir drei Tage lang mit wissenschaftlichem Gesichtsausdruck hinterher und imitierte meine Bewegungen, bis ich erstarrt in der Zimmerecke stehenblieb und sie anschrie, sie solle damit aufhören; später spielte sie ihre Mutter mit einer Exaktheit und Genauigkeit, die mich schaudern ließ. Die *Menschenfeind*-Inszenierung des Theaters war einfach und werktreu, weit entfernt von dem Chaos und der Improvisation der studentischen Inszenierungen, ich war erst gelangweilt, dann fand ich es schön, vielleicht sah ich Ruth auch hier zum allerersten Mal wie aus der Ferne, unbelastet von prätentiösen Aufhängungen an Stahlgerüsten. Sie trug eine Art weißen Kindermatrosenanzug, ihre Haare zu einem Zopf geflochten, sie sah sehr klar aus, besonnen und vernünftig, nur ihre Stimme war für die Eliante vielleicht ein wenig zu zittrig, brüchig, wie unterdrückt und eigentlich ganz anders – »Nein so ist Liebe nicht, sie möchte stets erhöhen und ihren Gegenstand in schönstem Lichte sehen, kein tadelnswerter Zug wird ihren Blick verletzen, sie will begeistert sein, bewundern, rühmen, schätzen, den Fehler wird sie gern als Vorzug anerkennen und obendrein auch noch sehr schmeichelhaft benennen« –, ich war enttäuscht und erleichtert zugleich, sie nicht in der Rolle der Célimène, der unvernünftig, verletzlich Liebenden zu sehen. Das Publikum klatschte ausdauernd nach jedem Akt, ich hatte in einer Kleinstadt nichts anderes erwartet. Ruth verbeugte sich strahlend und tief. Sie hatte die neue Angewohnheit, sofort von der Bühne zu rennen wie ein Kind, in anderen Inszenierungen war sie zögernd und wie unwillig abgegangen. Ich blieb sitzen, bis der letzte Zuschauer den Saal verlassen hatte. Die Bühnenarbeiter begannen, die Kulissen abzubauen, und das Licht wurde ausgeschaltet, auf die Bühne rieselte der Staub. Es hatte Zeiten gegeben, in denen ich Ruth beneidete um ihr Talent, ihren Beruf, den Applaus, die Möglichkeit des Ruhmes, dieser Neid war irgendwann verblaßt vor dem Bewußtsein, für das Theater absolut ungeeignet, geradezu unmöglich zu sein. Ich saß vornübergebeugt in der leeren Reihe und versuchte Ruth zu verstehen, zu verstehen, was sie da tat, wie sie arbeitete, was sie empfand. Ich konnte nicht das Geringste begreifen, und dann stand ich auf und ging in die Theaterkantine, Raouls Vorstellung in der Probebühne war gegen elf zu Ende, Ruth hatte mich gebeten, mit ihr zusammen auf ihn zu warten.

Als sie von Berlin in die Kleinstadt ging und aus unserer gemeinsamen Wohnung auszog, war ich nicht in der Lage, auch nur eine einzige Kiste in den Umzugswagen zu tragen. Ihre gesamte Familie war zum Umzug angereist, ihre Mutter, ihre zwei Schwestern und ihr Bruder und dessen Frau. Wir hatten alle gemeinsam gefrühstückt, es war Januar, und durch die Fenster fiel erbarmungslos ein grelles Wintersonnenlicht, ich hatte versucht, das Frühstück so lange wie möglich hinauszuzögern, und irgendwann war es dann doch vorbei, und alle standen auf und begannen damit, Ruths Sachen zusammenzupacken. Ich blieb sitzen. Ich blieb wie versteinert an diesem Tisch mit den Resten des Frühstücks sitzen, ich klammerte mich an die Stuhllehne, ich konnte mich nicht bewegen, es wäre mir noch nicht einmal möglich gewesen, von diesem Stuhl aufzustehen. Ruths Familie räumte um mich herum, sie schoben Kommoden, Stühle, Kartons durch das Zimmer, trugen Ruths Koffer und Kisten und ihr Bett, ihre Bücherregale, ihren Küchenschrank, ihren Schreibtisch, ihre gesamte Habe die drei Treppen hinunter, sie ließen mich sehr wohl spüren, wie unmöglich und unhöflich sie mich fanden, ich konnte es nicht ändern. Ich saß bewegungslos, stumm, die Wohnungstür stand weit offen, und kalte Luft drang herein, von Zeit zu Zeit blieb Ruth kurz bei mir stehen und legte mir ihre schmutzige Hand an die Wange, dann ging sie wieder weg. Als alles verpackt war, räumte ihre Schwester das Frühstücksgeschirr in den letzten, leeren Umzugskarton und schaffte auch den Tisch hinaus, auf dem Boden blieben Eierschalen, ein Marmeladenglas, eine Kaffeetasse zurück. Ich stand auf. Die Familie verschwand im Treppenhaus, Ruths Bruder unten im Lastwagen drückte auf die Hupe. Ruth zog sich den Mantel an, wir standen im leeren Flur voreinander, dann umarmten wir uns. Sie sagte »Bis bald«. Oder vielleicht war auch ich es, die das sagte. Dann ging sie, ich schloß die Wohnungstür hinter ihr und blieb solange stehen, bis ich sicher war, daß sie fort waren. Ich habe lange nicht gewußt, was ich mit Ruths Zimmer anfangen sollte. Einen Monat lang stand es leer, zwei Monate, drei, irgendwann begann ich damit, mir darin alte Super-8-Filme anzusehen, ich saß auf einem Stuhl, und der Projektor summte, und auf der weißen Wand lief ein Kind, das ich einmal gewesen sein sollte, über eine Sanddüne. Im Mai oder Juni stellte ich mein Bett in Ruths Zimmer, an dieselbe Stelle, an der auch ihres gestanden hatte.

Die Theaterkantine war klein, stickig und verqualmt, Resopaltische, Holzbänke, Kugellampen, verspiegelte Wände, die den Raum nicht größer machten, sondern ihn auf eine labyrinthische, chaotische Art eher verkleinerten. An den hinteren Tischen saßen die Techniker, an den vorderen Schauspieler, hinter dem Tresen zapfte eine dicke, todmüde aussehende Köchin das Bier. Ruth war nicht zu sehen. Ich setzte mich an den einzig freien Tisch, bestellte einen Kaffee, ein Glas Wein, unentschlossen, wach werden zu wollen oder betrunken. Ich hätte gerne gewußt, wo mein Koffer war. Ruth hatte ihn mit in ihre Garderobe genommen oder beim Pförtner abgegeben, ich wollte plötzlich meine Sachen wiederhaben, mein Buch, meinen Kalender, es verunsicherte mich, als Fremde, als jemand, der mit dem Theater absolut nichts zu tun hatte, alleine an diesem Tisch zu sitzen. Ich sah zu den Schauspielern hinüber, da saß niemand, der *so groß* gewesen wäre, mit kahlrasiertem Schädel und einem kindlichen und dennoch männlichen Gesicht, und dann ging die Kantinentür auf, und er kam herein. Ich erkannte ihn sofort. Es war ein zweifaches Erkennen, und es war so deutlich, daß ich mich in einem ersten Impuls tatsächlich duckte. Ich schob die Schultern nach vorne und zog den Kopf ein, ich rückte schnell mit dem Stuhl aus dem Lichtkegel der Lampen heraus, und er lief an mir vorbei, ohne mich zu bemerken, und setzte sich zu den Schauspielern, die ihn erfreut begrüßten. Er zog sich im Sitzen die Jacke aus, eine wildlederne Jacke mit braunem Pelzkragen, er berührte jemanden am Arm, lachte, redete, ich konnte seine Stimme deutlich hören zwischen all den anderen Stimmen. Ich versuchte wegzuhören, ich hätte ihn lieber zuerst mit Ruth zusammen gesehen, Raoul als Ruths Raoul. *Du mußt mir sagen, was du von ihm hältst.* Ich tastete in meinen Manteltaschen nach Zigaretten, die Zigaretten waren nicht da, sie waren in meiner Tasche, in Ruths Garderobe, ich verspürte einen kurzen Anfall von Wut darüber; ich hätte mich gerne überprüft, einen Gedanken überprüft, eine Zigarette hätte mir dabei helfen können. Ich konnte seine Stimme immer noch hören, und ich konnte sein Gesicht im Spiegel sehen, ein waches, klares Gesicht, er trug seine Brille nicht, er sah konzentriert aus, die dunklen Augen zusammengezogen, Reste von weißer Theaterschminke an den Schläfen. Sein Profil dagegen war eher unschön, stumpf, saturiert und gewöhnlich, ein vorgeschobenes Kinn, eine niedrige Stirn. Er war tatsächlich sehr groß, sein Körper schwer und massig, grobe Hände, mit denen er gestikulierte, sich den kahlgeschorenen Kopf rieb. Ich konnte Ruths Stimme hören – *ich weiß nicht, körperlich vielleicht, bißchen asozial* –, ich hatte verstanden, was sie eigentlich sagen wollte, aber so war er nicht. Ich starrte ihn an, ich glaubte alles über ihn zu wissen und noch gar nichts. Ich rückte vorsichtig mit dem Stuhl wieder an den Tisch zurück. Ich atmete flach und leise, ich war ratlos plötzlich. Die Tür ging auf, und Ruth kam herein.

Sie kam herein und sie sah Raoul sofort. Ihr Blick ging zielgenau zu ihm hin, und ihr Gesicht nahm einen Ausdruck an, der mir neu war, dann sah sie über die anderen hinweg durch den Raum, bis sie mich schließlich entdeckte. Sie gab mir mit der rechten Hand ein nicht zu entzifferndes Zeichen, blieb am Tresen stehen und bestellte sich ein Bier, sie hielt den Rükken gerade wie jemand, der sich beobachtet glaubt, aber Raoul hatte sie noch gar nicht bemerkt. Dann kam sie zu meinem Tisch, setzte sich neben mich, trank durstig, stellte ihr Glas wieder ab und sagte »Wie war's?« und dann »Hast du ihn schon gesehen?« Ich sagte deutlich »Hättest du vielleicht eine Zigarette?«, und sie zog irritiert die Augenbrauen hoch, lächelte dann, holte Zigaretten aus ihrer Tasche. Sie trug jetzt wieder ihr blaues Kleid, ihre Haare noch immer in der Eliante-Frisur, sie sah schön aus, müde, sie sagte »Es ist so gut, daß du da bist«, und dann noch einmal »Hast du ihn gesehen?« Sie deutete mit einem Kopfnicken die Richtung an, ich sagte »Nein«, sie sagte »Er ist schon da, er sitzt da«, ich sagte »Wo?«, sie flüsterte »Am dritten Tisch links, in der Mitte«. Ich zündete meine Zigarette an, wiederholte in Gedanken den Wechsel unserer Worte – *hast du ihn gesehen, nein, hast du ihn gesehen, wo* –, dann wandte ich den Kopf und sah zu Raoul herüber, und in diesem Moment drehte er sich zu uns um. Er sah Ruth an und lächelte, und Ruth lächelte zurück, während sie unter dem Tisch ihr Bein an meines drückte, ich rauchte, ich sagte »Das Stück hat mir gut gefallen«, ich sagte es noch einmal, Raoul stand auf. Er schien sich bei den anderen kurz entschuldigen zu wollen, wurde festgehalten, entzog sich, kam zu unserem Tisch herüber, langsam, gelassen, er präsentierte dabei sehr deutlich seinen Körper, seine ganze Person. Ich sah weg und dann sah ich wieder hin, irgend etwas war mir peinlich. Raoul setzte sich, er hätte sich neben Ruth setzen können, aber er nahm den Stuhl uns gegenüber. Ruth stellte uns vor, und wir gaben uns über den Tisch hinweg die Hand, ich zog meine schnell zurück. Ruths Bein unter dem Tisch wich nicht von meinem. Er sagte »Ruth hat mir viel von dir erzählt«, er lächelte dabei, sein Blick verriet nichts, obwohl er meinem lange nicht auswich. Die Köchin rief seinen Namen durch den Raum, »Raa-uuul«, wie ein Heulen, er stand wieder auf und ging zum Tresen, Ruth sagte »Lieber Himmel«, und dann »Wie ist er, sag's schnell«, und ich mußte lachen und sagte »Ruth. Ich kenne ihn seit noch nicht mal sechzig Sekunden«. Er kam zurück mit einem Teller Suppe, setzte sich wieder, fing an zu essen, sagte nichts. Ruth sah ihm dabei zu, als hätte sie noch nie jemanden essen gesehen, also sah auch ich ihm zu, es blieb mir nichts anderes übrig. Er aß tatsächlich absonderlich, vielleicht hatte er eine bestimmte Rolle dabei im Kopf, ein spezielles Eßverhalten, ein Franziskanermönch am Holztisch im Speisesaal der Abtei, ein Südtiroler Bauer mit dem Blechteller auf dem Schoß oder etwas ähnlich Albernes, er aß vornübergebeugt, in andächtigem Stumpfsinn, er schlürfte und führte den Löffel mit der Regelmäßigkeit einer Maschine zum Mund und wieder zurück zum Teller, er schluckte laut, und bis er fertiggegessen hatte, sagte niemand von uns ein Wort. Er schob den leeren Teller von sich, einen kurzen Moment erwartete ich, daß er laut aufstoßen würde, aber die Vorstellung war beendet, er schien ein Meister der Verknappung zu sein. Er wischte sich mit dem Handrücken über den Mund, lehnte sich zurück, lächelte uns an und sagte »Na wie geht's?« Der Ton, in dem Ruth »Danke, gut« sagte, war mir neu, es lag eine Steifheit und Unsicherheit darin, die ich an ihr nicht kannte, sie wirkte nervös und schwierig, und um ihren Mund lag ein angespannter Zug. »Wie war die Vorstellung?« fragte Raoul, er machte es ihr eigentlich leicht, er fragte freundlich, tatsächlich interessiert, ihr zugewandt, und Ruth antwortete ironisch »Wie immer, ein rauschender Erfolg«. Sie zog ein verächtliches Gesicht dabei, als wolle sie ausdrücken, daß das Kleinstadtpublikum ein anspruchsloses sei, eine Haltung, von der ich weiß, daß sie ihr fremd ist. »Ich habe mich nicht unbedingt verausgaben müssen.« Sie rückte dabei endlich mit ihrem Bein von meinem weg und sah gespielt abwesend in der Kantine herum. Raoul lächelte noch immer freundlich, er machte nicht den Eindruck, als würde er diese Form des Kapriziösen von ihr erwarten oder als fände er sie angemessen. Ruth aber schien davon auszugehen, oder vielleicht konnte sie auch nicht mehr zurück, sie schien ihm irgend etwas beweisen zu wollen. Raoul beachtete mich einfach nicht, es war nicht unhöflich, eher angenehm, er war Ruth sehr zugewandt, er vermittelte mir nur das leise Gefühl, daß diese Haltung mir etwas über ihn sagen sollte. Er fragte sie nach den allereinfachsten Dingen, und sie fand nicht eine normale Antwort, sondern steigerte sich statt dessen in eine derart verspannte Spitzfindigkeit hinein, daß ich irgendwann aufstand und mich entschuldigte, weil es mir unerträglich wurde. Ich ging auf die Toilette, stand eine Weile vor dem Spiegel und betrachtete ratlos mein Gesicht. Ich fragte mich, wie Raoul mich sah. Dann ging ich wieder hinaus, lief den Flur vor den Garderoben hinauf und hinunter, die Vorstellung des dem Theater zugehörigen Balletts war zu Ende, alle eilten in die Kantine, dicke Trompeter, angetrunkene Violonisten, magere, aufgekratzte Tänzer. Ich drückte mich an der Wand entlang, genoß einen Augenblick ihre spürbare Euphorie nach dem Auftritt und war sofort wieder ernüchtert. Das Neonlicht war grell, und die Musiker sahen müde und heruntergekommen aus, »Scheiß Mozart«, sagte eine Tänzerin zu einem Cellisten, der seinen Instrumentenkasten wie einen alten Koffer hinter sich herschleifte. Als ich in die Kantine zurückkam, schienen Raoul und Ruth sich beruhigt zu haben, oder zumindest hatte Ruth sich beruhigt, sie sah entspannter aus, und ihre Wangen waren gerötet. Sie hatte sich weit über den Tisch zu Raoul hinübergebeugt und redete auf ihn ein, als ich mich wieder hinsetzte, brach sie ab und lehnte sich mit leichter Verlegenheit zurück. Beide sahen mich an, und ich wußte nicht, was ich sagen sollte, mir war albern zumute, ich starrte stur auf die Tischplatte. Ich versuchte Ruth zu verstehen zu geben, daß ich nicht zuständig war, nicht kommunikativ, nicht hilfsbereit, zumindest jetzt nicht, aber Ruth lächelte geistesabwesend und selig an mir vorbei, legte mit einer unmöglichen Geste ihre Hand auf meine und sagte »Wollt ihr noch was trinken?« Ich sagte matt »Einen Wein bitte«, dann zog ich meine Hand weg. Raoul sagte »Danke, nichts«. Ruth stand auf, um den Wein zu bestellen, und als sie an ihm vorüberging, drehte er sich nach ihr um und griff ihr plötzlich mit einer Geste, die an Obszönität nicht zu überbieten war, von hinten zwischen die Beine. Sie blieb stehen, ihr Gesichtsausdruck veränderte sich überhaupt nicht, sie stand so in seinem Griff und sah irgendwo hin, er sah sie an, niemand beachtete uns, obgleich beide wie ein Standbild im Scheinwerferlicht wirkten. Sie standen lange so, viel zu lange, dann ließ er sie los. Ruth schwankte leicht, hielt sich wieder gerade, ging weiter zum Tresen. Raoul wandte sich zu mir um und sagte »So was wie dich habe ich in meinem ganzen Leben noch nicht gesehen«.

Wenn Ruth traurig ist, weint sie. Ich erinnere mich an einen Streit mit ihrer Mutter, nach dem sie zusammengekauert vor dem Telefon saß und nicht ansprechbar war, an eine Szene mit einem Freund auf der Straße, nachts, sie stritten fürchterlich, und er schlug sie, und ich erinnere mich an ihr betroffenes, erstauntes Gesicht, ihre Hand an ihrer Wange, nicht theatralisch, sehr echt. Wenn Ruth traurig war aus Gründen, die sie nicht benennen konnte oder nicht benennen wollte, saß sie im Stuhl vor ihrem Schreibtisch, die Hände auf den Lehnen, die Füße auf der Stuhlkante hochgestellt, ihr ganzer Körper entspannt und hingegeben. Sie weinte lautlos, ich stand an der Tür, an den Türrahmen gelehnt und sagte »Ruth, kann ich irgend etwas tun?«, und sie schüttelte nur den Kopf und sagte nichts. Wie oft habe ich sie so gesehen – zwei- oder drei- oder viermal. Ich stieß mich vom Türrahmen ab und ging durch die Wohnung, in mein Zimmer, durch den Flur, in die Küche und wieder zurück, ich war wie gelähmt, wenn Ruth so traurig war. Ich wusch drei Teller ab und rauchte eine Zigarette am Küchenfenster und las eine Seite in irgendeinem Buch, und dann ging ich wieder zurück in ihr Zimmer, und sie saß noch immer so. Irgendwann, viel später, kam sie zu mir und umarmte mich kurz und sagte »Ist schon wieder gut«. Ihre hilflose, wütende, verletzte Art zu weinen, wenn wir uns stritten, war eine andere. Ich selber habe nie vor Ruth geweint.

Ich blieb vier Tage bei Ruth, einen Tag länger, als ich geplant hatte. Ruth hatte kaum Proben, aber jeden Abend Vorstellung, ich hatte erwartet, daß sie ihre freie Zeit eher mit Raoul verbringen wollte, und ich hätte das verstanden, aber Raoul hatte wenig Zeit, und sie sahen sich in diesen Tagen alleine nur an einem einzigen Nachmittag. Wir frühstückten lange, gingen in die Stadt, an den Fluß, am Ufer entlang bis zum Stadtrand und wieder zurück, wir waren so vertraut miteinander wie immer. Ruth redete ständig über Raoul, sie redete wie zu sich selbst, und ich hörte ihr zu, ohne viel zu antworten, sie fragte mich auch nicht wirklich nach irgend etwas. Sie sagte, Raoul hätte sich zurückgezogen, sie käme nicht mehr an ihn heran, es gäbe irgendeine sexuelle Anziehung, alles andere sei rätselhaft. In drei Wochen wäre sein Gastspiel zu Ende, dann würde er nach Würzburg gehen, für ein neues Gastspiel, dann nach München, aber eigentlich würden sie über die Zukunft nicht sprechen. »Vielleicht«, sagte Ruth, »ist es schon wieder vorbei. Was auch immer es war. Aber ich bin traurig darüber, verstehst du.« Ich vermied es, sie anzusehen. In ihrer Wohnung schloß ich, wenn ich im Badezimmer war, die Tür hinter mir und betrachtete mein Gesicht im Spiegel, mein Paßfoto im Spiegelrahmen und wieder mein Gesicht. Wir saßen an den Abenden zusammen mit den Schauspielern und Raoul an den Resopaltischen der Kantine, ich trank ziemlich viel, jedesmal, wenn Ruth vom Tisch aufstand und kurz verschwand, sah Raoul mich an und sagte sehr deutlich »Ich vermisse dich«, niemand konnte es hören außer mir. Er berührte mich nicht. Als Ruth am ersten Abend die Getränke holte, hatte er gelacht, nachdem er gesagt hatte, so etwas wie mich in seinem ganzen Leben noch nicht gesehen zu haben, ein glückliches Lachen, das ich erwidert hatte ohne nachzudenken. Er hatte gesagt »Weißt du, wer du bist?«, und ich hatte zuerst gezögert und dann doch geantwortet – »Ja«. Er sagte »Bist du die, für die ich dich halte?«, und ich sagte »Ich weiß nicht«, und er sagte »Doch. Du weißt«, und dann kam Ruth an den Tisch zurück, und die Worte waren gefallen in eine genau abgemessene Zeit, es waren genug Worte gewesen. Wenn wir einschliefen, abends, drehte ich mich von Ruth weg mit dem Gesicht zur Wand. Mein Schlaf war leicht. »Was wirst du machen, wenn du wieder in Berlin bist?« fragte Ruth einmal, und ich sagte »Ich bin nicht sicher«, wie hätte ich ihr erklären können, daß mein ganzes Leben plötzlich wieder offen war, leer, ein weiter, unbekannter Raum. Ich stand am Fenster ihrer Wohnung und sah auf die blaue Leuchtreklame des Parkhauses, das verspiegelte Hochhaus dahinter, am Himmel stand schon der Mond, Ruth sagte meinen Namen, und ich drehte mich um. Wir kauften Kleider, Schuhe, Mäntel. Ich sagte »Ich würde gerne bleiben, aber morgen muß ich fahren«. Am letzten Abend hatte Ruth öffentliche Probe, vereinzelt saßen Zuschauer, Schauspieler, Musiker auf den Rängen herum, ich saß auf der Treppe, Raoul setzte sich ganz kurz neben mich, und ich rückte von ihm weg. Von der Bühne her blickte Ruth zu uns herüber. Wir sahen sie beide an, Raoul sagte »Du fährst?«, ich sagte »Morgen«. Er sagte »Und wir sehen uns wieder?«, ich sagte »Ja, wir sehen uns wieder«, ohne den Blick von Ruth abzuwenden. Er blieb noch einige Minuten so sitzen, dann stand er auf und ging weg. In der Kantine später saßen wir nicht an einem Tisch. »Worüber habt ihr geredet?« sagte Ruth, »Über das Stück«, antwortete ich, sie sah mitgenommen aus, blaß und angespannt. An dem Nachmittag, den sie mit Raoul verbracht hatte, hatte er in seinem Hotelzimmer auf dem Bett gelegen und ferngesehen, Ruth hatte auf der Bettkante gesessen und darauf gewartet, daß er den Fernseher ausmachen würde, er hatte den Fernseher nicht ausgemacht. Ruth sagte »Ich weiß nicht, was er will«. Wir liefen in der Nacht durch die dunkle, leere Fußgängerzone, unsere Schritte hallten, Ruth hatte ihren Arm unter meinen geschoben, wir waren betrunken und torkelten ein wenig, ich mußte lachen, Ruths Haare zärtlich an meiner Wange. Am nächsten Morgen brachte sie mich zum Bahnhof, es war kalt geworden, windig, wir umarmten uns auf dem Bahnsteig, der Zug stand mit offenen Türen. »Was um Himmels willen«, sagte Ruth, »willst du eigentlich in Paris?« Ich stieg ein und lehnte mich aus dem offenen Fenster, Ruth trug eine kleine, schwarze Kappe, unter der ihre Haare verschwunden waren, ihr Gesicht sah streng aus. Sie steckte die Hände in die Manteltaschen und trat von einem Bein auf das andere, sie sagte »Du hast mir noch nicht gesagt, was du von ihm hältst«. Ihre Stimme klang nicht anders als sonst. Der Schaffner pfiff, die Türen schlugen zu. Ich holte Luft, und dann sagte ich »Ich glaube, daß er nicht der Richtige für dich ist«, Ruth sagte »So«, ich war nicht sicher, ob sie mich wirklich verstanden hatte, der Zug fuhr an. Ruth blieb stehen, ich sah so lange aus dem Fenster, wie ich sie noch erkennen konnte, ihre schmale Gestalt im hellen Mantel, der dunkle Fleck ihrer Kappe, sie winkte nicht, dann war sie verschwunden.

Ich bin niemals mit Ruth zusammen verreist. In irgendeinem Winter fielen die Temperaturen weit unter null, und wir fuhren mit der S-Bahn hinaus in den

Grunewald und liefen über den zugefrorenen See, wir hatten beide nicht die richtigen Schuhe dafür an, das war der weiteste Ausflug. Jeden Sommer haben wir im Park gelegen und darüber geredet, nach Griechenland zu fahren, Italien, Sizilien, ans Meer, wir sind nie gefahren. Sie fuhr mit B. nach Portugal und mit J. nach Polen und mit F. nach Italien, ich flog nach New York und London und reiste durch Marokko und Spanien, wir vermißten einander nicht in diesen Zeiten, vielleicht hatten wir auch unterschiedliche Erwartungen und waren für das gemeinsame Reisen nicht gedacht. Ich mietete ein Zimmer in einem kleinen Hotel im Norden von Paris im afrikanischen Viertel, ich lief eine Woche lang von morgens bis abends durch die Stadt, es war kalt, die Seine schlammig und grün, es regnete immerzu, und ich fror, was um Himmels willen wollte ich eigentlich in Paris? Vor dem Louvre stauten sich die Menschenschlangen, und ich verzichtete und ging statt dessen in ein kleines Museum in der Rue de Cluny, in dem die Talismane der Pilgerfahrer aus dem 12. Jahrhundert ausgestellt waren, winzige, schwärzliche Kettenanhänger, ein Rad, eine Madonna, eine gefrorene Träne. Ich stand lange vor den warm beleuchteten Schaukästen und war beruhigt, ohne daß ich hätte sagen können, wodurch. In der Metro roch es nach Tabak, nach Metall und regennassen Mänteln, die Gesichter der Menschen verschlossen und schön, Schwarzafrikaner, Chinesen, Inder. Wenn ich nachts in mein Hotel zurückkehrte, standen Männer in den Hauseingängen und flüsterten in einer fremden Sprache hinter mir her. Ich duschte um Mitternacht im Gemeinschaftsbad auf dem Flur, wenn ich sicher war, nicht mehr gestört zu werden, ich stand auf den glitschigen Fliesen und ließ heißes Wasser über mich laufen, bis meine Haut rot und aufgeweicht war. Ich dachte seinen Namen und versuchte, etwas zu verstehen – ihn, mich selbst, Ruth, das Schwierige der Situation. Ich hätte noch nicht einmal sagen können, was eigentlich schwierig war. *Ich vermisse dich.* Ich vermißte ihn, ich dachte unentwegt an ihn, an jemanden, den ich nicht kannte, aber den ich mir vorstellen wollte, immer und immer wieder, ich konnte noch nicht einmal mehr sein Gesicht in der Erinnerung zusammenfügen, es gab nur Splitter, seine Augen, sein Mund, eine Bewegung mit der linken Hand, seine Stimme, vielleicht am ehesten die. Ich versuchte, eine Karte an Ruth zu schreiben, und kam über die ersten Worte – »Liebe Ruth« – nicht hinaus. Der Regen fiel und fiel auf die silbrigen Dächer. In der Nacht lag ich auf dem Hotelzimmerbett, rauchte eine Zigarette in der Dunkelheit, lauschte auf die fremden, tröstlichen Geräusche der Straße und versuchte, Ruth zu antworten, mit ihr zu sprechen, *was um Himmels willen willst du eigentlich in Paris?* Ich sagte laut »Ruth, vielleicht ist es so, daß du immer dich selbst suchst und dich wirklich wieder und wieder selbst sehen kannst, und daß ich im Gegensatz zu dir mich verlieren will, von mir selber entfernen, und am ehesten kann ich das, wenn ich reise, und manchmal auch, wenn ich geliebt werde«. Niemals hätte ich so zu Ruth gesprochen, und ich dachte, ich müßte erschrecken darüber, aber ich erschrak nicht. Meine Stimme in der Dunkelheit klang fremd. Ich frühstückte am Morgen in der Moschee am Naturkundemuseum, Minztee und klebriges Gebäck, niemand saß dort außer mir, und durch die offenen Fenster regnete es herein, flogen Spatzen, stießen sich von der Saaldecke ab. Ich hatte kein Gefühl für die Zeit. Auf der Place de la Madeleine sprach mich ein Schwarzafrikaner an, er wollte Geld für Briefmarken, um seine Dissertation an die Universität schicken zu können, die Universität akzeptiere nur postal eingehende Dissertationen, er hätte all sein Geld an seine Familie nach Südafrika geschickt. Ich gab ihm zehn Francs, er sagte »Zu wenig«, ich gab ihm zwanzig, dann dreißig, er hielt noch immer seine Hand auf und sah mich an, als müsse ich eigentlich für etwas ganz anderes bezahlen. Ich gab ihm alles Geld, das in meinen Hosentaschen war, viel zu viel, es war lächerlich. Er reichte mir einen Zettel und einen Stift und forderte mich auf, ihm meine Adresse zu geben, er würde mir das Geld zurückschicken, sobald er Arbeit gefunden hätte. Ich schrieb eine Phantasieanschrift auf, die ich sofort vergaß, und er steckte den Zettel wieder ein und sagte lautlos »Wie ist dein Name?« Dann ging er weg, ich sah ihm hinterher, sein Gesichtsausdruck war würdevoll und verächtlich, ich wußte plötzlich, daß ich abreisen mußte, daß ich nicht mehr geschützt war. Auf der Gare du Nord strömten die Menschen, Zigeunerfrauen hockten auf Gepäckwagen, schlafende Kinder auf dem Schoß und über die Schulter gelegt, auf der Anzeigetafel fielen die Buchstaben durcheinander, blitzten Städte auf und Fernen und verschwanden wieder, ich hatte Sehnsucht oder Fieber, es war nichts mehr zu unterscheiden. Ich dachte »Fahr weiter, fahr weiter, fahr weg, so weit wie möglich«, die asiatische Fahrkartenverkäuferin im Glaskasten starrte mich an. »Berlin«, sagte ich, »eine Fahrkarte nach Berlin bitte«, und das Gefühl in meinem Magen war jetzt eindeutig Angst. Ich warf mein letztes Geld in ein Münztelefon und wählte Ruths Nummer, ich wollte sagen »Ruth, ich fahre jetzt nach Hause, und dann wird sich etwas entscheiden«, ich hoffte, daß sie sagen würde »Ich weiß«, und vielleicht noch »Verschwinde«, aber sie nahm nicht ab. Der Anrufbeantworter sprang an, und ich hielt den Hörer in die Bahnhofshalle hinein, in die Stimmen, Lautsprecheransagen und Geräusche der fahrenden Züge, dann legte ich auf.

Seltsamerweise war es Ruth, die den Satz sagte »Ich wäre gerne du«. Nicht umgekehrt. Nicht ich.

Ich kam am späten Abend in Berlin an. Die Wohnung war stickig und still, mir völlig fremd – wessen Bett, wessen Stuhl, wessen Bücher, Papiere, Teetassen, Schuhe im Flur. Auf dem Anrufbeantworter dreimal Ruths Stimme, beim ersten Anruf zärtlich und sehnsüchtig, »Du fehlst mir«, sagte sie, im Hintergrund schien jemand im Zimmer herumzulaufen. Beim zweiten Anruf war sie kurz angebunden – »Bist du da? Hallo? Bist du schon zurück?« –, dann hatte sie aufgelegt. Beim dritten Mal schien sie geweint zu haben, ihre Stimme klang zittrig, sie sagte, ich solle sie einfach anrufen, wenn ich wieder da wäre, wann immer, auch mitten in der Nacht. Ich packte meinen Koffer aus, hängte die Sachen, die ich mit Ruth zusammen gekauft und noch kein einziges Mal getragen hatte, in den Schrank, öffnete alle Fenster und ging ins Bett. Ich schlief kurz und tief, der nächste Morgen war windig und grau, ich ging einkaufen, zurück in die Wohnung, las eine Zeitung, wusch Wäsche, sah meine Post durch, bei allem was ich tat, konnte ich mich von außen sehen, distanziert, aus weiter Ferne, leicht. Am Abend klingelte das Telefon, ich ließ es viermal klingeln, obwohl es neben mir stand, dann erst nahm ich den Hörer ab. »Du bist ja da«, sagte Ruth. Ihre Stimme war so nah, als stünde sie neben mir. Ich sagte »Ich bin gerade erst wiedergekommen«, sie sagte »Du mußt dich nicht entschuldigen«, ich sagte »Nein. Wofür denn auch?«, dann mußte ich lachen, Ruth lachte nicht. Sie brach in Tränen aus, und ich ließ sie weinen, ich saß so da und sah aus dem Fenster, Nachthimmel über dem Park, kein Mond, keine Sterne, ich stellte mir Ruth vor in ihrem Zimmer im blauen Licht der Parkhausleuchtreklame, der silberne Aschenbecher auf dem Tisch, das Foto auf dem Fensterbrett, Ruths Haare offen, ihr verweintes Gesicht. Ich sagte »Ruth, ach Ruth«, sie weinte ziemlich lange. Irgendwann hörte sie auf, putzte sich die Nase, wir schwiegen, dann sagte sie »Wie war's in Paris?« Ich sagte »Schön«. Sie sagte »Es ist vorbei, weißt du. Das mit Raoul meine ich. Das ist vorbei«, und ich sagte »Warum denn?«, und sie sagte »Warum denn. Gute Frage«. Ich dachte daran, daß Ruth niemals alleine gewesen war, eine Affäre oder Beziehung oder Freundschaft war in die nächste übergegangen, und am Ende einer Liebe stand immer schon eine neue, eine größere, bessere, mir schien, daß sie jetzt zum ersten Mal alleine sein würde. Ich sagte »Ist es schlimmer als sonst?«, und Ruth lachte jetzt doch, leise, und sagte »Nein. Es ist wie immer. Aber trotzdem ist es beschissen, oder?« Sie hätten sich gestritten, er hätte sich eingeengt gefühlt, fast bedroht, sie sei ihm zu schnell gewesen, zu nah, er sei nicht so verliebt wie sie, im Grunde sei er überhaupt gar nicht verliebt. Sie hätte ihn nachts betrunken und verzweifelt im Hotel angerufen, sie hätte gewußt, daß er da war, und er sei unglaublich lange nicht ans Telefon gegangen und dann doch, er hätte nur »Du bist doch nicht ganz bei Trost« gesagt und einfach wieder aufgelegt. Jetzt würde er ihr aus dem Weg gehen, in drei Tagen sei er ganz weg, sie wüßte nicht, was schlimmer sei, ihn zu sehen und nicht mit ihm sein zu können oder ihn überhaupt nie mehr zu sehen. Sie sagte »Das Fürchterliche ist irgendwie nur, daß ich denke, er hat mich nicht erkannt, verstehst du? Er hat mich weggeschickt, ohne daß ich ihm hätte zeigen können, wie ich eigentlich bin, er hat mich nicht an sich herangelassen, er hat mir keine Chance gegeben, das ist schrecklich, verstehst du?« Ich sagte »Ja. Ich verstehe«, und ich verstand sie wirklich, ich dachte nur, daß er sie sehr wohl erkannt hatte, und vielleicht wußte sie das auch. Ruth schwieg. Dann seufzte sie und sagte »Es war ja auch eigentlich gar nichts. Wir haben uns ein bißchen geküßt, wir haben uns zwei, drei Geschichten erzählt, wir sind einmal Hand in Hand durch die Stadt gelaufen. Mehr war nicht. Aber ich habe mich trotzdem verliebt, und er hat mich nicht gewollt, und das macht mich so wütend. Du hast gesagt, er sei nicht der Richtige für mich«. Ich antwortete nicht, und Ruth wiederholte »Hast du doch gesagt, oder?« Ich mußte lachen, und sie sagte ernsthaft »Warum denn eigentlich nicht?« Ich hätte sagen können – weil er der Richtige für *mich* ist, Ruth hätte unter anderen Umständen vielleicht darüber gelacht. Ich wußte nicht, was ich antworten sollte. Ich sagte dämlich »Vielleicht ist er eine Nummer zu groß für dich«, und Ruth fragte berechtigt verständnislos »Was soll das denn heißen?« Ich stand auf und lief mit dem Telefon in der Hand durch die Wohnung, Ruths Zimmer am Ende des Flurs dunkel und weit, noch immer erwartete ich, wenn ich es betrat, ihr Bett zu sehen, ihren Schreibtisch, den Stuhl, auf dem sie gesessen hatte, wenn sie traurig war. Der Stuhl stand jetzt am Fenster ihres Apartments in einer anderen Stadt. Ich sagte »Ruth, ich weiß auch nicht, ich kenne ihn doch überhaupt nicht, er sieht schön aus, und mehr kann ich nicht sagen, und ich hatte das Gefühl, ihr versteht euch eigentlich nicht«. »Ja. Kann sein«, sagte Ruth einfach. Ich lehnte mich im Flur an die Wand und ging in die Knie, ich war auf einmal vollständig hoffnungslos, Raoul weit weg, sein Gesicht, von dem ich jetzt wieder wußte, wie es aussah. Ich wollte etwas von Ruth wissen, etwas, das mich auf ihn hätte vorbereiten können, ich wußte nicht, wie ich es formulieren sollte, was es eigentlich war, ich sagte »Habt ihr denn miteinander geschlafen?« und fühlte gleichzeitig, wie mir das Blut ins Gesicht schoß. »Nein«, sagte Ruth, sie schien meine Frage nicht komisch zu finden. »Nein, haben wir nicht. Er wollte irgendwie nicht, oder vielleicht wollte er auch nur das, es war seltsam. Wir haben jedenfalls nicht miteinander geschlafen, und ich kann dir gar nicht sagen, wie heilfroh ich darüber bin.« Ich schwieg, und sie schwieg auch, oder vielleicht lauschte sie auf mein Schweigen, dann sagte sie »War das die richtige Antwort?«, und ich lachte verlegen. Sie fragte mich noch einmal nach Paris, ich erzählte ein wenig, der Schwarzafrikaner auf der Place de la Madeleine, das Hotelzimmer, die afrikanischen Märkte in den Seitenstraßen des Viertels, ich dachte, daß ich sie eigentlich hätte trösten sollen, aber ich wußte nicht wie, sie schien auch nicht getröstet werden zu wollen. Sie sagte »Ich rufe dich morgen wieder an, ja?«, ich sagte »Ruth. Gib auf dich acht«, sie sagte »Du auch auf dich«, dann legten wir auf. Ich trank ein Glas Wein in der Küche, der Kühlschrank summte, ich dachte, daß er sich jetzt melden würde, bald. Ich war mir sicher. Dann ging ich schlafen, sehr spät in der Nacht wachte ich noch einmal auf, weil das Telefon klingelte, es klingelte drei- oder viermal, dann war es wieder still. Ich lag auf dem Rücken und hielt den Atem an.

Ich hätte Ruth niemals erklären können, was es war. Ich hätte ihr nicht erklären können, worum es mir ging, was ich fühlte. Ich habe Ruth niemals etwas erklären müssen, sie verlangte das nicht, obwohl sie mich sicher oftmals nicht verstand. Sie war bei mir, in allen Jahren, in den guten Zeiten und den weniger guten, manchmal fragte sie »Warum tust du das denn?«, eine Antwort erwartete sie nicht, ich hätte ihr auch nicht antworten können. Sie beobachtete mich, sie kannte mich genau, manchmal äffte sie mich nach, die Art, wie ich den Kopf schief legte, lächelte, wegsah. Daß ich kein Geheimnis hatte, wußte sie.

Der Brief kam am 20. September, am fünften Tag nach meiner Rückkehr aus Paris. Bevor Raoul nach Würzburg gegangen war, mußte er im Theater irgendwie an meine Adresse gekommen sein, er wußte, daß es Ruths ehemalige Adresse war, er wußte von Ruth ohnehin so ziemlich alles über mich. Er war nach Würzburg gefahren, hatte wahrscheinlich seinen Probenplan organisiert und sein neues Quartier bezogen, war einen Abend lang alleine gewesen oder auch nicht und hatte am Tag darauf einen Umschlag an mich adressiert und abgesandt. Er war schnell. In dem Umschlag war eine Hin- und Rückfahrkarte zweiter Klasse nach Würzburg, die Hinfahrt datiert für den Mittagszug am 25. September, und ein Blatt Papier, auf dem nur der Satz stand »Es wäre schön, wenn du kämest«. Merkwürdigerweise hatte er anstatt einer Unterschrift eine kleine, comicartige Zeichnung seines Gesichts daruntergemalt, sein Gesicht von der Seite, im unschönen Profil. Ich legte den Brief auf den Tisch, es sah seltsam aus und auch nach gar nichts, ein schmaler, weißer Umschlag, auf dem mein Name stand. Ich hatte drei Tage Zeit, um mich zu entscheiden, aber es gab nichts zu überlegen, daß ich fahren würde, wußte ich. Ich fühlte mich auch nicht mehr anders als sonst, nicht mehr getragen von einer großen Erwartung, ich schlief sehr viel, stand spät auf, saß am Mittag in dem Café vor meinem Haus herum, trank Kaffee, las die Zeitung, sah die Straße hinauf und hinunter, niemandem ins Gesicht. Das Telefon klingelte mehrmals, manchmal nahm ich den Hörer ab und manchmal nicht, immer war es Ruth, meist gegen Abend. Es ging ihr nicht gut, aber auch nicht wirklich schlecht, sie hatte ziemlich viel zu tun und schien abgelenkt, redete trotzdem viel über Raoul, lauter Fragen, auf die sie sich selbst die Antwort gab. Es hatte keine klärende Situation mehr gegeben, er sei abgereist, ohne daß sie noch einmal miteinander gesprochen hätten, »Sei froh, daß er weg ist, der Idiot«, hätte die Maskenbildnerin zu ihr gesagt, mehrmals. Sie sagte »Ich würde ihm gerne einen Brief schreiben, meinst du, ich sollte ihm schreiben?«, und als ich nicht antwortete, sagte sie »Wahrscheinlich ist es sinnlos, völlig sinnlos, ich weiß«. Ich lehnte mich aus dem Fenster, während wir telefonierten, und ließ sie die Straße hören, den Verkehr auf der Kreuzung, die Leute vor den Cafés, Bruchstücke von Gesprächen, Ruth mochte das eigentlich, jetzt flüsterte sie »Hör mal auf, ja, ich bekomme sonst Heimweh«. Es war nicht schwierig, mit ihr zu telefonieren. Bei unserem letzten Telefonat, bevor ich nach Würzburg fuhr, sprachen wir überhaupt nicht mehr von Raoul, ich fragte nicht nach ihm, und Ruth erwähnte ihn nicht, es war, als hätte es ihn nie gegeben. Sie erzählte, daß sie einen Anruf bekommen hätte von einem Theater in Hamburg, sie würde wohl aus dem Vertrag gehen und wieder umziehen, sie schien glücklich darüber zu sein und aufgeregt, sie sagte »Dann sind wir wieder viel näher beieinander«. Wir telefonierten lange, ich trank Wein dabei, war am Ende betrunken, wehmütig, ich sagte ehrlich »Ruth, ich vermisse dich sehr«, und sie antwortete »Ja, ich dich auch«. Dann legten wir auf, ich ging ins Bett und konnte nicht einschlafen, die Straße war auch laut und bis spät in die Nacht voller Menschen, ich lag da und lauschte und hatte nur ein einziges, absurdes Bild im Kopf – Raoul, der mich durch eine dunkle, fremde Wohnung trug, durch einen Flur und viele Zimmer hindurch, bis er mich schließlich in ein Bett legte, sachte, als wäre ich ein Kind. Am Morgen des 25. September stand ich verunsichert vor meinem Kleiderschrank, ich wußte nicht, wie lange ich bleiben würde – eine Nacht, ein paar Tage, für immer? –, ich wußte nicht, was er wollte, und was ich wollte, wußte ich eigentlich auch nicht. Schließlich nahm ich außer meiner Zahnbürste, einem Buch und einem Nachthemd überhaupt nichts mit, ich schaltete den Anrufbeantworter aus, verschloß die Wohnungstür und fuhr zum Bahnhof, viel zu früh.

Was gibt, was gäbe es noch zu sagen, über Ruth und mich? Ein einziges Mal haben wir uns geküßt, nachts, in einer Bar und eigentlich auch nur, um jemanden, der nicht von Ruth lassen wollte, zu vertreiben, Ruth beugte sich zu mir und küßte mich auf den Mund, innig und zärtlich, sie schmeckte nach Kaugummi und Wein und Rauch, und ihre Zunge war seltsam süß, sie küßte mich schön, und ich erinnere mich, daß ich sehr erstaunt dachte »So ist das also, wenn man Ruth küßt«. Ich dachte, wir müßten verlegen sein danach, aber wir waren es nicht, wir haben auch nicht mehr darüber gesprochen. Ruths Verehrer verschwand ohne ein weiteres Wort. Als wir jünger waren, war Ruth exaltierter und ausgelassener, sie trank viel und tanzte mit Vorliebe auf Bartresen und Tischen, ich mochte das und forderte sie dazu auf, drängend – »Ruth, tanz auf dem Tisch, ja!« –, sie schob ohne Umschweife die Gläser beiseite, kickte mit hochhackigen Schuhen die Aschenbecher vom Tisch und tanzte aufreizend. Erst viel später wehrte sie mich ab, wurde manchmal ärgerlich, sagte »Ich bin nicht dein Ersatzleben oder so was Ähnliches«. Wir trugen die gleichen Kleider, lange Röcke, Mäntel mit Pelzkragen, Perlenketten um den Hals, wir sahen uns niemals ähnlich. Aber irgendwer sagte »Ihr seid wie Lovebirds, wie diese kleinen, gelben Kanarienvögel, ihr sitzt immer gleich und bewegt eure Köpfe im immerselben Rhythmus hin und her«, ein Vergleich, den wir mochten. Manchmal, wenn wir etwas gefragt wurden, antworteten wir auf einmal und exakt das gleiche. Aber wir lasen selten die gleichen Bücher und haben niemals zusammen über etwas geweint. Die Zukunft, die anfangs gar nicht vorhanden war und später immer mehr ein Raum wurde, in dem wir uns einrichten mußten, war eine gemeinsame, Ruth und ich, Ruth scheute sich nicht, es zu sagen »Wir trennen uns nicht«. Ich habe sie oft angesehen und versucht mir vorzustellen, wie sie aussehen würde, wenn sie alt wäre, es ist mir nie gelungen. Wenn sie lacht, ist sie am schönsten. Wenn sie dasitzt und schweigt, weiß ich nicht, was sie denkt. Ihre Augenbrauen sind zu schmalen, silbernen Sicheln gezupft, ihre Hände sind sehr klein. Es gab Momente, in denen sie mir eindeutig nicht zuhörte, wenn ich ihr etwas erzählte. Es gibt kein

Foto, auf dem wir beide abgebildet sind. Kannte ich Ruth?

Die Fahrt von Berlin nach Würzburg dauerte sechs Stunden, und in diesen sechs Stunden war ich glücklich. Ich las und ich schlief, und in den Schlaf, der leicht war, woben sich Sekundenträume, Ruth auf einer Treppe, sich nach mir umsehend, stumm, Raoul am Tisch der Theaterkantine, allein, ein Fremder, mein leeres Zimmer in der Berliner Wohnung, Sonnenlicht auf dem Holzfußboden, die Stimme des Schaffners, »In wenigen Minuten erreichen wir Braunschweig«, Ruth flüsterte, meine Beine schliefen ein, in irgendeiner Stadt stand Raoul unter dem Vordach eines Hotels im Regen, ich wachte wieder auf, mein Gesicht verquollen und heiß. Ich ging eine Zigarette rauchen im Zugbistro, da saßen krumme Gestalten vor Biergläsern, schweigend, die Landschaft vor den getönten Fensterscheiben hügelig und grün, die Felder schon abgeerntet, auf den schwingenden Telegrafenleitungen kleine Vögel in einer langen, dunklen Kette. Der Zug fuhr und fuhr und maß die Zeit ab, die Entfernungen, er näherte sich unweigerlich, und ich wünschte mich zurück, nach Hause, und weiter zurück in ein Früher, und gleichzeitig war ich so ungeduldig, daß mein Magen schmerzte, mein Kopf und meine Glieder, Ruth, dachte ich, Ruth, ich würde dir so gerne erzählen. Ich lief zurück an meinen Platz, den Gang entlang durch die mir zugewandten Gesichter, die Blicke hindurch, ich las und konnte nicht mehr lesen und sah aus dem Fenster und wurde so müde, meine

Hände zitterten und meine Knie waren weich, noch eine Stunde bis Würzburg, noch eine halbe, noch zwanzig Minuten, gleich. In den Vorstädten gingen die Straßenlaternen an, die Lichter in den Wohnungen, kleine, helle Fenster in der Dämmerung. Vielleicht dieses Leben? Dieser Tisch unter dieser Lampe in diesem Zimmer mit diesem Blick auf den Garten, verblühte Astern, mit Zweigen für den Winter abgedeckte Beete, eine Kinderschaukel, eine betonierte Terrasse, was denn, dachte ich, was denn, meine Sehnsucht war schrecklich und blödsinnig zugleich. Der Zug wurde langsamer, sein Ausrollen war unbestimmt tröstlich, ich stand auf, mit meiner kleinen Tasche, meinem Mantel, meinem heißen Gesicht, ich dachte »Raoul, ich bin fürchterlich traurig«, der Zug hielt an, mit einem einzigen, entschlossenen Ruck, er stand still. Würzburg Hauptbahnhof, 18 Uhr 22. Ich reihte mich in die lange Schlange der Aussteigenden ein, Schritt für Schritt für Schritt, und niemand hielt mich auf, und dann stand ich auf dem Bahnsteig und ging los, Richtung Ausgang, und als ich Raoul endlich sah, wußte ich sofort und mit ausweglöser Sicherheit, daß ich mich getäuscht hatte. Er stand am Ende des Gleises an eine Anzeigetafel gelehnt, er trug einen Mantel, den ich im Theater nie an ihm gesehen hatte, er hatte seine Brille auf, er sah ein wenig hochmütig und gelangweilt aus, die Arme vor der Brust verschränkt, die Schultern hochgezogen. Er stand da wie jemand, der jemanden vom Zug abholt, wartend, in Erwartung, vielleicht auch unruhig, er stand da, wie alle anderen auch, und er hatte keine Angst. Ich ging auf ihn zu und ich konnte sehen, daß er keine Angst hatte, daß er wohl unsicher war und aufgeregt, aber Angst, diese Angst, die ich empfand und die mich schüttelte, die hatte er nicht. Als er mich sah, veränderte sich sein gelangweilter Gesichtsausdruck in Sekunden zu einem freudigen, überzeugend glücklichen und gleichzeitig ungläubigen; er ging mit zwei, drei raschen Schritten auf mich zu, und bevor ich ihn noch hätte abwehren können, zog er mich an sich und umarmte mich fest. Ich wußte nicht, wohin mit meinen Händen, meinen Armen, meinem Gesicht, ich umarmte ihn auch, wir standen so, er roch nach Rasierwasser, die Haut seiner Wange war weich, sein Brillengestell drückte ein wenig an meine Schläfe, es war fast unmöglich, ihn so plötzlich, erst jetzt zu spüren. Er ließ mich lange nicht los, er sagte »Schön, schön, wie schön, daß du tatsächlich gekommen bist«, ich wußte nicht, was ich antworten sollte, und er zog mich an der Hand hinter sich her durch die Bahnhofshalle. Er sagte, wir würden etwas essen gehen, er hätte einen Tisch beim Chinesen bestellt, er sei hungrig, ob ich hungrig sei. Ich war nicht hungrig. Wir stiegen auf dem Bahnhofsparkplatz in sein Auto, einen kleinen, roten Alfa Romeo, ich hatte noch nie in einem Alfa Romeo gesessen, und ich hätte das gerne gesagt, dann kam es mir albern vor, und ich sagte nichts. Er startete, fuhr halsbrecherisch los, sah mich an, schüttelte den Kopf, lachte immer wieder, irgend etwas schien ihn maßlos zu belustigen. Hast du eine gute Reise gehabt? Wie war das Wetter in Berlin? Was von Ruth gehört? Auf die letzte Frage antwortete ich nicht, auf die beiden ersten eigentlich auch nicht. Er parkte vier Straßen weiter im Halteverbot. Der Chinese, bei dem er einen Tisch reserviert hatte, war gähnend leer, eine chinesische Familie hinter dem Tresen, die uns reglos und unheimlich anstarrte, bis sich einer von ihnen in Bewegung setzte und uns eine abgegriffene Speisekarte überließ. Raoul bestellte Vorspeisen und Hauptgerichte, ich wollte einen Salat, wenn überhaupt, mir war schlecht, mein Magen wie zugeschnürt. »Jasmintee bitte«, sagte ich in das abweisende Kellnergesicht hinein. Wir saßen uns gegenüber und schauten uns an, etwas anderes schien nicht möglich zu sein, eigentlich, dachte ich, war ich nur nach Würzburg gefahren, um ihn anzusehen, so wie man jemanden ansehen will, den man beschlossen hat, zu lieben. Raoul konnte das gut, er hielt meinem Blick stand oder ich seinem, seine Augen waren groß, weit geöffnet, sie schienen braun zu sein, bernsteinfarben, in den Augenwinkeln ein Lächeln, das nicht weichen wollte. Wir sahen uns an, und es kostete mich alle Kraft, die mir zur Verfügung stand, bis der Kellner endlich einschritt und den Jasmintee auf den Tisch stellte, die Vorspeisen, meinen Salat. Ich wandte den Blick von Raouls Augen ab, in denen auch kein Licht mehr war, keine Ferne und kein Versprechen, und beschloß, ihn nicht noch einmal so anzusehen, es würde nichts ändern. Raoul aß, anders als in der Theaterkantine aß er jetzt wie ein normaler Mensch, er benutzte geschickt die chinesischen Stäbchen, sezierte das Gemüse, den Fisch, redete zwischendurch, erzählte mit einer Selbstverständlichkeit, die ich atemberaubend fand. Wir hatten eigentlich überhaupt nicht gesprochen in diesen vier Tagen mit Ruth, nur unzusammenhängende Worte gesagt, deren absolute Sinnlosigkeit ihn genauso zu berauschen schien wie mich. Er hatte den Satz »Ich vermisse dich« in das Gesicht einer völlig Fremden hineingesagt, in die Utopie hinein, mit dem Wunsch, daß der Satz ankommen werde und sich dann auflösen würde in nichts oder allem. So war es gewesen, und jetzt saß er vor mir und aß chinesische Nudeln und trank einen kleinen Schluck Bier zwischendurch und lächelte mich an und erzählte von der Musil-Inszenierung, den Kollegen, den Zerwürfnissen am Haus. Und ich nickte artig und sagte »Aha« und »Nein, wirklich«, was hatte ich mir vorgestellt? Etwas anderes? Gar nichts? Was denn, wie hätten wir das fortführen sollen? Ich drückte unter dem Tisch meine Handflächen gegeneinander, die kalt waren und feucht, ich hatte Herzklopfen, mir war schlecht, ich dachte an Ruth, an Ruth, »Hast du ihr gesagt, daß du hier bist?« fragte Raoul. Ich schüttelte den Kopf, und er sah mich abwartend an, es schien, daß er mit mir darüber reden wollte, daß ihn dieser Verrat, den ich seinetwegen an ihr begangen hatte, erregte und beglückte, daß er ihn noch ein wenig auskosten wollte, aber zumindest diesen Gefallen tat ich ihm nicht. Ich schüttelte noch einmal den Kopf, und er zuckte mit den Schultern und wandte sich wieder seinem Essen zu, er aß gerne, das konnte ich sehen. Wir saßen vielleicht zwei Stunden an diesem Tisch, in diesem Restaurant, in dem sich die ganze Zeit über kein weiterer Gast blicken ließ, es war, als wäre die Welt draußen untergegangen und als seien nur wir übriggeblieben – er und ich und die chinesische Familie, die, nachdem sie

uns bedient hatte, wieder hinter den Tresen zurückgekehrt war, manchmal konnte ich sie leise mit den Füßen scharren hören. Er redete viel während dieser zwei
Stunden, ich redete wenig, manchmal unterbrach er
sich und starrte mich an, und bevor wir in die Gefahr
geraten konnten, uns wieder so anzusehen wie Lie-
bende, oder bevor er mich etwas fragen konnte, fragte
ich ihn. Ich fragte ihn nach seinem Vater, seiner Ju-
gend, Irland, seiner Exfrau, und er ließ sich auch gerne
fragen und antwortete ohne zu zögern. »Glück gehabt«, hätte einmal ein Freund gesagt, als er vom frü-
hen Tod seines Vaters erzählte, und da hätte er diesem
Freund über den Tisch hinweg eins in die Fresse geschlagen, heute täte ihm das leid, und er würde verstehen, was gemeint gewesen war, die Festigkeit nämlich,
die Unverwundbarkeit, die Reife, die der frühe Tod des
Vaters mit sich gebracht hätte. Am Theater würde ihn
niemand erkennen, er sei nämlich eigentlich gar kein
Schauspieler, sondern nur ein Hochstapler, ein Einsa-
mer, lange würde er auch nicht mehr bleiben, eigentlich wolle er Geschichten schreiben, Theaterstücke,
Gedichte, sich zeigen, er sagte »Zeigen will ich mich«.
Die Exfrau mit Kind in München, schwierige Beziehung und nicht ganz zu Ende zu bringen, dazu seien
sie auch zu lange beieinander gewesen. Und das Licht
in Irland sei so großartig, die Weite, die Farbe der
Graswiesen, wenn der Wind in sie fährt und die Halme ins Weiße kehrt – dieselbe Beschreibung, die er
Wochen zuvor benutzt hatte, um die Farbe von Ruths
Augen zu bestimmen, aber das verwunderte mich
schon nicht mehr. Irgendwann glaubte er mir genug

von sich gezeigt zu haben, jede Antwort war eine An-
ekdote gewesen, die mir das Bild eines Menschen zusammenfügen sollte, es schien ihm fürs erste zu rei-
chen. Ich hatte ihm mein schönes Schweigen gezeigt,
meinen Mund, meine Hände, meinen zur Seite ge-
neigten Kopf. Mein Nacken schmerzte. Er winkte dem
Kellner, der brachte die Rechnung und zwei kleine
Porzellanbecher mit Reisschnaps darin, auf ihrem Boden war eine nackte Frau zu sehen, die die Beine
spreizte und verschwand, sobald ich den Schnaps ausgetrunken hatte. Er bezahlte, wehrte mein Geld ab,
nickte den Chinesen zu, die sich nicht rührten, dann
gingen wir, draußen war es schon dunkel, windig auch.
Wir stiegen wieder in das kleine Auto, er sagte »Fahren wir nach Hause, ja?«, eine Formulierung, die mich
vielleicht trösten sollte. Wir fuhren in übertriebenem
Tempo durch die ausgestorbene Stadt, dann verlangsamte er, bog in eine Seitenstraße ein, parkte das Auto
vor einem kleinen Haus, das zwischen zwei großen Vil-
len stand. Das Theater hatte ihm dieses Quartier an-
stelle eines Hotelzimmers zur Verfügung gestellt, zwei
Zimmer, Küche, Bad und ein Garten; er sagte, ihm sei
das lieber als ein Hotelzimmer, ohnehin hätte er die
Heimatlosigkeit satt. Wir stiegen aus dem Auto, ich
taumelte ein wenig, hielt mich am Gartenzaun fest und
atmete tief ein. Ich wäre gerne kurz in diesem dunklen
Garten stehengeblieben. Aber er schloß sofort die Tür
auf, zog mich ins Haus hinein, machte Licht, stellte
meine Tasche in den Flur, holte Wein aus der Küche,
schob mir einen Stuhl hin. »Setz dich«, sagte er, »setz
dich hin, ich muß noch was machen, und wir trinken

was, ja?« Ich setzte mich, zog mir den Mantel aus, zündete mir eine Zigarette an. Das Zimmer war winzig und niedrig, ein Tisch, zwei Stühle und ein Schreibtisch, auf dem die Dinge lagen, die er, wie er sagte, immer bei sich hätte – zwei, drei Bücher, ein kleiner Elefant aus Messing, ein Pelikanfüllfederhalter, ein großer, grauer Stein. Vom Zimmer führte eine schmale Stiege ins Obergeschoß, vermutlich ins Schlafzimmer. Ich saß so da und sah ihm zu, wie er durch den Raum lief, seine Tasche auspackte, Theatertexte auf dem Schreibtisch sortierte, selbstvergessen oder auch nicht, er goß mir Wein ein, sich auch, ich trank sofort, mir war auf eine schreckliche Art und Weise alles völlig egal. Es gab nichts. Es gab kein Wort, das zwischen uns hätte stehen können, kein Schweigen und keine Vertrautheit, noch nicht einmal ein Entsetzen über den anderen, auch meine Angst war weg, meine Vorstellung, all die Bilder, Raoul im Regen, Raoul, der mich zu Bett bringt, keine einzige Bewegung rührte mich mehr. Ein großer, schwerer Mensch, der durch ein Zimmer geht, in dem eine Lampe einen goldenen Lichtkegel über den Holztisch wirft. Die Zigarette schmeckte rauh und bitter und schön. Ich trank meinen Wein und goß mir immer wieder nach, und er setzte sich noch kurz zu mir an den Tisch und redete was, und dann sagte er »Gehen wir schlafen«. Ich putzte mir die Zähne vor dem Spiegel im Bad und wusch mein Gesicht, bis es rosig war und zart, Wassertropfen in den Wimpern, Wasser an den Schläfen, dann zog ich mein Nachthemd an, stützte mich mit den Händen an den Badezimmerkacheln ab und holte

Luft. Ich kletterte die schmale Stiege hoch und in das winzige Schlafzimmer hinein, Raoul lag schon im Bett, er schien nackt zu sein, lag auf dem Bauch, rückte beiseite und hielt die Decke hoch. Ich legte mich darunter und wandte mich ihm sofort zu, er würde es falsch verstehen, ich wußte das, aber es gab keine andere Möglichkeit, als ihn sofort zu berühren, zu umarmen, mich an ihm festzuklammern, sein Körper war überraschend weich und warm, viel Haut, viel seltsame Fläche, ungewohnt, was für eine ungeheure Zumutung. Ich berührte ihn, und er verstand es tatsächlich sofort falsch und verkannte meine Übelkeit, meine Furcht und meinen Schrecken, ich sagte »Ich will nicht«, und er sagte »Warum denn nicht?«, und ich sagte »Ich weiß nicht«, das stimmte, ich wußte wirklich nicht, warum, ich wußte nur, daß ich nicht wollte, und da sagte er »Aber früher oder später würden wir es doch ohnehin tun«. Er hatte recht, nicht wahr? Ich lag unter der kühlen Decke, es war dunkel, er hatte das Licht gelöscht, sein Gesicht war in der Dunkelheit unkenntlich. Er sagte »Aber früher oder später würden wir es doch ohnehin tun«, und ich sagte »Ja« in dieses unkenntliche Gesicht hinein, »natürlich würden wir das«. Das Wissen darum, daß er recht hatte, das Einsehen dieser absurden Folgerichtigkeit und ihre gleichzeitige Unmöglichkeit erfüllten mich mit einer unvermuteten, verrückten Heiterkeit. Er sagte nicht »Na also«. Aber er dachte es, und während er tat, was er ohnehin irgendwann getan hätte, lag ich und mußte lachen, leise und heftig und nicht enden wollend, und er lachte auch, aber anders, und ich hielt mich mit den

Händen an der Bettkante fest und dachte an Ruth. Wie sie morgens in die Küche kommt und sich einen Kaffee macht und sich zu mir an den Tisch setzt und den kleinen Zettel durchgeht, auf dem sie aufgeschrieben hat, was sie an diesem Tag tun muß – zur Post, zum Spar, zum Drogeriemarkt, H. anrufen und D., Geschenk für M., Telefonrechnung überweisen –, und dann war es vorbei und auch wieder nicht und schließlich doch, und wir rollten auseinander, er drehte sich um, sein Rücken war wie eine weite Landschaft, dann schlief ich ein.

Am Morgen erwachte ich vom Klingeln eines Weckers, es mußte sehr früh sein, das Licht im Zimmer war noch grau, meine linke Hand war eingeschlafen, und meine Schultern taten mir weh. Ich war sofort wach, sofort angespannt, auf der Hut. Raoul neben mir stöhnte, schlug die Decke von sich, machte den Wecker aus und stand auf, sein nackter Körper war schwer und massig und wirkte in dem Dämmerlicht seltsam diffus. Er fing umständlich an, sich anzuziehen, irgendwann sah er sich plötzlich nach mir um, als wäre ihm erst jetzt eingefallen, daß ich da war, daß da noch jemand in seinem Bett lag. Als er sah, daß ich wach war, lächelte er mich an und sagte »Ich muß jetzt Text lernen, und die Probe beginnt um neun, du kannst noch ein wenig weiterschlafen«, ich sagte »Wie spät ist es denn?«, er sagte »Kurz vor sieben«, unsere Stimmen waren rauh und kratzig. Er machte das kleine Dachfenster auf, kalte Morgenluft drang ins Zimmer, Feuchtigkeit, fast greifbar. Auf der Stiege kehrte er noch einmal um und kam zurück, blieb an der Türschwelle stehen und sagte »Wann fährt dein Zug?« Ich glaube, er versetzte mir diesen Hieb ganz bewußt, aber ich war wach und schnell genug, um nicht fassungslos auszusehen oder verletzt oder überrascht, ich hatte keine Ahnung, wann mein Zug fuhr, ich hätte nicht gedacht, daß es überhaupt irgendeinen Zug zurück geben würde. Ich sagte freundlich »Um 8 Uhr 42«, und er sagte ebenso freundlich »Dann kann ich dich ja noch zum Bahnhof bringen«. Dann verschwand er, ich hörte ihn in der Küche Wasser aufstellen, die Kühlschranktür klappte auf und zu, er schien kurz in den Garten zu gehen, er stellte ein Radio an. Ich setzte mich auf die Bettkante, stellte meine nackten Füße nebeneinander, presste die Knie zusammen, legte meine Hände an die Hüften und drückte das Kreuz durch. Ich dachte kurz und verwundert an den Ausdruck *seine Knochen einsammeln*. Dann zog ich mich an und kletterte die Stiege hinunter, Raoul saß am Schreibtisch und las leise vor sich hin, er schaukelte dabei mit dem Oberkörper vor und zurück. Er sagte »In der Küche ist Kaffee und irgendein Obst, ich habe leider kein richtiges Frühstück da«, ohne sich nach mir umzusehen, und ich nahm mir eine Mandarine vom Küchentisch, goß mir einen Becher Kaffee ein, »Es ist sieben Uhr dreißig«, sagte die Radiosprecherstimme. Ich wußte nicht, wohin ich sollte, ich wollte ihn nicht stören, in der Küche gab es keinen Stuhl, zurück ins Bett zu gehen war unmöglich, also trat ich hinaus in den Garten. Der Garten ging zur Straße hin, ein schmales Rechteck ungemähter Wiese, zwei Obstbäume, verwahrloste Beete, eine Mülltonne, ein altes Fahrrad, auf der Wiese vor dem Gartenzaun eine Schaukel an einer Teppichstange. Das Gras war dunkel und feucht von der Nacht, um die Obstbäume herum lagen Laubhaufen, in denen es raschelte. Es war jetzt hell geworden, der Himmel war klar und von einem wäßrigen Blau. Ich ging einmal den Gartenweg hinauf und hinunter, dann setzte ich mich auf die Schaukel. Der Kaffee war heiß und stark, ich hätte ihn gerne so getrunken, wie Ruth ihn immer trank, in einem einzigen, langen Schluck, aber mein Magen rebellierte dagegen. Ich schaukelte ein wenig vor und zurück, ich wußte, daß Raoul mich durch das Fenster sehen konnte, und ich befürchtete, daß dieses Schaukeln und überhaupt mein Sitzen auf der Schaukel ein bestimmtes Bild ergeben könnte, etwas Plakatives, eine Metapher, aber dann war es mir egal. Die Straße war still, ein Einfamilienhaus neben dem anderen, teure Autos am Straßenrand unter fast kahlen Linden. Es war kaum jemand zu sehen, aber von weitem hörte ich jetzt Stimmen, Kinderstimmen, die sich näherten, und dann sah ich sie auch, Schulkinder mit bunten Ranzen auf dem Rücken, Sporttaschen, zusammengebundene Turnschuhe über die Schultern geworfen, die die Straße entlangkamen auf dem Weg zur Schule auf der anderen Straßenseite. Ich konnte die breite Einfahrt zum Schulhof sehen, in die Fensterscheiben geklebte Papierfiguren, die Schuluhr im Dachgiebel. Die Kinder liefen am Garten vorbei, sie bemerkten mich nicht. Ich beobachtete sie, sie liefen in kleinen Gruppen, manche einzeln, langsamer und noch ganz verschlafen, in Gedanken, andere Hand in Hand und laut und eifrig aufeinander einredend.

»Warte! Waaarte!« rief ein Kind dem anderen hinterher und rannte dann los, der Ranzen auf dem Rücken
klapperte. Ich schälte meine Mandarine und sah ihnen
zu, aus der Mandarine stieg ein fruchtiger, süßer Geruch auf, der mich fassungslos machte. Raoul saß hinter mir im Haus, er las Musil, er arbeitete, er war wach,
es hätte anders sein können, als es war, aber auch so
war es gut. Ich aß die Mandarine Stück für Stück, die
Schulglocke läutete, und auch die langsamsten Kinder
liefen jetzt los, durcheinander, sich stoßend oder nach
der Hand eines anderen greifend, kein einziges sah sich
nach mir um. Ich schaukelte ein wenig schneller. Die
Schulglocke läutete noch einmal, verstummte dann
wie abgerissen. Die Haustür ging auf, und Raoul rief
meinen Namen, ich drehte mich nach ihm um. Vielleicht wünschte ich mir noch einmal etwas, noch ein
letztes Mal, aber nicht wirklich. Er sagte »Wir müssen
los«, und ich stand auf und ging ins Haus zurück, stellte meinen Kaffeebecher auf den Küchentisch, legte die
Mandarinenschalen daneben, zog mir den Mantel an.
Wir stiegen ins Auto und fuhren los, auf den großen
Straßen war der Verkehr schon dicht, und an den Ampeln standen die Menschen auf dem Weg zur Arbeit,
ins Büro, in die Fabrik, mir war so leicht ums Herz. Ich
glaube, wir redeten nicht mehr viel, er wirkte auch
schlecht gelaunt und sagte, er könne seinen Text nicht
richtig, und überhaupt seien die Proben fürchterlich,
er redete eher so vor sich hin. Er hielt direkt vor dem
Bahnhof in der zweiten Reihe und sagte »Ich kann
dich nicht mehr zum Zug bringen, ich komme ohnehin schon zu spät«, und ich sagte ehrlich »Das macht

nichts«. Wir umarmten uns im Auto, schnell, flüchtig, er küßte mich auf die Wange, dann stieg ich aus. Ich lief in den Bahnhof hinein, ohne mich umzudrehen, ich konnte hören, wie er Gas gab und davonfuhr. Um 9 Uhr 04 fuhr der Zug nach Berlin, ich setzte mich auf einen Fensterplatz, schlug mein Buch auf und las bis Berlin-Zoologischer Garten, ohne mich später auch nur an eine einzige Zeile entsinnen zu können.

Später habe ich gedacht, ich hätte ihm nur richtig zu-hören müssen. Ich weiß nicht, ob das etwas geändert hätte, ob ich mich anders entschieden hätte, dennoch, ich hätte ihm richtig zuhören müssen. Er hatte gesagt »Bist du die, für die ich dich halte?«, und ich hatte et-was völlig anderes verstanden als das, was er gemeint hatte. Erkannt hatte er mich trotzdem. Er hatte ei-gentlich gesagt »Bist du eine Verräterin, eine, für die nichts gilt und von der man kein Versprechen fordern kann?« Er hatte gefragt »Würdest du Ruth verraten für mich?«, ich hatte geantwortet »Ja«. Ruth, die vor mir sitzt, nackt, die Beine an den Körper gezogen, um die nassen Haare ein Handtuch geschlungen, ihr Ge-sicht, sie sagt »Versprich mir«, sie hätte es nicht sagen sollen. Ich habe niemals zu Ruth gesagt »Ruth, ich mußte das wissen, es hatte mit dir nichts zu tun«. Ich habe ihr auch niemals von den Schulkindern, ihren Gesichtern, dem Geruch der Mandarine, dem Morgen erzählt. Als wir noch zusammen gewohnt haben, hat-ten wir die Angewohnheit, uns kleine Briefe zu schrei-ben, wenn wir getrennt voneinander kamen oder gin-gen. Wann immer ich ohne Ruth nach Hause kam, lag, wenn sie schon schlief, ein Zettel mit einem Gruß auf dem Küchentisch, eine kurze, zärtliche Nachricht, mal mehr, mal weniger Worte, Ruth vergaß es nie. Heute habe ich einen dieser Briefe wiedergefunden, ein Lesezeichen in einem Buch, ein wenig zerknittert, zusammengefaltet, Ruths große, schön geschwungene Schrift, »Liebe, geht es Dir gut? Ich hatte einen langen Tag und gehe jetzt schlafen – 22 Uhr –, meine Füße sind völlig zerschunden von den gottverdammten neuen Schuhen. Ich habe eingekauft, Obst und Milch und Wein, mehr Geld war nicht da. A. hat angerufen und gefragt, wo Du wärst, und ich habe gesagt, die ist draußen und sucht mal wieder unter jedem Pflasterstein nach einer Botschaft, hätte ich das nicht sagen sollen? Gute Nacht und bis morgen, ich küsse Dich, R.«

*Kaltblau*

Das Paket kommt früh am Morgen. Der Postbote verlangt eine Nachlösegebühr, weil Jonas zuwenig Porto daraufgeklebt hat, das Paket ist an beide adressiert, an Jonina und Magnus, Magnus schläft. Jonina setzt sich auf das graue Sofa am Fenster, es ist noch dunkel, und sie muß das Licht anmachen. Sie zögert nicht eine Sekunde lang. Vielleicht tut sie so, als würde sie zögern, aber das stimmt nicht, sie denkt gar nicht daran, zu warten, bis Magnus aufstehen wird. Das Paket ist rechteckig und schmal, ein wenig schwer, ein *handle-with-care*-Aufkleber darauf, das Paketpapier nachlässig mit Tesafilm verklebt, es ist ein Wunder, daß es heil angekommen ist. Sie reißt das Papier auf und zieht das eingerahmte Foto heraus, sehr sorgfältig gerahmt, das Foto in einem grünen Passepartout, eine Karte dazu, das ist alles. »Das Foto kommt ein wenig spät, aber wir haben immer und immer an euch gedacht. Viel zu kurze, schöne blaue Stunde am 3. Dezember um elf Uhr am Morgen. Gruß und bis bald. Jonas.« Die Formulierung *ein wenig spät* könnte sie belustigen, es ist genau ein Jahr später, das ist nicht wenig, für Jonas mag es wenig sein. Über die Formulierung *bis bald* will sie nicht nachdenken. Auf dem Foto steht der Mond über der Straße, die zum alten Thingplatz führt. Der Himmel ist von einem leuchtenden, durchscheinenden Blau, alles andere ist weiß, die Straße ist weiß, die Berge sind weiß, tief verschneit. Magnus, Irene und Jonina laufen auf die Kamera zu, Magnus geht in der Mitte, er ist unscharf, sein Gesicht ist nicht zu erkennen. Jonina läuft rechts von ihm, Irene links. Der Abstand zwischen Jonina und Magnus ist größer als der Abstand zwischen Irene und Magnus. Irene lacht, sie läuft geradeaus. Jonina scheint nach rechts aus dem Bild hinausgehen zu wollen, schaut aber genau in die Kamera hinein. Jonas hat in der Mitte der Straße gestanden, die Kamera auf dem Stativ, besorgt darum, daß das Licht sich verändern könnte, er hatte sie angeschrien – »Jetzt!« Jonina weiß, wie er ausgesehen hat dabei, die Wollmütze tief über die Augen gezogen, die Felljacke offen, fluchend über die Kälte, begeistert.

Es ist nicht so, daß Jonina die viel zu kurze, schöne blaue Stunde vergessen hätte. Sie hat sie nicht vergessen, sie kann sich sehr genau erinnern, und wenn sie will, fällt ihr auch alles andere wieder ein, alle Einzelheiten aus sieben Tagen. Der sowjetische Stern auf Jonas' Gürtelschnalle, Irenes Ring an ihrer linken Hand, ein Mondstein in einer ovalen Fassung, *Absolut Vodka* mit Blaubeergeschmack in einer großen, eisig behauchten Flasche. Kaffee ohne Milch mit Zucker für Magnus in einem Diner an der Ringstraße Richtung Norden, der Wetterbericht des dritten Tages, den sie miteinander verbracht haben, Sunnas Kinderzeichnung zweier kriegerischer Schneemänner und die Farbe von Jonas' Augen, grün, dunkelgrün, um die Iris herum ein kleiner, gelber Kreis. Sie hat nichts davon vergessen. Sie hat nur nicht mehr daran gedacht, daran zu denken löste nichts anderes aus als ein Gefühl der Schwere und der Mattigkeit. Und jetzt hält sie dieses Foto in der Hand, früh morgens um neun, es ist noch nicht einmal hell, und ihr fällt alles wieder ein. Sie kann nicht entscheiden und sie kann nicht widerstehen – ob sie will oder nicht, es fällt ihr wieder ein. Sie weiß, wie sie mit Magnus im Auto die Barugata hinuntergefahren ist und Irene und Jonas winkend am Straßenrand zurückblieben, »Das war das«, sagte Magnus, und Jonina wollte sagen, »Halt an. Laß mich aussteigen. Laß mich aussteigen«, und sagte gar nichts, und sie bogen um die Ecke, und Irene und Jonas waren weg, verschwunden, ein für allemal, das war das. Sie könnte das Foto an die Wand über den Tisch hängen, an die graulackierte, glänzende, makellose Wand und Magnus damit überraschen, wenn er aufsteht. Sie könnte einen Nagel in die Unverletztheit dieser frisch gestrichenen Wand schlagen und das Foto daran aufhängen, es ist ein schönes Foto. Es müssen ohnehin Bilder aufgehängt werden in dieser Wohnung. Es müssen Dinge angeschafft werden, es muß eine Unordnung geben und Dreck in dieser unbehausten Reinheit, sonst wird sie es nicht schaffen. Aber dieses Foto nicht. Alles, nur nicht dieses Foto, nicht Jonas' schöner Blick auf die eine viel zu kurze blaue Stunde.

Irene und Jonas kommen Ende November nach Island, zum allerersten Mal. Magnus weiß einen Monat lang, daß sie kommen werden, und sagt es Jonina erst ziemlich spät, »Ich bekomme Besuch aus Berlin, morgen«, Jonina fragt ihn nicht, warum er so lange damit gezögert hat, ihr das mitzuteilen, es wird ihn verunsichern, Besuch aus der Vergangenheit verunsichert immer. Sie selbst ist eher neugierig. Sie kennt Magnus seit zweieinhalb Jahren. Sie ist ihm vorher nie begegnet, das ist für isländische Verhältnisse ungewöhnlich, aber so ist es gewesen. Sie sind nicht gemeinsam zur Schule gegangen, sie sind nicht entfernt miteinander verwandt, sie waren nicht zufällig gleichzeitig auf demselben Rockkonzert, sie sehen sich im Jahr 1999 zum ersten Mal. Später stellen sie fest, daß Bjarni, der Vater von Joninas Tochter Sunna, in der Schule Magnus' bester Freund gewesen ist, sie stellen das zu einem Zeitpunkt fest, zu dem der Kontakt zwischen Jonina und Bjarni schon lange abgerissen ist. Magnus wächst an der Westküste auf und Jonina an der Ostküste. Magnus geht, als er zwanzig Jahre alt ist, nach Berlin, Jonina geht nach Wien. Magnus studiert Psychologie, Jonina Literaturwissenschaften, sie kehren ungefähr zur gleichen Zeit zwölf Jahre später nach Island zurück. Letztendlich kommen alle Isländer nach Island zurück, fast alle, sie studieren oder arbeiten im Ausland und leben da zehn Jahre lang, zwölf, fünfzehn, und dann ist es genug, und sie kommen zurück. Fast alle. Jonina ist nie in Berlin gewesen. Sie weiß nicht, wie die Stadt aussieht, in der Magnus zwölf Jahre lang gelebt hat, sie kann sich nicht vorstellen, wie er ausgesehen hat in diesen Jahren, wie er war, was er gemacht hat, wie er Deutsch gesprochen und mit deutschen Mädchen seine Tage verbracht hat. Als sie sich kennenlernen, sprechen sie viel über diese Jahre im Ausland, über die Fremdheit und das Glück und die Härte der Fremde, sie sprechen darüber wie über etwas, das eben lange vorbei ist und keinerlei Einfluß mehr hat auf das, was jetzt ist. Sie reden nie Deutsch miteinander, auch nicht zum Vergnügen. Sie probieren es noch nicht einmal aus. Ein anderer Magnus und eine andere Jonina. Aber sie liebt die Geschichte über Magnus' Anfang in Berlin und die Geschichte über seinen Abschied, diese beiden Geschichten liebt sie, vielleicht, weil sie der Zeit, in der sie Magnus noch nicht gekannt hat, einen Rahmen geben, sie einschließen und beenden. Magnus lebt in einer Einzimmerwohnung in einem Hinterhof in Berlin-Neukölln. Es ist Winter 1986 und es ist so kalt in Berlin, wie es in Island niemals kalt ist, 20 Grad unter null. Die Einzimmerwohnung hat einen Kachelofen, von dem Magnus nicht weiß, wie er zu beheizen ist. Er besitzt nur eine Matratze und sonst überhaupt nichts. Wenn er aus dem Institut kommt, legt er sich angezogen in sein Bett unter die Decke und raucht und liest. Er hat auch keine Vorhänge, er sieht in den Hinterhof hinaus, alle anderen haben Vorhänge, er weiß, daß man ihn sehen kann, im Bett liegend, rauchend, alleine, es ist ihm egal. Um Mitternacht geht er in die Kneipe und nervt die Leute mit seinem zerfließenden Kinderdeutsch und bleibt da, bis man ihn hinauswirft. Er kennt andere Isländer in Berlin, er trifft sich auch mit ihnen, aber ihretwegen ist er nicht in der Stadt. Er würde sehr gerne jemanden kennenlernen, ein fremdes Mädchen, nicht gerade eine Psychologiestudentin. Es funktioniert nicht, er bleibt alleine. Und eines Tages liegt, als er nach Hause kommt, ein Brief in seinem Flur, durch den Briefschlitz in seinen Flur hineingeworfen, ein kleines, weißes, zusammengefaltetes Stück Papier. Er nimmt das Papier mit ins Bett, zündet sich eine Zigarette an, faltet es auseinander und liest. »Hey Alter. Ich seh Dich, Alter, Du bist ziemlich alleine und Du liegst den ganzen Abend und das ganze Wochenende in Deinem Bett rum und liest, und Du scheinst wirklich völlig alleine zu sein, Alter, und ich dachte, vielleicht kommst Du einfach mal vorbei. Seitenflügel, dritter Stock, links. Biene.« Das ist alles. Jonina liebt diese Geschichte, sie liebt es, wenn Magnus den Berliner Tonfall nachäfft »Hey Alter, ich seh Dich, Alter« –, obwohl er sich genau das so sehr gewünscht hatte, den Zufall, eine Begegnung von irgendwoher, ist es ihm unmöglich gewesen, bei jemandem einfach vorbeizukommen, der ihn mit »Hey Alter« anspricht. Er hat Biene nie besucht, er weiß noch nicht einmal, wie sie aussieht, er sagt, er bedauere das manchmal. Und in den letzten Tagen in Berlin, zwölf Jahre später, er hatte jede Menge anderer Mädchen kennengelernt und wußte noch nicht, daß es die letzten Tage sein würden, ging ihm plötzlich alles verloren. Er verlor seinen Wohnungsschlüssel, sein Geld und seine Uhr, er flog aus seinem Job raus, schlug sich in den Kneipen mit irgendwelchen Typen herum und hatte das Gefühl, sein ganzes Leben breche auseinander, grundlos, unerklärlich, aus heiterem Himmel. Er schien zu fallen, ohne daß ihn irgend etwas aufgehalten hätte. Und dann ging er los und kaufte sich von seinem letzten Geld den schönsten Anzug, den er je besessen hatte, und eine Sonnenbrille und ein Paar neuer Schuhe und zog zwei Tage und zwei Nächte lang durch die Bars und Kneipen der Stadt. Stand dann am Morgen, früh um sieben, bei Hjalmar und Irene in Schöneberg vor der Tür und sagte »Ich muß schlafen. Kann ich bitte bei euch schlafen«, und Hjalmar und Irene legten ihn in ihr Bett, machten das Licht aus und zogen die Vorhänge zu. Magnus schlief zwei Tage lang, stand dann auf, verabschiedete sich, brach seine Wohnungstür auf, packte seine Sachen, verließ die Stadt und ging zurück nach Reykjavík. »Oh Magnus«, sagt Jonina, wenn er diese Geschichte erzählt, »oh Magnus«, und sie schlägt die Hände zusammen, »was für eine schöne Geschichte über den Abschied«. Magnus ist seitdem nicht mehr in Berlin gewesen, er hat keinen Kontakt mehr zu den Freunden aus dieser Zeit. Jonina telefoniert zweimal im Jahr mit einer Freundin in Wien, das ist alles, die Vergangenheit ist fest verschlossen wie eine Muschel. Und dann sagt Magnus »Irene kommt nach Island und bringt irgend jemanden mit, nicht Hjalmar, sondern irgend jemand anderen, ich kenne ihn nicht, zumindest ist er kein Isländer«. Irene. Was für ein fester, kompakter, kühler Name. »Warst du mit ihr zusammen?« sagt Jonina, es ist tatsächlich das erste, was sie wissen will, und Magnus stößt ein kleines, abwehrendes Lachen aus. »Nein, nie. Sie war ziemlich lange mit Hjalmar zusammen, sie haben sich erst getrennt, als ich schon nicht mehr in Berlin war«. Irene soll einen Diavortrag über deutsche Architektur in Reykjavík halten, Hjalmar gibt ihr die Telefonnummer eines anderen Isländers in Japan, dieser verweist sie an jemanden in Kalifornien, in Kalifornien bekommt sie Magnus' Telefonnummer und ruft ihn an und sagt »Entschuldige, Magnus. Wir haben lange nichts mehr voneinander gehört. Aber ich komme jetzt nach Reykjavík, und ich dachte, wir könnten uns sehen«. »Freust du dich denn?« sagt Jonina. »In gewisser Weise schon«, sagt Magnus, »Natürlich freue ich mich. Es kann schön werden. Es kann auch völlig danebengehen, ich kann es nicht einschätzen«. Man kann gar nichts einschätzen, denkt Jonina, lieber Magnus, man kann doch überhaupt gar nichts einschätzen und man muß immer auf das Schlimmste gefaßt sein und auf das Schönste auch.

Es schneit ungewöhnlich früh in diesem Jahr. Schon Mitte November liegt der Schnee außerhalb von Reykjavík anderthalb Meter hoch, die Ringstraße muß täglich geräumt werden, viele Straßen, die ins Landesinnere führen, sind gesperrt, die Dörfer von der Außenwelt abgeschnitten. In anderen Ländern werden unter diesen Wetterbedingungen die Flughäfen geschlossen, nicht in Island, Flugzeuge der *Icelandair* landen auch auf einer Eispiste. Irene und Jonas kommen Ende November in Keflavík an, bei minus fünf Grad Celsius und einem Schneesturm der Windstärke sieben, Jonas wird die ganzen zehn Tage über immer und immer wieder davon sprechen. Magnus holt sie nicht vom Flughafen ab, obwohl er Zeit dazu hätte, aber er geht am ersten Abend, den sie in der Stadt sind, zu Irenes Diavortrag, er interessiert sich tatsächlich für Architektur. Jonina fährt mit Sunna nach Olurfsbudir, in das Sommerhaus ihrer Eltern. »Frag sie, ob sie mitkommen wollen. Frag sie, ob sie Lust haben, rauszufahren«, sagt Jonina, »Bist du sicher?« sagt Magnus, Jonina verzieht genervt das Gesicht. Natürlich ist sie sicher. Sie ist mit Magnus jetzt seit zwei Jahren zusammen. Sie ist 35 Jahre alt, sie hat eine sechsjährige Tochter, die keinen Kontakt mehr zu ihrem Vater hat. Sie hat Magnus bei einem Abendessen kennengelernt, bei Freunden – er wurde ihr angekündigt, als jemand, der sie sicherlich interessieren würde, als gebildeter Psychologe, ein bißchen merkwürdig, zurückhaltend und etwas durcheinander, aber gutaussehend, alle Beschreibungen trafen zu. Sie haben sich zwischendurch für vier Monate getrennt und sind jetzt wieder zusammen. Sie kann es nicht leiden, wenn Magnus sie fragt, ob sie sicher sei. Wenn sie nicht sicher wäre, würde sie nichts sagen, sie würde die ihr völlig fremde Irene und den unbekannten Jonas nicht einladen, wenn sie nicht sicher wäre, daß es gutgehen würde. Oder auch nicht gut. Warum immer gut? Daß sie sich verstehen würden oder eben nicht verstehen, wie auch immer. Sie sagt »Ich würde Irene gerne kennenlernen, und für Irene wäre es schön, wenn sie aus Reykjavík herauskäme, also frag sie«, und dann fährt sie los. Sie packt Schneeanzüge, Vorräte, Wein, Zigarettenstangen in den Kofferraum ihres Autos und fährt mit Sunna nach Olurfsbudir. Eine Ansammlung kleiner Sommerhäuser an der Westküste, zehn Kilometer vom Meer entfernt, siebzehn Sommerhäuser am Hang und mitten im

Moor. Buckelwiesen, Moos und Zwergsträucher und am Horizont die Berge, sehr weit entfernt. Das ist alles. Die Sommerhäuser sind einfache, niedrige Blockhütten mit zwei kleinen Schlafzimmern und einer Wohnküche darin und einer Terrasse mit einem Pool, in den man heißes Quellwasser laufenlassen kann. Jonina ist in Olurfsbudir am liebsten im Winter, wenn der Schnee das Moor zugedeckt hat und alles weiß ist bis zu den blauen Bergen hin. Es wird um elf Uhr hell und um vier schon wieder dunkel, alles ist still und weit und gottverlassen, die schwarzen Herden der Islandpferde und der Dampf aus dem Pool das einzige, was sich bewegt. Und das Licht wechselt von Moment zu Moment, Nebel, Nebelwände, Sonne, der plötzliche Blick auf die Berge, der Himmel reißt auf und zieht sich wieder zusammen in drohenden, blauschwarzen Wolken, dann wieder Nebel und gar kein Licht mehr. Es beruhigt Jonina, nach Olurfsbudir zu fahren, es beruhigt ihre Nerven und ihren ganzen Körper und auch ihr Herz. Sie ist süchtig danach, in diesem Holzhaus auf dem Sofa am Fenster zu sitzen und auf die Buckelwiesen hinauszustarren und an gar nichts zu denken, sie empfindet das als reinigend, immer noch, nach all den Jahren. Sie hat befürchtet, daß Magnus mit Olurfsbudir nichts anfangen könnte, als sie ihn das erste Mal mit hinausgenommen hat, daß ihm das alles zu eintönig sein würde, zu ruhig, aber die Befürchtung war umsonst, Magnus ist sehr froh gewesen in Olurfsbudir. Er hat zu diesem ersten Besuch einen kleinen, ledernen Koffer mitgebracht, dessen Inhalt Jonina sich ansah, als er im Bad war. Drei gebügelte Hemden, drei

Hosen, ein perfektes Reiseetui mit Schuhcreme, Bürsten und Poliertüchern, ein ebenso perfektes Etui mit Nähzeug und eine CD von Nick Cave. Jonina stand vor dem Koffer und starrte auf dessen Inhalt, auf diesen sie rührenden und beunruhigenden Inhalt, dann klappte sie den Koffer wieder zu. Magnus ruft spät in der Nacht an, Sunna schläft schon, die anderen Sommerhäuser sind im Winter unbewohnt. Er sagt »Also wir würden kommen, morgen, sie möchten sehr gerne mitkommen«. »Wie sind sie?« sagt Jonina, »Wie ist dieser Typ, und wie war es mit Irene?«, Magnus lacht leise. Jonina spürt eine Welle der Zuneigung, er tut ihr sehr leid auf einmal oder besser, sie würde ihn jetzt gerne anfassen, es muß doch eigentlich fürchterlich sein, diese Wiederbegegnung nach einer so langen Zeit. Er sagt »Es war gut. Nein wirklich, es war gut. Sie hat einen schönen Vortrag gehalten, und danach sind wir essen gegangen, es war nicht schwierig, es war eigentlich so wie damals«, und Jonina sagt »Dann kommt. Kommt nicht zu spät, es ist sehr schön hier draußen«.

Jonina faltet das Packpapier wieder um das Foto herum, sie atmet flach und leise, ihr Herz klopft, sie befürchtet, daß Magnus gerade jetzt aufwachen wird. Er wacht nicht auf, er schläft hinter der weißlackierten Tür des Schlafzimmers seinen kindlichen, festen Schlaf. Sunna schüttet in der Küche Cornflakes in eine Schüssel, das Geräusch erscheint Jonina unglaublich laut. Sie steht auf und geht zu dem Schrank im Flur und legt das Paket dort hinein, unter die Kartons, in denen ihre alten Studienhefte, ihre Fotos und Briefe liegen. Sie muß es irgendwo anders hinschaffen, und vielleicht muß sie es aus dieser Wohnung hinausschaffen, und vielleicht sollte sie es Magnus auch einfach zeigen, sie ist sich nicht sicher. »Was machst du«, sagt Sunna aus der Küche, sie fragt nicht, sie sagt das, »Was machst du«, mißtrauisch und erwachsen. »Nichts«, sagt Jonina, »ich räume auf«, sie muß darüber lachen. Sie ist mit Magnus und Sunna vor vier Wochen in diese Wohnung gezogen. Damals, vor einem Jahr im November, als Irene und Jonas kamen, hatten sie die Wohnung gerade gekauft, sie hatten lange gesucht und sie dann schließlich gefunden, eine kleine Vierzimmerwohnung im alten Hafenviertel von Reykjavík mit Bäumen vor den Fenstern und Stuck an der Decke. Sie mußten beide viel arbeiten, wollten im Januar renovieren und im Februar einziehen. Sie fingen im März an zu renovieren und strichen die Wände, vergrößerten eine Tür und bauten neue Fenster ein, und eigentlich war alles fertig, aber dann riß Magnus eine Diele aus dem Boden und eine zweite, eine dritte, und beschloß, ein neues Parkett zu verlegen, und Jonina stieg aus. Sie ließ es einfach sein, sie ließ ihn alleine renovieren, und er nahm die ganze Wohnung auseinander und wurde nicht fertig, er wurde einfach nicht fertig, und Jonina stellte bestürzt fest, daß sich hinter seiner distanzierten, stillen und geistesabwesenden Art ein Perfektionswahn verbarg. Sie ging monatelang nicht mehr in die Wohnung, sie konnte es nicht ertragen, sie konnte dieses gräßliche Chaos nicht ertragen, in dem alles zerstört war, was eigentlich schon gut genug gewesen war, und in dem Magnus immer noch etwas Neues einfiel, das er verändern wollte. Es wurde Sommer und schließlich Herbst, und im Oktober zwang er sie, sich das Ergebnis anzusehen. Sie standen im leeren Wohnzimmer voreinander, in dem das Sonnenlicht auf das glänzende Parkett fiel und die Wände leuchteten, der Stuck an der Decke war weiß hervorgehoben, die Türen führten breit und hoch von einem Raum in den anderen hinein, die Fenster hatten den dritten Lackanstrich, und in der Küche summte ein silberner, riesiger Kühlschrank. Sunnas Zimmer. Dein Zimmer. Das Eßzimmer. Unser Zimmer. Magnus nahm seine Brille ab, er sah krank aus, er sagte »Ich müßte noch die Fliesen legen im Bad«, und Jonina sagte »Entweder, ich ziehe morgen hier ein oder überhaupt nicht mehr. Glaub mir das. Morgen oder gar nicht«, und dann gab er nach.

In der Küche sagt Sunna altklug und wie zu sich selbst »Es gibt hier nichts aufzuräumen«, und das stimmt. Es gibt in dieser Wohnung nichts aufzuräumen. Magnus hat überhaupt keine eigenen Gegenstände gehabt, sie selber hat ihre Möbel verkauft, in allen Zimmern außer in Sunnas steht nur das Notwendigste. Vielleicht hat Magnus gedacht, das müsse so sein. Eine Wohnung für sie drei zusammen müsse so aussehen, sie müsse leer sein, um dann gefüllt zu werden mit diesem neuen, gemeinsamen Leben, vielleicht hat er sich das, ungeschickt und unsicher, so vorgestellt. Aber bis heute ist nichts dazugekommen. Jonina hat das Befremden der Freunde, die beklemmende Höflichkeit sehr wohl gespürt, »Eine wunderbare Wohnung, eine schöne Lage, es ist nur sehr leer alles, oder? Ihr solltet Bilder aufhängen, Fotos, irgendwas«, »Vielleicht hat

Magnus so lange renoviert, weil er sich eigentlich gar nicht sicher ist?« sagt Joninas Schwester zögernd, und Jonina sagt »Das kann sein. Aber ich bin mir genausowenig sicher, und wir haben Zeit, immer noch, alle Zeit der Welt«. Es hat sie beruhigt. Diese Vermutung ihrer Schwester hat sie beruhigt, es ist gut zu wissen, daß Magnus sich fürchtet, vor dem Zusammenleben, dem Entschluß und dem Ende fürchtet, sie fürchtet sich auch. Sie schließt den Schrank, geht zu Sunna in die Küche und setzt sich zu ihr an den Tisch. Der Wasserhahn tropft. Sunna schweigt. Jonina steht auf und dreht den Wasserhahn zu, dann setzt sie sich wieder. Sunna ißt ihre Cornflakes aus einer zitronengelben Schüssel, schläfrig und langsam, die Cornflakes krachen in ihrem kleinen, verschlossenen Mund. Sie hat die Augen unverwandt auf ihre Mutter gerichtet. Draußen ist es immer noch nicht hell.

Jonina und Sunna verbringen den Nachmittag, die letzten Stunden, bevor es um fünf wieder gänzlich dunkel ist, in Olurfsbudir auf der Terrasse. Jonina sitzt im Schnee auf einem Gartenstuhl, Sunna sitzt im Pool. Jonina hat die Wassertemperatur auf 40 Grad eingestellt, wenn das Wasser zu kalt wird, läuft automatisch heißes Wasser nach. Der Pool ist aus türkisfarbenem Plastik, das Wasser leuchtet, der Schnee am Rand des Pools ist geschmolzen, auf der ganzen Terrasse aber liegt er fest und hoch. Sunna sitzt nackt in diesem blauen Wasser, ihre Wangen sind sehr rot, ihre Augen strahlen intensiv und irritierend türkis. Sie sprechen nicht viel, überhaupt spricht Sunna wenig. Es ist windstill und trocken kalt, die Ebene ist weiß und glatt wie eine Wüste, der Schnee hat die Hartgräser zugedeckt. Die Islandpferde stehen bis zu den Bäuchen im Schnee und bewegen sich nicht. Jonina raucht nicht, um Sunna nicht zum Sprechen zu bringen, Sunna haßt das Rauchen. Jonina kann Magnus' Auto schon von weitem sehen, er mag noch kilometerweit weg sein, sie kann ihn sehen in der klaren Luft. Er fährt langsam, sein Auto ist überhaupt nicht für den Schnee geeignet, er weigert sich, einen Jeep zu kaufen. Er sagt, er wäre nicht der Typ für einen Jeep, und er hat recht. Das Auto kommt mit einer gelangweilten Geschwindigkeit herangefahren und bleibt am Fuß des Hügels, auf dem das Haus liegt, stehen. Jonina bewegt sich nicht, Sunna bewegt sich auch nicht, nur das Wasser plätschert leise. Der Motor geht aus, es ist still, die Türen des Autos bleiben geschlossen. Einen schrecklichen Moment lang denkt Jonina, daß es nicht Magnus sein wird, der in diesem Auto sitzt, sondern irgend jemand anderes, jemand, den sie nicht kennt. Dann gehen die Türen auf und Magnus steigt aus, Irene und Jonas steigen aus. Jonina steht auf. Magnus ruft ihren Namen, mit einer übertrieben erleichterten Stimme. Sie geht ihnen entgegen, sie scheinen nicht in der Lage zu sein, sich vom Fleck zu rühren, stehen da und sehen überwältigt in die Landschaft. Oder sie tun so, als seien sie überwältigt, Jonina ist immer eher bereit, letzteres anzunehmen. Wenn sie gewußt hätte, wie Irene aussieht, hätte sie Magnus nicht fragen müssen, ob er je mit ihr zusammen gewesen sei. Sie ist zu klein. Zu zart. Körperlich nicht präsent genug für Magnus, der sich zu

Frauen hingezogen fühlt, die über seine Schüchtern-
heit, seine Anspannung und Geistesabwesenheit einfach hinweggehen und ihn einnehmen, ohne daß er es
merkt. Jonina hat das so gemacht, vielleicht. Vielleicht
hat sie ihn einfach angefaßt, mit nach Hause genommen und überredet, sie ist sich nicht sicher, sie kann
sich daran auch nicht genau erinnern. Irene sieht
schüchtern aus, so schüchtern und abwesend wie Magnus. Sie ist nicht wirklich klein, aber sie ist auch nicht
groß. Ihr Gesicht angespannt, ernst, intellektuell, in
Zügen mädchenhaft. Ein Mädchen, das einem in der
Universitätsbibliothek nur deshalb auffallen würde,
weil es immer schon da ist, wenn man kommt, und immer noch da ist, wenn man geht. Jonina kennt diese
Mädchen aus Wien und sie hat sie gemocht. Die
Hand, die Irene ihr jetzt reicht, ist kühl, ihr Hände-
druck ziemlich fest. Sie trägt einen unangemessenen
Jeansmantel, der mit einem schwanenweißen Kunstfell
gefüttert ist, das Kunstfell steht ihr, der Mantel wird
sie keine zehn Minuten lang wärmen. Jonas trägt eine
ähnliche Jacke aus braunem Wildleder, auch gefüttert,
eine Hippiejacke für ein winterliches Woodstock, natürlich trägt er sie offen. Seine Jeans sind zerschlissen,
die grüne Wollmütze hat er sich tief über die Augen
gezogen. Über seiner Schulter hängt ein Armeeruck-
sack, den er anscheinend nicht dem Kofferraum hat
anvertrauen wollen. Er gibt Jonina nicht die Hand,
aber er sagt »Hey«, vielleicht soll das isländisch sein,
es hört sich eher amerikanisch an. »Hey«, sagt Jonina
in genau dem gleichen Tonfall. Er sieht sexuell aus. Es
ist das erste Wort, das Jonina für ihn einfällt, er sieht

sexuell aus, und Irene sieht blaß aus. Magnus faßt Jonina mit der linken Hand um den Nacken und gibt ihr einen ungeschickten Kuß auf den Mund. Sie hat ihm oft genug erklärt, daß er das nicht tun müßte, er müßte in der Öffentlichkeit nicht demonstrieren, daß sie zusammen sind. Sie ist darauf nicht angewiesen, er scheint ihr das nicht zu glauben. Jonas sagt »Abgefahren«. Er sagt *ab-ge-fahrn*, mit einer dunklen, kratzigen Stimme und schüttelt den Kopf, »Original wie auf dem Mond«. »Was ist abgefahren?« sagt Jonina auf deutsch. Es ist merkwürdig, Deutsch zu sprechen, und Magnus' Deutsch ist ihr geradezu unheimlich. Jonas schüttelt den Kopf, sieht sie zum ersten Mal an, seine Augen sind grün, dunkelgrün, um die Iris herum ein kleiner, gelber Kreis. Er sucht vielleicht nach einer Antwort, sagt aber nichts, sondern tritt einige Male mit seinen Militärstiefeln in den Schnee. Irenes Gesichtsausdruck ist unergründlich, sie zündet sich eine Zigarette an, als müsse sie irgend etwas noch lange aushalten. Jonina zieht aus ihrer Jackentasche einen Schlüssel hervor und reicht ihn Magnus. Sie sagt erst auf isländisch und dann auf deutsch »Zeig ihnen ihr Haus«, sie deutet den Hang hoch, ein Stück über ihrem eigenen Sommerhaus steht ein zweites, identisches Haus für Irene und Jonas, »Ich habe die Heizung angestellt, den Pool mußt du ihnen erklären«. »Pooool«, sagt Jonas träumerisch. Oben auf der Terrasse taucht Sunna aus dem Wasser empor und stellt sich nackt in den Schnee.

Vor dem Fenster der Küche wird der Himmel jetzt blau, ein Tiefblau, das Jonas im vergangenen Jahr jeden Morgen um den Verstand gebracht hat. Sunna schiebt ihre Cornflakesschüssel weg, ungehalten und müde, und sagt »Ich gehe jetzt los«. Sie geht seit vier Monaten zur Schule und scheint sich täglich weiter von Jonina zu entfernen. Sie schnürt sich im Flur die Stiefel zu, zieht ihren Mantel an und setzt sich die Fellmütze auf, sie sieht aus wie ein Eskimo, die Augen zu Schlitzen zusammengezogen. Sie kommt noch einmal in die Küche und küßt Jonina zärtlich, dann schlägt die Tür hinter ihr zu. Die Schule ist am Ende der Straße. Jonina wünscht sich manchmal, daß sie weiter weg wäre, damit sie Sunna bringen könnte, am Schultor verabschieden, ihr hinterhersehen, bis sie hinter der großen Schultür verschwunden ist. Sunna will nicht in die Schule gebracht werden. »Soll ich dich bringen?«, »Nein. Ich gehe alleine«. Jonina bleibt am Küchentisch sitzen und sieht durch die Küchentür in den Flur hinüber ins große Zimmer – unser Zimmer –, in dem das weiße Sofa vor dem Fenster steht, neben dem Sofa auf dem Fußboden ein Strauß Gladiolen in einer großen, grünen Vase, auf dem Fensterbrett ein Kerzenständer aus Messing, das ist alles. Sie muß Magnus wecken, er muß in einer Stunde zur Arbeit gehen. Sie bleibt sitzen. Sie könnte kleine Steine auf dieses Fensterbrett legen, die flachgeschliffenen Steine vom Strand von Dyrhólaey, so flach geschliffen wie Papier, schwarz und fast weich. Oder Muscheln. Sie fühlt sich plötzlich den Tränen nahe, einem ungewohnten, theatralischen Impuls, die Hände vor das Gesicht zu schlagen und in Tränen auszubrechen, das ist albern, sie wüßte noch nicht einmal, weshalb sie eigentlich weinen soll. Sie erinnert sich an den Morgen vor anderthalb Jahren, an dem sie neben Magnus aufgewacht ist, in seiner Wohnung, diesem Junggesellenzimmer mit dem winzigen Fenster und dem Steinfußboden und dem immer klammen Bett und den Stapeln von Büchern um das Bett herum, Weingläsern, Aschenbechern; Magnus hat hier, in der neuen Wohnung, diese Unordnung anscheinend ein für allemal beenden wollen. Sie ist aufgewacht, sie hat den schlafenden Magnus lange angesehen, dann hat sie sich angezogen ohne ihn zu wecken und ist nach Hause gegangen. Als er anrief, später, ging sie nicht ans Telefon. Sie hätte es nicht erklären können, niemandem, und am allerwenigsten sich selbst. Magnus rief nicht noch einmal an, ganz so, als hätte er das gewußt. Und vier Monate später stand sie wieder vor seiner Tür, geläutet und entschlossen, ein für allemal. Er ließ sie herein, sagte »Das war das«, und sie sprachen nicht mehr darüber, nie. Im Haus auf der anderen Straßenseite gehen alle Lichter an und wieder aus. Der Himmel wird heller, irgend jemand läuft das Treppenhaus hinunter und schlägt die Haustür zu, weiter weg fährt ein Auto an, der Kühlschrank summt leise. Die seltsame Gleichzeitigkeit der Geräusche, die Konzentration auf etwas, das nicht zu fassen ist. Im letzten Jahr sagte Jonas nach einer durchzechten Nacht den Satz »Mir ist danach, in einem dunklen Keller zu sitzen und Trickfilme zu gucken in Schwarzweiß«. Jonina fand, daß es ihm sehr oft gelang, solche Sätze zu sagen, Sätze, die sie sofort verstand. Konzentrierte Sätze, obwohl er überhaupt nicht konzentriert war, zumindest nicht konzentriert auf die Außenwelt, auf das, was um ihn herum war, die Befindlichkeiten und Verfassungen der anderen. Eher wie autistisch, sich selber ausgeliefert in allem Glück und in allem Unglück. So möchte ich manchmal auch sein, denkt Jonina, ich habe das damals schon empfunden und dann vergessen, und dieses Foto hat mich wieder daran erinnert, so möchte ich auch manchmal sein.

Irene und Jonas bleiben im Haus. Magnus hat sie hochgebracht und kommt dann zurück, sie werden zum Abendessen wieder herunterkommen. Jonina weiß, daß die Häuser in Olurfsbudir sich allesamt gleichen, und sie verwirrt das, die identische Ausstattung, der gleiche Blick auf die Berge, den Schnee und die einbrechende Dunkelheit, der Gedanke, daß Irene und Jonas sich in der gleichen Kulisse bewegen wie sie selbst und Magnus und Sunna. Die gleichen Bedingungen und ein anderes Gespräch. Welches Gespräch da oben, wenn überhaupt? Sunna liegt im Schlafzimmer auf dem Bett und sieht einen Kinderfilm auf dem portablen Fernseher. Magnus hat sich auf das Sofa gesetzt und liest. Er liest immer. Jedes Gespräch mit ihm ist immer ein Gespräch zwischen zwei Absätzen des Buches, in das er gerade vertieft ist, Jonina hat es aufgegeben, ihm das abzugewöhnen. Sie müßte anfangen zu kochen und hat nicht die geringste Lust dazu. Sie sagt »Sag was«. »Was denn?« sagt Magnus freundlich, er blickt nicht von seinem Buch hoch, er liest weiter. »Wie sie sind, sag mir, wie sie sind, in was für einer Beziehung stehen sie zueinander, zum Beispiel.« Nur zum Beispiel. »Sie sind nicht zusammen«, sagt Magnus langsam, liest einen Satz zu Ende, dann sieht er Jonina an. »Wolltest du das wissen? Sie sind nicht zusammen, sie scheinen beide in Beziehungstragödien zu stecken, sie hat auf dem Weg hierher mit dem Handy mit irgend jemandem telefoniert und wütend aufgelegt, und er hat gestern abend von nichts anderem gesprochen als von der Frau, die ihn gerade verlassen hat. Sie sind nicht zusammen, aber Irene sagt, er sei ihr bester Freund. Seit Jahren oder so. Sie kennen sich schon relativ lange, sie müssen sich kennengelernt haben kurz nachdem ich aus Berlin weggegangen bin oder währenddessen, ich hab' keine Ahnung. Ich hatte nicht mit sämtlichen Freunden von Irene zu tun.« Er klappt das Buch halb zu, läßt aber den Zeigefinger zwischen den Seiten. »Irene sagt das«, sagt Jonina. »Und was sagt Jonas?« »Jonas sagt nichts«, sagt Magnus irritiert. »Sie sagt mir das, weil sie mich kennt. Weil sie mir eine private Information weitergibt, er war auch nicht dabei, als sie das gesagt hat. Und er kennt mich gar nicht, wieso sollte er zu mir sagen, Irene ist meine beste Freundin?« Er hat recht. Er legt sein Buch weg und zündet sich eine Zigarette an, inhaliert ordentlich den Rauch, stößt ihn wieder aus, dann seufzt er. Dieses Gespräch langweilt ihn. »Und findest du nicht, daß sie ein komisches Paar sind? Sehr unterschiedlich, auf den ersten Blick sehr unterschiedlich?« sagt Jonina, schiebt die Glastür auf und wieder zu, was will sie eigentlich gerade tun. »Beste Freunde sind immer unterschiedlich«, sagt Magnus auf eine komisch belehrende Art. »Sie sind unterschiedlich, damit sie befreundet sein können, oder? Welchen Sinn hätte es sonst, befreundet zu sein? Und du sagst es selbst – unterschiedlich auf den ersten Blick. Auf den ersten Blick.« »Wahrscheinlich täusche ich mich«, sagt Jonina, räumt konfus den Kühlschrank aus und wieder ein. Vielleicht sollten sie grillen. Vielleicht Fisch kochen, Suppe, sie hat keine Ahnung, ihr fällt auch auf, daß sie schon lange nicht mehr mit anderen Menschen zusammen gewesen sind. Sie sind meistens allein. Sie und Magnus und Sunna. Sie arbeiten viel. Sie sind abends müde. Sie trinken nicht mehr so viel wie früher. Sie sagt »Koch du. Ich kann nicht kochen, ich habe keine Lust, zu kochen«, und Magnus sagt »Gleich, ja? Ich lese noch schnell diese Seite zu Ende, und dann koche ich für uns alle«.

Gegen Abend geht sie hoch, um Irene und Jonas zu holen. Es hat wieder angefangen zu schneien. Die Hütte liegt still und dunkel, Jonina befürchtet, sie nackt im Pool vorzufinden, aber der Pool ist leer. Sie betritt die Terrasse, die Glastür steht offen, Jonina kann einen Moment lang gar nichts sehen, dann erkennt sie Irene und Jonas auf dem Sofa, Irene sitzt, Jonas liegt auf dem Rücken mit dem Kopf in ihrem Schoß. »Hallo«, sagt Irene trocken. Jonas richtet sich auf, überhaupt nicht verlegen, und macht das Licht an. Irene sagt »Man kann im Dunkeln besser rausschauen. Und wir waren stundenlang in diesem Pool. Es ist sehr schön hier, Jonina«, sie hat eine Art, Joninas Namen auszusprechen, zutraulich, kindlich, die Jonina fremd ist. Sie steckt die Hände in die Hosentaschen und weiß nicht, was sie sagen soll. Auf dem Tisch liegen Zigaretten, steht eine Flasche Wodka, keine Gläser, eine Kamera, etliche Filme, drei Bücher, ein Schlüsselbund, eine Haarbürste, ein Aschenbecher. Jonina verspürt eine zwanghafte Lust, all diese Gegenstände in die Hand zu nehmen und sie sich genau anzuschauen. Die Tür zu dem rechten Schlafzimmer ist offen, die Tür zum anderen Schlafzimmer verschlossen. Irene folgt Joninas Blick und sagt »Wir schlafen in diesem Zimmer, es hat die schönere Aussicht«. »Ja«, sagt Jonina, »ich schlafe auch immer vorn.« Jonas bindet sich mit energischen, ruckartigen Bewegungen die Schuhe zu und sagt »Ich habe mir immer so ein Schlafzimmer gewünscht, ein Zimmer mit dem Fenster auf der Höhe des Bettes und einem Blick in die Gegend, genau so ein Zimmer, und hier ist es jetzt einfach, es ist einfach *da*«, er lacht darüber und sieht beiläufig zu Jonina hoch. Es scheint ihm nicht wichtig zu sein, daß sie ihn versteht. Sie sagt »Also das Essen ist fertig«, dann dreht sie sich um und geht hinaus. Sie bereut nicht, sie eingeladen zu haben, sie bereut es überhaupt nicht.

Sie kommen eine Viertelstunde später herunter, schlagen sich an der Hauswand den Schnee von den Schuhen, hängen ihre Mäntel in den Flur, setzen sich an den Tisch. Magnus hat Fisch gekocht mit Limonen und Rosmarinzweigen. Sunna ißt eine einzige Kartoffel und schaut ununterbrochen mit leicht geöffnetem Mund Jonas an, der mit ihr Englisch spricht. Sie sagt keinen Ton und geht um elf einfach ins Bett, als Jonina später nach ihr sieht, schläft sie schon, noch angezogen, auf der Seite liegend, die linke Hand auf ihr Ohr gepreßt. Irgend etwas war ihr zu laut. Vielleicht Jonas, der in der Küche sehr laut redet, sehr schnell und aufgeregt, er schlägt zwischendurch mit der flachen Hand auf den Tisch oder auf Irenes Knie, ab und an legt er den Kopf in den Nacken und schreit einfach auf. Es ist schön, ihm zuzuhören, aber auch anstrengend, es macht Jonina unruhig. Sie kann ihn manchmal gar nicht verstehen, vielleicht liegt es an der Sprache, vielleicht an etwas anderem. Er redet über den Schneesturm bei der Landung, die Fahrt mit dem Bus durch die Dunkelheit nach Reykjavík, den Schnee auf den Straßen, der sofort wieder schmilzt, weil die Straßen beheizt werden. Die erste Nacht im Apartment in der Stadt mit dem Blick auf den zugefrorenen See, Irene, die schon schlafen gegangen war, und er selbst, der in der Küche am Tisch saß, auf die nächtliche Stadt hinaussah und es nicht fassen konnte. Was nicht fassen konnte? Island. *Rey-kja-vík.* Den Schnee. Jonas hat eine merkwürdige Art, zwischendurch unsinnig und heftig ein beliebiges Wort zu betonen, vielleicht ist es das, was Jonina reizt, diese egoistische Dynamik. Irene schweigt. Anscheinend hat sie sich vorgenommen, Jonina und Magnus Jonas einfach zu zeigen. Ihn vorzuführen wie ein seltenes Exemplar, ihnen die Entscheidung zu überlassen, ob sie sich mit diesem Exemplar beschäftigen wollen oder nicht. Sie unterbricht ihn nicht, sie beschwichtigt nicht, sie mischt sich selten ein. Sie hört ihm zu und sie lacht ziemlich oft über das, was er sagt. Sie raucht komische Nichtraucherzigaretten aus Kräutern gedreht und trinkt ein Glas Leitungswasser nach dem anderen. »Was habt ihr eigentlich damals zusammen gemacht in Berlin, du und Magnus?« fragt Jonina sie einmal und hat plötzlich

Angst vor dem, was Irene darauf antworten könnte. Aber Irene hebt nur symbolisch ihr Glas hoch und sagt »Getrunken. Was kann man mit Isländern sonst machen? Wir haben zusammen getrunken und die Nächte miteinander verbracht, uns im Morgengrauen verabschiedet, mehr eigentlich nicht«. Magnus schweigt und flüstert schließlich »Mehr eigentlich nicht«, wie ein absurdes Echo. Jonina sagt »Hat Magnus sich verändert?«, und Irene zögert einen Moment lang, sieht Magnus an, das heißt, sie tut nur so, sie sieht ihn nicht wirklich an, dann sagt sie »Nein, hat er nicht«. Was sollte sie auch sonst sagen. Jonina hat das Gefühl, daß sie diese Leute kennt. Nicht Jonas und Irene, sondern diese Art von Mensch, ihre Wahrnehmung, verwöhnt, abgeklärt und begeisterungsfähig zugleich. »Ich meine, wir sitzen hier *am Ende der Welt*, oder? Das ist doch das Ende der Welt hier«, sagt Jonas. »Dieser ganze Schnee und die Kälte und die Berge und diese *totale*, abgefahrene Einsamkeit, und mitten darin sitzen wir und reden so rum und essen *großartige* Dinge und trinken Schnaps und Wein, und uns geht es gut, das muß man sich mal vorstellen. Irene. Hast du das schon begriffen oder was, du hast es schon verstanden, dir ist alles klar, dir *ist klar*, was hier passiert.« Irene sieht auf einmal ganz abwesend aus, lacht dann, dreht an dem Ring an ihrer linken Hand herum und antwortet nicht.

Magnus liegt auf dem Rücken im Bett und schläft, die Bettdecke bis zu den Schultern hochgezogen. Er atmet ruhig und regelmäßig, fast unhörbar, nachts tastet Jonina manchmal nach seinem Bauch, um seinen Atem zu fühlen, sie kann ihn kaum hören. Sie setzt sich auf die Bettkante und sieht ihn an, das ist verboten, sie tut es trotzdem. Manchmal kann sie sein wirkliches Gesicht sehen. Am ehesten dann, wenn er seine Brille nicht trägt und seine Haare naß sind, wenn er aus dem Wasser kommt oder aus der Dusche und seine am Kopf anliegenden Haare die Form seines Schädels freigeben und sein Gesicht. Sie kann sehen, wie gefährlich er eigentlich ist. Ist das das richtige Wort? Sein eigentlicher Ausdruck ist nicht offen, aber freundlich, sein Gesicht ist schmal und jungenhaft, klar geschnitten und schön, es ist nichts Auffälliges darin. Vielleicht ist sein Mund ein wenig zu kindlich, seine Augen hinter den Brillengläsern sehr klein, oft zusammengezogen, sein Blick abwesend, unaufmerksam. Sie kann nur manchmal sehen, daß sein Gesicht eigentlich kalt ist, ein aggressives, forderndes, entschlossenes und kaltes Gesicht, sie kann das sehen, wenn er aus dem Wasser kommt und wenn er schläft, sie weiß nicht, ob er diese Kälte eigentlich verbergen will. Die Kälte stößt sie nicht ab. Sie zieht sie auch nicht an. Es ist die Kälte eines Fremden, die Kälte von jemandem, mit dem sie auch hunderttausend Jahre verbringen könnte, sie würde ihn doch niemals kennen. *Das ist eine eiskalte Tatsache, ein kaltblaues Fakt*, Irene hat diese isländische Redewendung sehr gemocht. Jonina flüstert »Es ist Post gekommen, aus Berlin«, dann weckt sie Magnus auf.

Erstaunlicherweise ist es so, daß Jonina Island anders sieht durch diesen Besuch von Irene und Jonas. Sie kann es für eine kurze Zeit mit den Augen einer Fremden sehen, obwohl sie geglaubt hat, daß das eigentlich nicht möglich sei. Sie arbeitet, seitdem sie aus Wien wieder nach Island zurückgekommen ist, als Touristguide. Sie führt Touristen im Sommer wochenlang durch das Hochland, und im Winter übernimmt sie die Tagestouren mit dem Bus zum Geysir und zum Gullfoss und zum Vulkan Hekla und zu den heißen Quellen von Landmannalaugar. Sie arbeitet für einen Franzosen, Philippe, dessen Organisation alle möglichen Touristentouren zu Pferd oder zu Fuß oder mit dem Bus und in Sonderfällen mit Propellermaschinen, die bis nach Grönland fliegen, anbietet; Philippe selber ist noch nicht einmal am Geysir gewesen, er haßt Island, er haßt die Kälte, den langen Winter und das Gefühl, am Ende der Welt zu sein. Er erzählt Jonina immer wieder die Geschichte von Descartes, der an den schwedischen Hof kam, um die Königin Christine um sieben Uhr in der Frühe in Philosophie zu unterrichten, und nach wenigen Wochen an Lungenentzündung starb. Er erzählt das mit vielsagendem Gesichtsausdruck. Aber er verdient unglaublich viel Geld mit diesen Touren und er sagt »Wenn ich genug Geld verdient habe, bin ich weg. Auf der Stelle bin ich wieder in Frankreich, und ihr könnt hier alle sehen, wie ihr weiterkommt, auf diesem düsteren, gräßlichen Nichts von einer eiskalten Insel«. Er sagt das täglich. Jonina kann sich nicht vorstellen, daß es jemals genug sein könnte. Sie vermutet, daß Philippe in Island sterben wird und daß er das eigentlich auch so will, nur daß er eben nicht Descartes ist und also etwas länger braucht. Sie mag diese Arbeit nicht und sie macht sie trotzdem. Philippe bezahlt sie gut, und sie hat genügend Zeit für sich selbst und für Sunna. Sie arbeitet im Frühjahr nicht, und im dunkelsten Winter, von Dezember bis Februar, gibt es ebenfalls nichts zu tun. Im Sommer, wenn die hellen Nächte beginnen, führt sie Touristengruppen über das Hochland. Sie wandert drei Wochen lang mit fünfzehn Leuten, Amerikanern, Franzosen, Italienern und Deutschen, deren Namen sie sich selten merken kann und die sie nach dem Abschied in Reykjavík sofort wieder vergißt. Es gibt unter den Touristguides das Sprichwort *Alle Liebesaffären hören in Reykjavík auf.* Jonina selber hat mit keinem dieser Touristen jemals eine Affäre gehabt und sie öffnet die Post nicht, die diese ihr noch Wochen nach dem Ende des Urlaubs schicken, sie wirft sie ungelesen weg. Die Amerikaner fragen immer, in welche Richtung der Fluß fließt und wo am Himmel die Sonne aufgeht. Die Italiener frieren die ganze Zeit über, fühlen sich unbehaglich auf den Schotterwüsten und in den Lavafeldern und sehnen sich sichtlich nach einem antiken Zeugnis menschlicher Zivilisation. Die Franzosen sind heikel, haben schnell Blasen an den Füßen und spucken den Trockenfisch hinter Joninas Rücken mit angewidertem Gesichtsausdruck wieder aus. Die Deutschen möchten eigentlich alleine wandern und trauen sich das nicht, sind schlechtgelaunt über die große Gesellschaft und verfallen angesichts der Naturwunder in schwer erträgliche Melancholie. Jonina redet niemals anders über ihre Touren als in dieser Art und Weise, das ist nicht kokett, sie empfindet das so. Sie ist mit Sicherheit eine der unbeliebtesten Guides, aber Philippe stellt sie immer wieder an. Er glaubt, daß sie Island so haßt wie er, aber das stimmt nicht. Sie ist auf Island zu Hause, und das heißt, daß sie sich keine Gedanken darüber macht. Sie schläft nirgendwo auf der Welt so gut wie in den Zelten am Rand der Hochebene in einem Schlafsack auf der harten Erde. Sie kann stundenlang wandern, einen Rhythmus finden, laufen und schauen und gänzlich stumm werden. Sie mag die Reduktion ihrer Gedanken auf diesen Touren, die Notwendigkeit, sich auf den Kompaß und die Wegweiser aus aufeinandergestapelten Lavasteinen und die Anzeichen eines möglichen Schneesturms zu konzentrieren und sonst auf gar nichts. Was sie nicht mag, sind die Gespräche über Island. Die begeisterte Fassungslosigkeit und das Nach-Worten-Ringen, den therapeutischen Effekt, den die Landschaft auf die Touristen zu haben scheint. Sie will nicht über Island sprechen und sie will nicht erklären, wie um alles in der Welt sie es aushält, hier zu leben. Die Touristen lieben Island, aber hier leben wollen sie nicht. Niemals könnten sie hier leben, wie sollte Jonina diese Haltung verstehen. Wenn die Touristen sie in Ruhe lassen, ist sie friedlich und sie zeigt ihnen, was sie kennt. Sie enthält ihnen nichts vor, sie verbirgt keinen Ort. Sie kann nur nicht teilnehmen. Sie kann die Insel nicht so sehen, wie die Touristen sie sehen. Sie kann sich nicht ergreifen lassen. Und mit Irene und Jonas ändert sich das zum allerersten Mal.

Jonina steht am Morgen auf der Terrasse des Sommerhauses. Sie steht im Schnee und sieht den schmalen Streifen Licht über den Bergen immer heller und breiter werden, sie fragt sich, wie Jonas das sieht. Es interessiert sie, wie Jonas das sieht, aus irgendeinem Grund würde sie das gerne verstehen. Vielleicht liegt es daran, daß sie gerade kein Guide ist, sondern eine private Person, Jonina. Und Magnus und Sunna und Magnus' Freundin Irene und Irenes bester Freund Jonas. Wie sieht für Jonas das Morgengrauen um elf Uhr in der Frühe von der Terrasse des Hauses in Olurfsbudir aus? Er steht da, nackt und blaß und naß vom Poolwasser, steht im Schnee und schreit »Ist das zu fassen!« Sie fahren zusammen nach Eyrarbakki und Stokkseyri ans Meer und an die Steilküste von Snæfellsnes und an die schwarzen Strände von Dyrhólaey und Vík, zum Geysir und zum gefrorenen Wasserfall Gullfoss. Jonina hat zum ersten Mal seit langem wieder Lust, diese Ausflüge zu machen. Was sie auf ihren Touren vermeiden will, will sie mit Irene und Jonas geradezu provozieren – einen Ausbruch an fassungslosem Staunen. Sie gehen auf den Buckelwiesen nahe bei Olurfsbudir durch den Schnee, in dem noch niemand vor ihnen gegangen ist. »Seht euch das an«, sagt Jonas, »keine einzige Spur.« Doch, eine kleine, ein Fuchs, eine Schneegans. Der Himmel ist wäßrig weiß wie das Land. Magnus zieht Sunna auf dem Schlitten durch den Schnee, sie liegt auf dem Rücken, trägt einen roten Skianzug, liegt reglos, als sei sie bewußtlos. Ab und an zieht sie eine leichte, unbestimmbare Grimasse. »Dieses kleine Tal, in das wir gleich kommen«, sagt Magnus zu Irene und Jonas in einem Tonfall, der Jonina an ihren eigenen Reiseführertonfall erinnert, »dieses Tal ist ein magischer Ort, der Klang zweier Wasserfälle von rechts und von links, ein Stereosound.« Jonina ist mit Magnus in den ersten Monaten ihrer Beziehung, im August und in den hellen Nächten, sehr oft dort gewesen. Es berührt sie seltsam, daß Magnus so darüber spricht. Ein Stereosound. Jonas hört, wie immer, nur mit halbem Ohr zu und sagt dann »Auf Island sind doch alle Orte magisch, oder?« Irene ist irgendwann erschöpft genug, um die kühle Zurückhaltung, mit der sie in ihren Kunstfellmantel gehüllt am Klippenrand auf Snæfellsnes steht und wie eine Figur aufs Meer hinausschaut, einfach aufzugeben und sich auf den Rücken in den Schnee fallen zu lassen mit ausgebreiteten Armen, *Sieh, ein Engel*. Sunna schaut gerade und ernst in Jonas' Kamera. »*Genau richtig*«, sagt Jonas, »ganz genau richtig, Sunna, bleib so, bleib so, *bitte* bleib so«, im allerletzten Moment wendet sie sich ab. Jonas fotografiert ständig. Er legt Wert auf die Feststellung, daß er nicht als Tourist fotografieren würde, sondern als Fotograf. Jonina fragt Irene, ob er in Berlin bei irgendeiner Agentur angestellt sei, ob er Fotobände veröffentlichen, Ausstellungen haben würde. Irene sagt kühl »Nichts von alledem«. »Aber trotzdem macht er schöne Fotos, oder?« sagt Jonina erstaunt. »Er macht schöne Fotos, ja«, sagt Irene. Er hat eine beeindruckend große Kamera dabei, die er aufs komplizierteste und mit einem enormen Aufwand an Zeit einstellen muß, bevor er ein Foto machen kann. Diese Art des Fotografierens scheint Jonina absolut gegen Jonas' Natur, gegen seine Geschwindigkeit zu gehen, aber irgend jemand hat ihm dazu geraten, und Irene nennt es schlau eine »therapeutische Maßnahme«. Magnus fährt das

Auto, Jonina sitzt neben ihm und beobachtet im Seitenspiegel Jonas, Sunna und Irene auf der Rückbank. Jonas muß sich eine Büchse Bier aufmachen, weil er es nicht aushält, hinten zu sitzen und nicht selber fahren zu können. Sunna hat ihre linke Hand unabsichtlich auf sein Knie gelegt. Über den weißen Bergen steht die Sonne, der Himmel über dem Fjord ist schwarz, kleine, runde, braune Pferde im Schnee. Hartgras, Ried, eine Nehrung, Raben und Wildgänse. Jonas sieht aus dem Fenster, das Gesicht in die Hand gestützt und wie ein trotziges Kind, dann sagt er »Wir fahren hier an lauter Gemälden vorbei, und ihr habt überhaupt kein Auge dafür«. Zehn Minuten später schreit er »Anhalten! *Anhalten!*« Magnus tritt auf die Bremse, das Auto schlittert und bleibt dann stehen, Jonas steigt aus, rennt zweihundert Meter zurück und fotografiert zwei Islandpferde im Nebel. Jonina und Irene steigen auch aus und zünden sich eine Zigarette an. Jonas kommt zurück und sagt »Einsteigen. Weiterfahren«. Er ist überfordert und aufgelöst, ihm wechselt das Licht zu schnell, und jeder Eindruck ist zu kurz, verwischt, abgelöst durch den nächsten, der Hafen von Anarstapi, das Meer, die drei Felsen schon wieder im Dunst verschwunden. Die Sonne fällt und fällt durch alle Farben hindurch. Er rennt immerzu, Jonina sieht ihn niemals einfach nur gehen, langsam sein. Er rennt, fuchtelt mit den Armen, stampft mit dem Fuß auf, schreit seine Begeisterung hinaus, und Jonina ist ihm völlig ausgeliefert, ebenso Irene und Magnus, selbst Sunna läßt sich einfangen. Sie schlittern und stolpern alle vier hinter ihm her, hinter seiner ansteckenden Aufregung her.

»Wie lange wird das gutgehen?« fragt Jonina sich, »Wann wird es Magnus genug? Wann wird es mir genug?« Sie sprechen wenig miteinander auf diesen Ausflügen. Sie bleiben nahe zusammen, stehen nebeneinander am Gullfoss, am schwarzen Strand, an den Brandungshöhlen. Es ist ein Zufall und eine Laune, aber sie scheinen sich gut zu verstehen. Sie scheinen dasselbe zu wollen von diesem Schnee und der Kälte und dem letztendlich so sinnlosen Blick auf die Wunder der Natur, »Das löscht mich aus«, sagt Irene mehrmals, »das alles hier löscht mich wirklich aus.« Sie parken das Auto in Eyrarbakki am Deich vor der Schule, sie essen frostigkalte Brote, trinken Tee aus der Thermoskanne und warten darauf, daß Sunna, zusammengerollt auf Joninas Schoß, aufwacht. Sunna wacht auf, dann steigen sie aus. Vor der Schule bauen Kinder und Erwachsene, erhitzt, rotwangig und ausgelassen, kleine und große Schneemänner. Jonina läuft mit Magnus, Irene und Sunna den Deich hoch, sie will das Meer sehen, den Strand. Sie ist ungeduldig, kurzzeitig überfordert von Jonas, er kommt ihnen auch nicht hinterher. Als sie oben auf dem Deich angelangt sind – das Meer ist schwarz, der Strand ist schwarz, der Himmel am Horizont ist schwarz, die Sonne winzig und orange –, dreht Jonina sich um und sieht zurück. Jonas hat das Stativ aufgebaut, steht über die Kamera gebeugt, die Kinder und die Erwachsenen haben sich neben ihre Schneemänner gestellt, bewegungslos, lächelnd. Es ist still, nur der Wind pfeift. Jonas hebt die Hand, das Foto, das er macht, sieht Jonina sehr genau. Der Moment ist schon eingefroren in dieser fast altmodisch posierenden Bewegungslosigkeit der Szene, sie kann den Auslöser der Kamera hören, dann richtet Jonas sich auf, ruft irgend etwas, die Kinder und die Erwachsenen lösen sich aus der Starre, winken kurz, verbeugen sich, Jonas klappt das Stativ zusammen, vorbei. Jonina läuft los, den Deich entlang, immer geradeaus, mühsam durch den kniehohen Schnee. Über dem Wasser, den algenbewachsenen, grünen Steinen, der metallischen Gischt segeln Möwen. Sie fahren am Nachmittag über das Land zurück und weiter zum Geysir, stehen nebeneinander an dem alten, schlafenden Geysir, der nur alle hundert Jahre seine riesige, Zerstörung bringende Fontäne heißen Wassers in die Luft schleudert. »Wann war der letzte Ausbruch?« sagt Jonas betont beiläufig, ist unruhig und will ausnahmsweise nicht fotografieren. »Vor hundert Jahren«, sagt Magnus, »wir erwarten den nächsten Ausbruch jeden Augenblick«, und Jonas dreht sich um und läuft zum Auto zurück. Die anderen bleiben stehen. Irene sagt »Na wenn das so sein soll, daß ich hier stehe, in genau dem Moment, in dem diese Fontäne hochgeht, dann will ich mich gern ergeben«, Jonina erwidert nichts, obwohl sie das gleiche empfindet. Sie denkt über den merkwürdigen Ausdruck *sich ergeben* nach. Die Wasserfläche bleibt still, glatt und unbewegt, ein matter Spiegel, der nichts reflektiert. »Wir können morgen nach Thingvellir fahren, an den See und auf den alten Thingplatz«, sagt Magnus, ein ganz ungewohnt vorfreudiges Kind. Er freut sich über den Scherz, den er sich Jonas gegenüber geleistet hat, und scheint die Unruhe nicht zu spüren, die Jonina spürt.

Etwas geschieht zwischen ihnen – Sunna beobachtet sie dabei –, es ist nicht alles gut, sie stehen nicht auf festem Boden. Jonina hat das Gefühl, daß sie zu übermütig ist, zu unvorsichtig, vielleicht zu glücklich auch, sie ist so lange nicht mehr mit Magnus und Sunna zusammen draußen gewesen, sie hat lange nicht mehr Zeit mit etwas ähnlichem wie Freunden verbracht. Sie will sich gerne ergeben, diesen fünf Tagen ergeben, die sie zusammen sind in Olurfsbudir, und sie ergibt sich auch, und dennoch fühlt sie sich zurückgehalten von einer leise mahnenden Stimme. Es geschieht etwas zwischen Irene und Jonas und zwischen Jonina und Irene und zwischen Irene und Magnus. Nichts Spektakuläres, nichts, das etwas verändern würde, von Veränderung sind sie alle sehr weit entfernt, viel weiter, als sie eigentlich wollen. Und dennoch, etwas geschieht.

Magnus duscht zwanzig Minuten lang, frühstückt dann – wie immer eine einzige Tasse Kaffee, eine Scheibe Brot, ein mit dem Sekundenzeiger weichgekochtes Ei. Er beißt von dem Brot ab, nimmt einen Löffel vom Ei, er trinkt einen Schluck Kaffee, dann beißt er wieder ab, bei alldem liest er die Zeitung. Er raucht genau eine Zigarette am Fenster, dann ist er auch mit der Zeitung fertig, kocht mit auf 80 Grad abgekühltem Wasser grünen Tee, den er in eine Thermosflasche füllt, macht das Radio aus, das nur für ihn läuft, sagt »Fangen Sie an« zu sich selbst und geht zur Arbeit. Jeden Morgen. Jeden Morgen das gleiche Ritual, das ist nicht schlimm, es verwundert Jonina nur, es verwundert sie jeden Morgen, wie diese Rituale ineinandergreifen, ihr eigenes und Magnus' und Sunnas, wie sie ineinandergreifen, weil sie beschlossen haben, ihr Leben miteinander zu verbringen, so lange, wie es eben gehen wird. Sie hat manchmal das Gefühl, daß es nicht möglich sein wird – ihre Schuhe neben Magnus' Schuhen neben Sunnas Schuhen unter der Garderobe im Flur, an der ihre Jacke hängt neben Magnus' Mantel, hast du meinen Schlüssel gesehen, du hast ihn auf den Tisch im Eßzimmer gelegt, da ist er nicht, dann sieh in deiner Manteltasche nach –, es scheint tatsächlich möglich zu sein. Etwas anderes scheint nicht möglich zu sein. Sie stehen nebeneinander an der Einbauküchenzeile, Jonina schüttet Kaffee in die Kaffeemaschine, sie schüttet den Kaffee immer einfach hinein, während Magnus ihn abmißt, Löffel für Löffel, Magnus nimmt das Ei aus dem kochenden Wasser und schreckt es ab. Ihre Hände greifen übereinander, als er den Wasserhahn zudrehen will und sie ihn wieder aufdreht, weil sie die Kaffeekanne ausspült, er macht den Küchenschrank auf und nimmt sich einen Teller, eine Tasse heraus, sie stoßen mit den Ellbogen aneinander, die Kühlschranktür klappt zu mit diesem weichen, schmatzenden Gummigeräusch. Magnus dreht das Radio auf, Klassikradio, zwei Takte Schubert und ein völlig sinnloser Übergang zu Ravel. Schubert liegt mit sieben Punkten vor Ravel, Sarrasate ist hoffnungslos abgeschlagen. Die Kaffeemaschine gurgelt leise. Jonina setzt sich Magnus gegenüber an den Tisch, auf Sunnas Platz. Sie zündet sich eine Zigarette an und fährt mit der Feuerzeugflamme kurz über den Filter. »Warum machst du das immer?« hat Irene sie vor einem Jahr gefragt. »Weil ich irgendwo gehört habe, daß das die Glasstaubpartikel verbrennt, die im Filter sind«, hat Jonina geantwortet, und beide hatten sie plötzlich darüber unbändig lachen müssen. Irene brannte danach auch immer ihren Filter ab, Jonina würde gerne wissen, ob sie das heute immer noch tut. Magnus schlägt sein Ei mit dem Löffel auf. Wenn Jonina überhaupt ein Ei ißt, köpft sie es mit dem Messer, eigentlich ißt sie nur deshalb ein Ei. Magnus zieht sich die Zeitung, die auf dem Tisch liegt, vorsichtig und unauffällig zu seinem Teller hin. Als er den Leitartikel zu lesen anfängt, sagt Jonina »Erinnerst du dich noch an die Geschichte, die du Irene und Jonas im letzten Jahr erzählt hast, die Geschichte mit dem Schaf?« Die Formulierung hört sich komisch an, und sie muß darüber lachen, Magnus lacht nicht. Sie weiß, daß er morgens eigentlich nicht spricht, daß es ihn anstrengt, am Frühstückstisch ein Gespräch zu führen, sie möchte aber gerade jetzt mit ihm sprechen, gerade jetzt. Er lacht nicht, aber er wiederholt die komische Formulierung gedehnt und nachdenklich, die Augen noch immer auf die Schlagzeile gerichtet – »Die Geschichte mit dem Schaf«. »Ja genau«, sagt Jonina, »du weißt, was ich meine, die Geschichte, wie du mit deinem Onkel und Oddur das Schaf zum Decken gebracht hast, diese Geschichte, würdest du sie mir noch einmal erzählen?« Magnus läßt sich nicht irritieren. Das ist das Schöne an ihm, das, was Jonina sehr liebt, er läßt sich schwer aus dem Gleichgewicht bringen, er ist nicht zu verunsichern, er unterstellt selten etwas Böses. Er ist höflich und fein und ernst, er kann zuhören, fragt man ihn etwas, dann antwortet er, fragt man ihn morgens beim Frühstück, antwortet er auch, er würde niemals sagen »Ich bin müde, ich will jetzt nicht sprechen, ich will lieber lesen«. Und natürlich reizt sie das auch, es hat etwas Stures, etwas Stoisches und Verbohrtes, diese Höflichkeit ist ein Panzer, der kaum zu durchbrechen ist. Magnus legt die Hand auf die Schlagzeile, als wolle er sie bewahren und sagt »Wie kommst du denn darauf?«, und Jonina sagt wahrheitsgetreu »Ich habe an Irene gedacht, als ich mir den Filter der Zigarette angebrannt habe, daran, daß Irene das dann auch immer gemacht hat. Ich habe an den einen Abend in Olurfsbudir gedacht, dann ist mir die Geschichte eingefallen, und jetzt würde ich sie gerne noch einmal hören«. Es ist ein Spiel, das sie oft miteinander spielen, wenn auch nicht mehr so oft wie früher. Das Zurückverfolgen der Gedankenketten, ihre erstaunliche Kombination aus Assoziationen, Erinnerungen, Einfällen. Magnus könnte sagen »Welcher eine Abend, es waren viele Abende in Olurfsbudir, welchen Abend meinst du?« Jonina würde ihm sagen, welchen Abend sie meint – den letzten Abend. Aber das sagt er nicht. Er sagt ratlos »Ich soll dir die Geschichte noch einmal erzählen, jetzt?«, und Jonina sagt »Jetzt«, sie fragt sich, ob ihre Stimme grausam klingt. Magnus sieht von der Zeitung hoch, sieht Jonina in die Augen, für einen Augenblick nimmt sein Gesicht einen wachsamen Ausdruck an, dann sagt er – er sagt es, als spräche er zu Sunna – »Also gut. Ich war sechzehn oder siebzehn damals, im Winter, im Februar, die Zeit, in der die Schafe zum Decken gebracht werden. Der Schnee lag ziemlich hoch, und das Schaf meines Onkels mußte in ein anderes Dorf zu einem Bock gebracht werden. Ich fuhr mit, und Oddur, mein bester Freund, fuhr auch mit. Wir hatten eigentlich keine Lust dazu. Wir waren schlecht drauf. Du weißt das, Jonina, ich habe es dir schon tausendmal erzählt. Wir luden das Schaf in den Jeep und fuhren los. Es war irgendwann gegen Nachmittag und es war schon dunkel. Der Schnee lag so hoch, daß wir für den Weg zwischen dem einen und dem anderen Dorf, den man normalerweise in zwanzig Minuten hätte schaffen können, mehr als zwei Stunden brauchten. Ich saß hinten bei dem Schaf, Oddur und mein Onkel saßen vorne, wir fuhren sehr langsam, ab und an blieben wir im Schnee stecken und mußten uns dann selber wieder freischaufeln. Über uns am Himmel gingen die Sterne auf«. Magnus geht zur Kaffeemaschine und gießt sich einen zweiten Kaffee ein, er bemerkt das gar nicht. Er setzt sich wieder hin, er sieht Jonina an. Er sagt »Irgendwann kamen wir im Dorf an, das Schaf wurde zum Bock gebracht, wir warteten in der Küche beim Bauern und tranken Schnaps, um uns aufzuwärmen, der Bock bestieg das Schaf, und als er damit fertig war, wurde das Schaf wieder in den Jeep geladen, und wir fuhren heim. Wir hatten die angebrochene Flasche Schnaps mitgenommen und tranken sie aus, während wir durch den Schnee nach Hause fuhren. Am Himmel stand jetzt der Mond, und wir konnten alle Sterne sehen, die ganze Milchstraße, wir redeten irgendwas und schwiegen dann wieder, und es war sehr schön in diesem Jeep mit dem Schaf auf der Landstraße, ganz allein auf der Welt, mehr war nicht«. Und wenn man sich so verständigen könnte, denkt Jonina. Wenn man sich so verständigen könnte, ganz genau so. Er erzählt eine Geschichte, und ich höre ihm zu, und dann sehen wir uns an und wir wissen ganz genau, worum es eigentlich geht, wir wissen es, ohne daß wir es aussprechen müßten. »War's das«, sagt Magnus. Damals, vor einem Jahr, hatte er diese Geschichte in Olurfsbudir erzählt, am Küchentisch und spät in der Nacht am letzten gemeinsamen Abend mit Irene und Jonas, Jonina hatte ihn angeschaut und das Gefühl gehabt, ihr Herz zerspringe vor Liebe und Traurigkeit. Er hatte sich nicht wirklich getraut und dann doch damit angefangen und am Ende »Und könnt ihr das verstehen?« gefragt, zweifelnd und verunsichert, »Versteht man das?«, eine Geschichte ohne Pointe, eine Geschichte, in der es um gar nichts gehen soll und um alles. »Also, ich verstehe das«, hatte Jonas gesagt, ohne auch nur eine Sekunde zu zögern, »ich verstehe das, und Irene versteht es auch.« »Ich wollte sie nur noch einmal hören«, sagt Jonina weich, beugt sich über den Tisch und legt kurz und fest die Hand um seinen Nacken. »Ich müßte jetzt gehen«, sagt Magnus, er sagt es so, als bestünde auch die Möglichkeit, daß er nicht gehen würde, diese Möglichkeit gibt es nicht. Er sieht bedauernd seine Zeitung an, verstaut sie in seiner Arbeitstasche, raucht seine Zigarette am offenen Fenster. Jonina kocht heute den Tee für seine Thermoskanne. Sie beobachtet ihn, er raucht und liest nicht dabei und sieht hinaus, einmal fährt er prüfend mit der rechten Hand über den glatten Lack des Fensterbrettes. Als er geht, sieht sie ihm aus dem Fenster hinterher, der Rauch seiner Zigarette hängt noch in der Luft, sie sieht ihn die Straße hinuntergehen, die Tasche unter den Arm geklemmt, die Hände in den Jackentaschen, er hat die Schultern hochgezogen, und sie würde wirklich gerne wissen, woran er gerade denkt. Sie beugt sich vor und ruft ihm hinterher – isländische Fenster kann man nicht öffnen, man kann sie nur ein klein wenig kippen –, sie ruft durch den schmalen Spalt, durch den die kalte Winterluft hereindringt. Sie ruft »Magnus! Erinnerst du dich noch daran, wie ich mich in Jonas verliebt habe!«, er bleibt nicht stehen und dreht sich nicht nach ihr um.

Am Abend, wenn sie zurückkommen von diesen Ausflügen, gehen sie für eine kurze Zeit auseinander. Irene und Jonas verschwinden in ihrem Sommerhaus, meist kann Jonina sie im Pool hören, Jonas' aufgekratztes, hohes Gelächter und Irenes besänftigende Stimme. Jonas scheint in den Pool hineinzuspringen und kreischt wie ein Mädchen, wenn er sich später in den Schnee wirft. Sie sind eine Stunde oder zwei voneinander getrennt, dann treffen sie sich zum Essen in Joninas Sommerhaus. Jonina wartet darauf. Diese Zeit, in der sie mit Magnus und Sunna alleine ist und Irene und Jonas dort oben hören kann, kommt ihr ewig vor. Sie wird müde, sie bekommt Kopfschmerzen, sie kann nicht mit Magnus sprechen, sie ist ungeduldig mit Sunna, unruhig und gereizt. Und dann hört sie sie herunterkommen, Jonas' nicht enden wollende Begeisterungsausbrüche über den Schnee, über die Einsamkeit, die tausend Sachen, die man sich anziehen muß, um diese fünfzig Meter zwischen den beiden Häusern zurückzulegen. »Wie du *aussiehst*, Irene, du siehst aus wie eine ausgestopfte, enorme Stoffpuppe, abgefahren, *extrem* abgefahren.« Sie hört sie kommen, und sie muß sich zusammenreißen, um ihnen nicht vor Ungeduld entgegenzulaufen, die Tür aufzureißen, sie hereinzuziehen. Magnus kocht, Jonas unterhält sich in englischer Kindersprache mit Sunna, Irene setzt sich aufs Sofa und sieht aus dem Fenster hinaus wie in einen Fernseher. Soviel sie auf den Ausflügen schweigen, schweigend im Auto sitzen, schweigend spazierengehen, soviel sprechen sie am Abend, reden alle durcheinander und schreien fast. Irene und Jonas versuchen darüber zu sprechen, wie Island für sie ist. Jonina kennt das. An jedem Abend ihrer Touren sitzen die Touristen um die Zelte herum und sprechen darüber. Jonina hört nie zu, Irene und Jonas hört sie zu. Sie sind beide in Berlin am Ende irgendeiner Beziehung angelangt, darüber reden sie nicht, aber sie deuten es an, und sie empfinden Island als eine Art Wunder, das ihre gebrochenen Herzen heilt. Irene erzählt von einem Ausdruck, den sie im Reiseführer gelesen hat, eine Bezeichnung für Island aus dem Jahr 325 vor Christi, *Ultima Thule*, entferntester Norden; sie sagt »Und ganz genau so fühle ich mich hier, entfernt von allem, am entferntesten«. »Und also *am nahesten*«, schreit Jonas. Jonina ist dieser Ausdruck völlig neu, und sie weiß nicht, wie sie mit alldem umgehen soll. Sie findet es – wie immer – lächerlich, kindlich und naiv, sie versucht jedoch nicht, Irene und Jonas davon abzuhalten. Und diese Begeisterung rührt sie tatsächlich, reißt sie mit und überzeugt sie für eine kurze Zeit. Sie hat zum ersten Mal selber das Gefühl, in einem Land zu leben, in dem qualmende Vulkane und fauchendes Wasser alle Fragen zu einer Antwort führen, einer Antwort, die man nicht entziffern kann und die trotzdem genügt. »Was würden wir Jonina zeigen in Berlin, wenn sie uns besuchen käme, welche Orte könnten zeigen, wie wir leben?« fragt Jonas und antwortet sich selbst »Café Burger? Luxusbar? Oderquelle?« Irene winkt ab. Sie sagt »Magnus, wenn du Jonina zeigen wollen würdest, wie du gelebt hast in Berlin, was würdest du ihr zeigen?« Magnus überlegt eine ganze Weile lang, dann schüttelt er den Kopf und sagt nichts. »Das Kumpelnest«, sagt Irene, »wir müßten mit Jonina morgens um fünf vor dem Kumpelnest an der Pohlstraße Ecke Potsdamer stehen und sagen, und hier haben wir immer stockbetrunken ein Taxi angehalten. Das wäre das einzige, was wir ihr zeigen könnten, und es würde sogar noch stimmen. So ist es gewesen. Das macht mich wirklich traurig.« Jonas, der es nicht leiden kann, wenn über Situationen gesprochen wird, bei denen er nicht dabei gewesen ist, hebt sein Glas und sagt »Also dann – wir sehen uns in Walhalla«. Magnus fragt »Was ist Walhalla?«, und Irene sagt »Ich weiß es nicht genau, aber ich glaube, Walhalla ist das Jenseits der Wikinger. Ihr Paradies, eine große Halle mit einem langen Tisch, an dem man sitzt mit denen, die man liebt, und an dem man trinkt und trinkt bis ans Ende aller Tage«. »Ganz genau«, sagt Jonas, »ganz genau das ist Walhalla, und wenn man hier miteinander *trinkt*, dann kann man doch wohl getrost im-

mer und immer wieder darauf anstoßen.« »Und was
für eine Freundschaft ist das, die ihr miteinander
habt?« sagt Jonina, sie ist entspannt genug, um das zu
fragen. Jonas will sofort antworten, da steht Sunna
plötzlich verschlafen in der Küche, und Jonina ist froh,
sie wieder ins Bett bringen, vom Tisch aufstehen zu
können. Als sie zurückkommt, sind Jonas und Irene
draußen am Pool. Magnus sitzt alleine am Tisch, ruhig
und gelassen, die Hände auf den Knien, er betrachtet
die vor ihm aufgereihten vier Bierbüchsen, die er
schon getrunken hat. Eine wird er noch trinken, nicht
mehr und nicht weniger, dann vielleicht noch ein Glas
Wein. Jonina hat sich genau deswegen in ihn verliebt.
Sie hat sich in diese rätselhafte, eigensinnige Haltung
verliebt, und jetzt will sie, daß er damit aufhört. Sie will
ihn schütteln und stoßen, sie will, daß er sich Jonas ent-
gegenstellt, daß er Jonas' Kraft und Präsenz seine eigene Kraft entgegensetzt, daß er sich behauptet und sich
zeigt, aber er ist weit davon entfernt. Ihn bringt das alles nicht durcheinander, Jonas bringt ihn nicht durcheinander, Irene nicht und Jonina schon lange nicht
mehr. Wenn sie gegangen sind, räumt er den Tisch ab,
löscht das Licht und geht schlafen, er hat, denkt Jonina, ein reines Gewissen, und das habe ich nicht. Irene
und Jonas kommen zurück in die Küche. Um Mitternacht schläft Sunna immer noch nicht, also geht Jonina mit ihr noch einmal in den Pool, »Sieh, der Mond«,
ruft Sunna, der Mond hat eine Korona in allen Regen-
bogenfarben. Sie sitzen im heißen Wasser, und der
Schnee fällt auf ihre Köpfe, schmilzt auf der Wasseroberfläche. Jonina sieht durch das Fenster in die Kü-

che hinein, Jonas redet, Irene versetzt ihm einen leichten Stoß mit der linken Hand, Jonas lacht lange über irgend etwas, Magnus öffnet die erste Flasche Wein und stellt vier Gläser daneben. Dieser Blick durch das Fenster sieht sehr schön aus. Jonina steigt aus dem Wasser, trocknet sich ab und zieht sich wieder an. Jonas könnte hinaussehen, er denkt gar nicht daran. Sunna reibt sich mit Schnee ein, bis ihre Haut rot ist und glüht, sitzt später noch eine Weile lang auf Joninas Schoß am Tisch, trinkt einen winzigen Schluck Wein und geht dann ins Bett. Irene sagt irgendwann »Ich gehe jetzt schlafen«. Jonas erhebt sich taumelnd. Sie brauchen lange, um sich ihre Mäntel, Pullover und Schuhe anzuziehen, stehen dann noch auf der Terrasse herum und sehen in die Nacht hinaus. Jonas imitiert die Explosion seines Kopfes bei der Vorstellung, wieder nach Berlin zurückzukommen und gefragt zu werden »Na. Wie war's?« Er sagt »Ich hoffe, niemand wird uns fragen, wie es war«. Sie sagen »Gute Nacht«, dann gehen sie los. »Bist du nicht müde?« sagt Magnus. »Nein«, sagt Jonina. »Ich bleibe noch ein wenig hier draußen.« Sie zieht die Skijacke an, nimmt sich eine letzte Zigarette mit hinaus und setzt sich auf den Gartenstuhl an den Pool. Der Blick über die Schneelandschaft ist ein Blick, den sie nicht versteht und den sie nicht abwenden kann, außerdem möchte sie gerade auch außer diesem Blick noch etwas anderes verstehen. Jonas und Irene schlafen schon, Sunna schläft, Magnus schläft ein. Nach welchem Maß soll man das messen, das Ende der Welt? Und wie weit ist der Horizont entfernt, und ist das immer und überall gleich weit? Und

Magnus, früh morgens um fünf an der Pohlstraße Ecke Potsdamer, wie hat er da ausgesehen, und wo ist sie selbst gewesen in diesen Jahren? Es ist still, in der Stille rutscht ein Schneebrett vom Dach, in der Ferne kann man die Islandpferde hören, die digitale Anzeige des Pools fällt lautlos auf Null.

Jonina geht in die Küche, spült das Frühstücksgeschirr, trocknet es ab und stellt es in den Schrank. Sie steht am Küchenfenster und sieht auf die Straße, es hat angefangen, sachte zu regnen. Sie hat noch eine Stunde Zeit, dann müßte sie zu Philippe fahren und fünfzehn orangefarbene Regenjacken aus dem Office holen, den Bus aussuchen und den Fahrer, mit dem sie am liebsten fährt, und dann die Hotels abklappern, die Touristen einsammeln und mit ihnen nach Hveragerdhi und Selfoss fahren. Islands erfolgreichstes Gartenzentrum, mit geothermischen Anlagen beheizte Gewächshäuser, ein Heißquellengebiet im Zentrum des Dorfes, eine moderne Lutheranische Kirche mit einer sehr schönen Altartafel und Islands einzige Schule für Gartenbau. Die ödeste Tour im ganzen Angebot. Die Touristen um diese Jahreszeit kommen aus Schweden, Dänemark und Deutschland, rüstige Rentner, die nicht mehr wandern wollen und sich die Sehenswürdigkeiten des Landes durch die getönten Panoramafenster des Busses anschauen. Dagegen ist nichts zu sagen. Jonina wendet sich vom Fenster ab, sie hat überhaupt keine Lust auf diesen Ausflug. Sie geht in das große Zimmer, stellt die Gladiolenvase von der linken Seite des Sofas auf die rechte und wieder zurück. Sie denkt an Magnus. Sie wünschte, er wäre hier, er würde hier sitzen und lesen und rauchen und bei ihr sein ohne irgend etwas zu sagen, er ist nicht hier. Er sitzt im sozialpädagogischen Zentrum an seinem Schreibtisch, auf dem kein Foto steht und kein Stein liegt, keine Muschel – »Ich arbeite da, Jonina, ich brauche dieses ganze Zeug nicht« – und hört Jugendlichen zu, die von ihren Eltern mißbraucht, geschlagen und hinausgeworfen worden sind. Er hört ihnen zu mit diesem stillen, in sich gekehrten Gesicht, in das hinein man voller Vertrauen auch das Allerschlimmste sagen könnte. Jonina bereut den Abschied von Magnus vor einer halben Stunde. Sie bereut, ihm diese unsinnige Frage hinterhergerufen zu haben, obwohl sie weiß, daß solche Fragen an Magnus abprallen. Er hört sie nicht. Er will die Antwort gar nicht wissen. Er glaubt fest und unerschütterlich daran, daß eben ist, was ist, und vorübergeht, was vorübergehen soll, er stellt sich niemandem in den Weg und er entscheidet gar nichts. So ist das. Und das war das. Sie geht zu Sunnas Zimmer und öffnet die Tür. Sunnas Zimmer ist das einzige Zimmer in dieser Wohnung, in dem man es aushalten kann. Ein Kinderzimmer voller Unordnung, voller Kleider und Spielzeug und kleiner Lampen, auf denen Sterntalermädchen auf Kutschen durch ein blaues Universum fahren. Sunna hat eine Vorliebe für die Farbe Gelb, und also ist alles gelb, die Bettwäsche und die Vorhänge und der Teppich, die Schreibtischplatte und der Kleiderschrank. Auf dem Boden liegt ein Blatt Papier, auf das Sunna in großen, schiefen Buchstaben »für magnus« geschrieben hat, darunter ist mit Bleistift eine Katze gemalt. Jonina nimmt das Bild mit in die Küche, sie sucht lange nach einer Reißzwecke und findet irgendwann eine, sie hängt das Bild entschlossen über den Küchentisch, und dann setzt sie sich wieder hin und sieht es sich an, »für magnus«. Die Katze hat überdimensional lange Schnurrbarthaare, drei Beine und einen sichelförmigen, extravaganten Kopf.

Jonina verliebt sich in Jonas am 3. Dezember um kurz vor elf Uhr am Morgen auf der Straße, die zum alten Thingplatz führt. So ist es gewesen. Es wird um diese Jahreszeit zwischen zehn und elf hell, und irgendwann in dieser einen Stunde wird der Himmel blau, ein lichtes, tiefes, ungeheures Blau, das alle Welt zu versöhnen scheint und zehn Minuten anhält und dann verblaßt, erlischt. Der Himmel wird hell, und die Sonne geht auf. Auf der Straße zum Thingplatz wird der Himmel am 3. Dezember um 10 Uhr 42 blau, langsam, sich weitend, zögerlich und so, als hätte er alle Zeit der Welt, aber Jonina weiß, es wird schnell gehen, schnell wieder vorüber sein, Jonas weiß das auch. In der Schneewüste, hoch oben in den Bergen steht ganz alleine eine kleine weiße Kirche, hellerleuchtet, kein Weg führt zu ihr hin. Sie fahren mit dem Auto auf der Piste an dieser Kirche vorüber, Jonas, auf der Rückbank zur Passivität verdammt, tritt eine unsichtbare Bremse und schreit »Anhalten!« Magnus bremst folgsam, mittlerweile ist das ein Ritual. Alle steigen aus, nur Sunna bleibt sitzen. Jonas reißt das Stativ und die Kamera aus dem Auto, rennt in den Schnee hinaus, die anderen bleiben am Auto stehen und sehen ihm hin-

terher. Sie warten. Magnus räuspert sich und sagt dann
»Man könnte eifersüchtig darauf sein, daß Jonas im-
mer einfach ein Foto von diesen Dingen machen kann.
Er braucht nur seine Kamera, sein Herz und ein wenig
Glück, das ist alles«, Irene sieht ihn erstaunt von der
Seite an. Jonas fotografiert die Kirche im Schnee, ein
Foto, das ihm niemand glauben wird, Jonina weiß das.
Der Himmel ist noch immer blau. Jonas kommt zurück, sie sollen sich jetzt aufstellen, auf ihn zulaufen,
alle drei nebeneinander her, er schreit sie an, »Schneller, los doch, schneller!«, schlittert auf sie zu, drückt
den Belichtungsmesser grob an Irenes Wange. Er
schlittert zum Stativ zurück mit ausgebreiteten Armen,
die Straße eine Eisbahn, Joninas gefrorener Atem, Irene sagt »Jonas greift seine Fotos an wie einen Feind,
das mag ich«. Und das ist alles. Es ist 10 Uhr 47, und
Jonina hat sich in Jonas verliebt in dem Augenblick, in
dem er zu seinem Stativ zurückgeschlittert ist mit ausgebreiteten Armen. Wie kann das sein? Und es ist
sinnlos, das zu fragen, es ist, wie es ist, als wäre eine un-
nütze Haut von Jonas abgeblättert und darunter wäre
der sichtbar geworden, den Jonina lieben will. Dieses
Gefühl, das Jonina für Magnus hat, taucht ab und wieder auf und ist zu Jonas hinübergewechselt, leicht wie
eine Feder, eindeutig und ohne Schmerz, das ist das
Schrecklichste, absolut schmerzlos. Jonas schreit
»Jetzt!«, und sie laufen los, nebeneinander her, Jonina
will sich später niemals dieses Foto ansehen müssen,
weil sie weiß, daß dann alles verraten wäre. Über ihnen
steht klar und hell der Mond. Der Abstand zwischen
ihr und Magnus ist größer als der Abstand zwischen

Magnus und Irene. Magnus selbst wird unscharf sein, er geht zu schnell. Und ihr Gesicht, ihr eigenes Gesicht scheint Jonina geradezu entzückt zu sein, sie hat ihren Ausdruck nicht mehr unter Kontrolle. Irene lacht. Magnus geht steif geradeaus. Jonina sieht in die Kamera, sieht Jonas in die Augen so sehr sie kann, Jonas drückt auf den Auslöser, sagt »Danke schön«, klappt das Stativ zusammen, packt die Kamera ein, setzt sich ins Auto. »Wir können weiterfahren.« Jonina zittern die Knie. Eine halbe Stunde später, der Himmel ist jetzt weiß und die Sonne dunstig, über die Ebene weht ein schneidender Wind, bleiben sie kurz vor dem alten Thingplatz in einer Senke im Schnee stecken. Es geht nicht vor und nicht zurück, unter den Rädern des Autos ein steinhartes Schneebrett, »Warum kaufst du dir verdammt noch mal auch keinen Jeep«, sagt Jonina wütend zu Magnus, Magnus antwortet nicht. Sie stehen um das Auto herum, ratlos, dann schieben sie zu dritt, während Magnus Gas gibt. Dreckiger Schnee spritzt ihnen ins Gesicht, das Auto rührt sich nicht von der Stelle. Sunna läuft einfach weg von der Straße in die verschneiten Lavafelder hinein. Magnus steigt wieder aus, stemmt die Hände in die Hüften und sieht intensiv zu den Bergen hinüber, als könne das irgend etwas helfen. Dann nimmt er sein Handy aus der Jackentasche und versucht den Schneedienst zu erreichen. »Warum machst du das?« sagt Jonina, »was soll das nützen?« »Vielleicht räumen sie heute noch die Straße und könnten uns rausziehen«, sagt Magnus gereizt. Irene steht still im Schnee, die Arme vor der Brust verschränkt wie immer, ihr scheint überhaupt nichts einzufallen. Jonas sagt »*Schwachsinn*«, wühlt im Kofferraum, bis er eine Stange und den Eiskratzer gefunden hat, dann legt er sich auf den Rücken in den Schnee, schiebt sich unter das Auto und beginnt damit, den Schnee Bruchstück für Bruchstück von den Reifen zu brechen. Jonina sagt »Gib mir die Stange«, er beachtet sie eigentlich nicht, tritt aber mit dem Fuß die Stange zu ihr hin. Jonina geht auf die andere Seite des Autos, kriecht darunter so weit sie kann und stößt mit der Stange den Schnee auseinander. Sie liegen eine halbe Stunde unter diesem Auto herum, während Irene und Magnus einfach stehenbleiben und mit den Fußspitzen vorsichtig auch ein wenig Schnee beiseite treten, Magnus hat es aufgegeben, den Schneedienst anzurufen. Jonina und Jonas liegen unter dem Auto, irgendwann Kopf an Kopf und heftig atmend, immer wieder lachend, und schieben den Schnee weg mit den Händen und dieser Stange und dem Eiskratzer, und dann liegen die Räder wieder frei, und Magnus steigt ein, gibt Gas, das Auto schlittert mit einem schweren Ruck vorwärts und aus der Senke heraus. Jonina ruft Sunna, die weit draußen ist und sich lange bitten läßt, als sie endlich zurückkommt, sieht sie Jonina seltsam an. Sie steigen alle ein, wenden und fahren zurück, die Straße ist zu verschneit, um weiterzukommen. Jonina sitzt vorne neben Magnus, die Heizung pustet ihr heiße Luft ins Gesicht, ihre Hosen sind naß, ihre Jacke, ihre Haare, ihr ist eiskalt, ihr zittern die Knie noch immer und jetzt auch die Hände, und sie weiß, daß das alles gewesen ist. Diese blödsinnige Nähe zu Jonas unter dem ölverschmierten Auto, dieses Atmen und sich gemeinsam gegen den Schnee stemmen, das ist alles gewesen, und wie die Dinge stehen, muß es genug gewesen sein.

Die Kirchturmuhr der katholischen Kirche an der Lækjargata schlägt leise und weit entfernt elfmal. Jonina steht auf und geht zum Telefon. Sie möchte Magnus anrufen. Sie ruft Philippe an. Er geht sofort an den Apparat, macht sein französisches Telefongeräusch, *ouiäh*, ein komisches Geräusch. Jonina kann ihn vor sich sehen, wie er in seinem großen, für isländische Verhältnisse ungeheuer großen Loft an der Laugavegur sitzt und auf die regennasse Straße hinuntersieht, sich nach den Pariser Straßen sehnt und seine Gründe dafür haben wird, hierzubleiben, in Reykjavík, auf Island, am Ende der Welt. Er macht das Geräusch noch einmal und unwilliger, Jonina sagt »Ich bin's. Jonina«. »Meine Liebe«, sagt Philippe und lacht in sich hinein, immer lacht er, wenn sie ihn anruft, er lacht, als wisse er etwas über sie. Jonina holt Luft und sagt »Ich kann nicht arbeiten. Ich meine, ich kann diese Tour heute nicht machen, du mußt jemand anderes fragen, es ist noch Zeit genug«. Sie lauscht in den Hörer. Würde Philippe jetzt sagen »Es gibt niemanden, der dir das abnehmen kann heute«, würde sie nachgeben, sofort. Aber Philippe sagt nichts, er schweigt. Im Hintergrund klingelt irgendein Glas-Mobile aneinander, er raucht, bläst den Rauch seiner Zigarette direkt in den Hörer. »Na, ich würd's auch nicht machen wollen«, sagt er dann. »Ich würd's wirklich auch nicht machen wollen, dieser ganze Quellenquatsch und Schwefelwasserschwachsinn, und das dann auch noch mit Schweden, Dänen, Norwegern in schafswollenen Pullovern. Du weißt, daß ich die Norweger hasse.« »Ja«, sagt Jonina, »weiß ich.« Sie lachen beide ein wenig. Jonina ist kurz davor zu sagen »Philippe. Kann ich dir eine Frage stellen«, aber Philippe kommt ihr zuvor und sagt »Mach's gut. Irgend jemand wird's übernehmen. Die Tour meine ich. Und wenn nicht – scheißegal. Ich ruf dich wieder an«, dann legt er einfach auf. Jonina steht mit dem Hörer in der Hand im Flur herum, dann legt auch sie auf. Sie zieht sich ihre Stiefel an und ihre Jacke, sehr eilig jetzt, macht alle Lichter aus, sieht noch einmal nach der Kaffeemaschine, dem Herd, knallt die Tür hinter sich zu und läuft die Treppen hinunter. Sie steigt ins Auto und fährt aus der Stadt hinaus, auf die Ringstraße, die nach Nordwesten führt, nach Olurfsbudir.

Am allerletzten Abend in Olurfsbudir sind Irene, Magnus, Jonas und Jonina so betrunken, daß sie nicht mehr geradeaus schauen und auch nicht mehr gerade gehen können. Der Wein ist ausgetrunken, das Bier auch, in der Wodkaflasche ist noch ein letzter Schluck. Es ist spät, drei oder vier Uhr morgens. Sie werden nach Reykjavík zurückfahren am nächsten Tag, Irene und Jonas werden noch eine Nacht in der Stadt bleiben, dann zurückfliegen nach Berlin. Jonas wirft am Tisch in der Küche eine Münze in die Luft, Fisch oder Zahl, bleiben oder fahren, die Münze fällt, der Fisch liegt oben. Sie werden abreisen. »Aber wir werden auch wiederkommen, Jonina, Magnus, wir kommen wieder«, sagt Jonas mit schwerer Zunge. Jonina sagt nichts. Der letzte Abend war schön, er war so schön wie all diese Abende mit Irene und Jonas in Olurfsbudir, und jetzt ist er vorbei. Magnus steht auf und schwankt ins Bett. Jonina bringt Irene und Jonas auf die Terrasse. Jonas zieht sich umständlich seine Schuhe an, Irene hat die Wodkaflasche mitgenommen und in ihre Jackentasche gesteckt. Sie starrt mit einem undurchdringlichen Ausdruck in den Schnee, der fällt wie eine Wand. Sie umarmen sich. Jonina umarmt Irene, die nach Seife riecht, sie umarmt Jonas, der nach der Schafswolle seiner Woodstockjacke riecht. Sie umarmt ihn nicht anders, als sie Irene umarmt, und dann dreht sie sich um, geht ins Haus und zieht die Glastür hinter sich zu. Sie legt sich neben Magnus ins Bett, in das gleiche Bett, in dem auch Irene und Jonas schlafen werden, gleich, in dem Haus ein Stück über ihnen am Hang. Magnus schläft schon, er atmet ungewohnt laut. Jonina zündet sich eine Zigarette an. Sie raucht sehr gerne eine letzte Zigarette vor dem Einschlafen, sie macht das selten, weil Magnus es nicht mag, jetzt merkt er es nicht. Sie liegt auf dem Rücken und sieht aus dem Fenster, das genau auf der Höhe des Bettes ist, das Fensterbrett ist schmal, Magnus' Uhr liegt darauf, seine Brille, sein Buch. Vor dem Fenster liegt das Land hell und weiß im Licht des Vollmonds, steht eine einzelne Laterne, die einzige Laterne von Olurfsbudir, und unter dieser Laterne stehen Irene und Jonas in den senkrecht fallenden Schneeflocken und streiten sich. Sie stolpern umeinander herum und schreien sich an. Jonina kann nicht verstehen, was sie sagen, aber sie kann sehr deutlich hören, daß sie sich anschreien. Irenes Mantel scheint ihr auf einmal viel zu weit zu sein, sie hat ihre Hosen in die Winterstiefel gesteckt. Sie sieht schwer und groß aus, sie sieht wie eine sehr besoffene und seltsamerweise auch wie eine sehr alte Grönländerin aus. Jonina richtet sich auf, zieht an ihrer Zigarette und kneift die Augen zusammen, um besser sehen zu können, eigentlich ist sie so betrunken, daß sie alles doppelt sieht. Die Szene unter der Laterne hat etwas Theatralisches. Irene setzt die Wodkaflasche an und scheint sie mit einem Zug auszutrinken, und dann hält sie die Flasche in die Luft, schreit sehr laut etwas Unverständliches und schlägt sie Jonas an den Kopf. Sie schlägt mit der leeren Flasche zweimal entschlossen zu, und Jonina fährt herum und faßt Magnus an, sie kann nicht glauben, was sie sieht. Magnus rührt sich nicht. Jonina dreht sich wieder zum Fenster, sie ist sich nicht sicher, ob sie ihn wecken soll, sie flüstert »Magnus! Sieh dir das an!« Sie hätte niemals gedacht, daß Irene, gerade Irene, blaß, still, kühl bis zur Kälte, zu so etwas in der Lage sein könnte. Sie flüstert »Warum macht sie das?«, und Magnus wacht nicht auf, aber Jonas fällt hin. Er fällt in den Schnee und regt sich nicht mehr, und Irene steht einfach so da, und dann geht sie los, stapft den Hügel hoch zu ihrem Haus.

Der Verkehr auf der Ringstraße ist schnell und fließend. Jonina läßt Reykjavík hinter sich, die Vorstädte, Hochhäuser, Plattenbauten, das Zentrum am Stadtrand, in dem Magnus sich jetzt zu seinem dritten von vier Gesprächen an diesem Tag an den Schreibtisch setzt, sich die fünfte Tasse Tee aus der Thermoskanne einschenkt, »Fang an« sagt. Immer sagt er »Fang an«, er sagt das auch zu Jonina, wenn er weiß, daß sie ihm etwas mitteilen will und den Anfang nicht finden kann. Er könnte, wenn er gerade jetzt aus dem Fenster blikken und sich ein wenig anstrengen würde, ihr Auto auf der Ringstraße vorüberfahren sehen, und er könnte ihren winzigen Punkt von einem Kopf sehen, seine Jonina, rauchend, wie immer mit überhöhtem Tempo fahrend, eine Wollmütze auf dem Kopf und rutschige Handschuhe an. Sie sieht zum Therapiezentrum hinüber und fährt daran vorbei. Sie fährt nicht durch den Tunnel unter dem Hvalfjord durch, obwohl das eine Abkürzung von 50 Kilometern bedeuten würde. Sie fährt einmal um den Fjord herum, auf einer leeren Schotterstraße, die niemand mehr benutzt, seitdem der Tunnel gebaut worden ist. Irene fand den Tunnel unheimlich. Irene fand die Gitter unheimlich, die die Isländer in den tiefen Fjord bauten, um das Eindringen von U-Booten zu verhindern. Irene fand die Brandungshöhlen unheimlich und die Mondlandschaft am Gletscher auf Snæfellsnes. Jonina hat auf einmal das absurde Gefühl, Irene zu vermissen. Sie fährt einmal um den Fjord herum und weiter Richtung Borgarnes, wo Magnus geboren ist. Es regnet immer noch, stetig und leicht. Sie hält an der Stelle, an der Jonas Borgarnes fotografiert hat – »Magnus, ich fotografiere das *für dich*, der schöne Blick auf dein Heimatdorf« –, einen Kilometer von der Brücke entfernt, die nach Borgarnes hinüberführt, da liegt es, still und blaß unter einem grauen Himmel. Anscheinend ist das Foto nichts geworden, oder Jonas hat vergessen es mitzuschicken, oder die kurze blaue Stunde ist ihm wichtiger gewesen. Sie bleibt im Auto sitzen und sieht eine Weile nach Borgarnes hinüber, dann fährt sie weiter Richtung Varmalan und biegt von der Straße ab auf den kleinen Weg, der nach Olurfsbudir führt. Die Sommerhäuser liegen still und verlassen am Hang, kein Auto vor den Terrassen, kein Dampf aus den Pools. Jonina ist seit dem vergangenen Winter nicht mehr hier gewesen. Sie parkt vor ihrem Haus, läuft daran vorbei, den Weg hoch bis zu Jonas' und Irenes Haus. Sie bleibt vor der Glastür stehen und sieht hinein. Der Tisch ist leer, die vier Stühle ordentlich an den Tisch geschoben, das Sofa mit einem Tuch zugedeckt, drei leere Flaschen Wein auf der Anrichte neben der Spüle, das ist alles. Kein Gegenstand, der etwas verraten oder eine Erinnerung aufdecken würde; es werden auch andere Gäste hier gewesen sein im Lauf des Jahres. Jonina weiß nicht, ob sie hineingehen soll, sie hat das Gefühl, den Geruch nicht aushalten zu können, den Geruch eines lange nicht mehr betretenen Hauses. Sie holt sich einen Gartenstuhl aus dem Schuppen, setzt sich an den leeren Pool und zündet sich eine Zigarette an. Die Ebene liegt flach und ohne Farben, im Herbst ist sie golden, rot und ocker, im Winter, bevor der Schnee kommt, ist sie fahl und grau. Islandpferde. Raben. Wie weit ist der Horizont entfernt, und ist das immer und überall auf der Welt gleich weit.

Magnus, Jonina, Irene, Jonas und Sunna verlassen Olurfsbudir am Nachmittag des 4. Dezember. Sie fahren Irene und Jonas in Reykjavík bis zu ihrem Apartment, sie verabschieden sich am Auto, Sunna ist müde und will ins Bett. Es ist auch alles gesagt. Sie sind zu erledigt, um noch einen weiteren Abend beieinander zu sitzen und zu trinken und zu versuchen, sich zu verstehen. Sie schütteln sich die Hände, dann umarmen sie sich, »Das war sehr schön mit euch, vielen Dank«, sagt Irene, »Kommt uns besuchen in Berlin«, sagt Jonas. Was soll man sagen zum Abschied? Sie sind verlegen und traurig, das kann man sehen, und also nimmt Magnus Joninas Hand und sagt ganz leise »Komm«. Sie steigen ins Auto, schlagen die Türen zu und fahren los. Sie fahren die Barugata hinunter, Irene und Jonas bleiben am Straßenrand zurück, winkend. »Das war das«, sagt Magnus, und Jonina will sagen »Halt an. Laß mich aussteigen. Laß mich aussteigen«, und sagt es nicht. Sie biegen um die Ecke, und Irene und Jonas verschwinden und sind weg, ein für allemal. Es kommt Weihnachten und es kommt Silvester. Jonina kommt am 1. Januar nach Hause, und auf dem Anrufbeantworter sind Jonas' und Irenes Stimmen, anscheinend sind sie auf irgendeinem Fest, im Hintergrund ist laute Musik, und sie sind kaum zu verstehen. »Frohes neues Jahr«, sagt Jonas, »Alles Gute für euch, für dich und Magnus«, sagt Irene, und Jonas sagt »Wir kommen wieder«. Vielleicht sagt er aber auch etwas anderes. Sie löscht diesen Anruf sofort. Irene und Jonas rufen nicht noch einmal an. Jonina ruft sie nicht zurück, Magnus auch nicht. Er sagt irgendwann »Ich habe das gemocht, diese Woche mit Irene und Jonas«, dann sagt er nichts mehr dazu, Jonina sagt auch nichts. Im März fangen sie an, die Wohnung zu renovieren, und im April hört Jonina auf, an Jonas zu denken. Sie hört einfach damit auf, sie will gar nicht. Aber sie hört trotzdem damit auf, irgend etwas geht zu Ende, ohne daß statt dessen etwas anderes anfangen würde, ein für Jonina erstaunlicher, nie zuvor erlebter Zustand. Es fällt ihr schwer, einzuschlafen und nicht an Jonas zu denken. Aber sie kann nicht mehr an ihn denken – da sind seine Mütze und seine grünen Augen, seine Unbeherrschtheit, schlechte Laune und Glückseligkeit, da ist was? –, und ehe ihr irgend etwas anderes einfällt, an das sie denken könnte, kommt schon der Schlaf.

Auf der Terrasse von Olurfsbudir ist es kalt. Der Wind kommt von den Bergen her, frostig und streng, auf den Bergen liegt schon der Schnee. Jonina sitzt auf dem Gartenstuhl, friert und bleibt trotzdem sitzen, noch ein wenig, sie zündet sich eine weitere Zigarette an. Sie wird Magnus anrufen, in einer halben Stunde ungefähr, sie wird ihn von der kleinen Telefonzelle am Eingang der Siedlung aus anrufen und sagen »Ich bin hier draußen, und ich weiß nicht – vielleicht kommt ihr raus. Vielleicht holst du Sunna von der Schule ab, und ihr kommt raus, und wir bleiben einfach ein paar Tage hier. Wir sind schon so lange nicht mehr hier gewesen«. Sie wird sagen »Magnus. Das war das, und es ist alles gut, mach dir keine Sorgen«, und Magnus wird sagen »Ich mache mir keine Sorgen, wovon redest du denn«. Sie wird ihn anrufen, bestimmt, gleich. Sie hat ihm nie erzählt, daß Irene und Jonas sich am allerletzten Abend gestritten haben, daß Irene Jonas die Wodkaflasche an den Kopf geschlagen hat, daß Jonas zu Boden gegangen und liegengeblieben ist. Sie hat Magnus auch nicht erzählt, daß sie Irene und Jonas gehört hat, jede Nacht, Nacht für Nacht, schon in der allerersten Nacht, Magnus hat das nicht gehört. Er lag neben ihr, er lag reglos neben Jonina und schien zu schlafen und schien das nicht zu hören. Aber so etwas hört man, ob man will oder nicht, man hört es, und man hört es erst recht, wenn kein Wind geht und ein Schnee fällt, der die Welt still macht.

## *Acqua alta*

*Für F. M.*

Meine Eltern sind aus Venedig zurückgekehrt. Sie sind unversehrt aus Venedig zurückgekehrt, es ist ihnen nichts geschehen. Man hätte sie überfallen, ausrauben und erstechen können. Es wäre möglich gewesen, daß sie an einer Fischvergiftung gestorben, in der Nacht vom Vaporetto aus angetrunken und unbemerkt kopfüber ins brackige Lagunenwasser gestürzt, auf dem Fliesenboden ihres Palazzo-Zimmers mit Herzinfarkt zusammengebrochen wären. Sie hätten sich im Gassenlabyrinth der Stadt verlaufen können und wären verschwunden, nie mehr aufzufinden gewesen, weg, vom Erdboden, vom Wasser verschluckt. Ist Venedig eine gefährliche Stadt. Ist nicht überhaupt alles mehr oder weniger gefährlich, also ungefährlich, also nichts. Ich rechne täglich mit dem Verschwinden meiner Eltern. Aus Venedig sind sie noch einmal zurückgekehrt.

Als meine Eltern alt wurden, begannen sie wieder zu reisen. Sie waren mit mir und meinen Schwestern verreist, als wir Kinder und sie also jung waren, nach Schweden, Norwegen und an die französische Atlantikküste, aber diese Art von Reisen meine ich nicht. Als wir größer wurden und es vermieden, mit ihnen zusammenzusein, als wir es vermeiden konnten und anfingen, ihnen aus dem Weg zu gehen, blieben sie zu Hause, bepflanzten ihren Balkon und saßen da, den Juni, den Juli, den August über, bis es endlich wieder kühler wurde und dann Herbst und schließlich Winter, und die Erinnerungen an die Strandnachmittage, die schlafenden Babys und Kleinkinder unter den Sonnenschirmchen, die Picknickkörbe und Sandburgen verblaßten – wir kamen und gingen und warfen die Haustür hinter uns zu und riefen auch erst auf der Straße, schon weit, weit weg »Bis heute abend, es wird sicherlich spät« über die Schulter; daß unsere Mutter vom Balkon aus uns hinterherwinkte, wußten wir, ohne uns umzusehen. Als wir wirklich groß waren, erwachsen, endlich aus dem Haus, und als sie also alt wurden, begannen sie wieder zu reisen, zu zweit, ohne uns. Sie kauften sich diese kleinen Koffer, die man auf Rollen hinter sich herziehen kann, bepackten sie aufs unsinnigste und schwerste und zerrten sie dann hinter sich her, auf der ersten Reise noch ungeschickt und nervös, später sehr geübt und gelassen, die Koffer wurden auch leichter, sie nahmen nur noch das Nötigste mit. Sie reisten durch Italien und Griechenland und Spanien. Sie fuhren Anfang Juni los und kehrten Ende August zurück, braungebrannt, zufrieden, die Koffer voller verdorbener Lebensmittel, die meine Mutter, ohne ein einziges Wort der jeweiligen Landessprache zu verstehen, auf den Marktplätzen der spanischen, italienischen, griechischen Dörfer zusammengekauft hatte. Sie hatten wenig Geld und reisten mit den Billigtickets der Bahn in überfüllten Zügen, sie schliefen in Jugendherbergen und Stundenhotels und aßen abends am Rand irgendeines Brunnens sitzend Heringsfilet aus der Büchse und trockenes Brot. Sie besichtigten Kirchen, Museen und Paläste, Ausgrabungsstätten und sonstige historische Schauplätze, sie standen vor den verfallenen Tempeln und Amphitheatern und hatten diese Bücher dabei, in denen man Schablonen über die Fotografien der Ruinen schieben konnte, um zu sehen, wie es auch vor über tausend Jahren wahrscheinlich nicht gewesen war. Ich glaube, mein Vater empfand das als tröstlich, und meine Mutter war getröstet, wenn er es war. Einen Tag all dieser Wochen verbrachten sie meiner Mutter zuliebe am Meer. Sie ging dann ins Wasser und hüpfte in der Brandung auf und ab wie ein Kind, während mein Vater, ohne sich auch nur ein einziges Kleidungsstück auszuziehen, noch nicht einmal barfuß und mit fragendem Gesichtsausdruck im Schatten ausharrte. Er hatte den Strand und das Baden noch nie gemocht, aber diesen einen Tag zumindest gönnte er meiner Mutter. Sie schickten uns Postkarten, die oft erst Monate nach ihrer Rückkehr bei uns eintrafen und deren Motive mein Vater ausgesucht hatte – die Gipsabdrücke der Verschütteten von Pompeij, die Franziskanermumien in den Katakomben von Palermo und Messina, Bramantes *Tempietto* in Rom. Auf den Rückseiten die kurzen Sätze meiner Mutter – »Das Wetter ist herrlich. Wir haben schon so viel gesehen. Papa hat immer noch nicht genug. Wir vermissen Euch und wünschten, Ihr wäret hier« – und die nicht zu entziffernde Schrift meines Vaters, krakelige, schwärzliche Hieroglyphen, manchmal ein erkennbares Wort – *offene Psychiatrie, Schieferdächer, Zinksärge, Ohr des Dionysios*. Wenn sie abreisten, brachten wir sie zur Bahn. Wir waren in einem merkwürdig aufgekratzten Zustand, weil sie endlich weg sein würden, auf und davon, und uns alleine lassen würden in der Stadt, die uns wie immer in ihrer Abwesenheit als eine endlich fremde, endlich schöne, herrliche, unbekannte schien, in der wir uns jetzt anders bewegen durften, frei und ungebunden und alleine. Aber wenn der Zug abfuhr und sie mit sich nahm, ihre winkenden Hände verschwanden und wir auf dem Bahnsteig zurückblieben, betreten und erschöpft, dann erfaßte uns alle, ohne daß wir darüber gesprochen hätten, die kindlichste aller Traurigkeiten. Unsere Angst, daß sie nicht mehr zurückkommen könnten, daß wir sie alleine und im Stich gelassen hatten, daß wir schuld sein könnten an ihrem Verschwinden, haben wir einander nicht eingestanden; daß auch meine Schwestern so empfanden, dessen bin ich mir sicher.

Ein einziges Mal habe ich sie auf einer dieser Reisen getroffen, oder besser, hat sich ihre Reise mit meiner Reise gekreuzt, eher zufällig und von meiner Seite aus fast ungewollt. Es war Juli, sie waren schon seit vier Wochen unterwegs, wir trafen uns in Venedig. Ich war in diesem Sommer zum wiederholten Mal am Ende einer Beziehung angelangt, zumindest war ich in der Verfassung, genau so und nie mehr anders über die Liebe sprechen und nachdenken zu wollen, und ich wurde dreißig Jahre alt, ein Geburtstag, den ich auf keinen Fall zu Hause oder gar mit Freunden verbringen wollte. Ich fuhr nach Korsika – ich kann mich nicht mehr erinnern, warum gerade nach Korsika, es scheint auch nicht wichtig gewesen zu sein – und mietete ein winziges Zimmer am Hafen eines Fischerdorfes. Aus dem Fenster führte eine Treppe direkt auf den Strand, und in der Nacht schienen die Wellen bis ins Zimmer zu schlagen. Ich saß eine Woche lang bewegungslos am Meer herum, ich sah auf Brandung, Möwen, Sonnenuntergänge, ich dachte, ich will überhaupt nichts mehr denken, und schließlich dachte ich auch nichts mehr, vergrub die Zehen im Sand, trank Wasser, rauchte korsische Zigaretten und sagte das Nötigste zu Fremden oder auch gar nichts. Ein Bekannter, ein wirklich entfernter Bekannter, hatte mir mein einziges Geburtstagsgeschenk mit auf die Reise gegeben, ich hatte lange gezögert, es mitzunehmen, und nahm es schließlich nur mit, weil es eigentlich das Geschenk eines Fremden war. Am Morgen meines dreißigsten Geburtstages packte ich es aus. Ich hatte mir dann doch Kaffee gekocht, eine Melone aufgeschnitten, einen kleinen Strauß Strandgras auf den Tisch gestellt. Das Geschenk war ein Buch, und zwar eines, das ich ohnehin unter den Büchern meiner Reiselektüre dabei und schon an den ersten Tagen gelesen hatte. Auf der ersten Seite stand eine mir völlig unverständliche Widmung – »You get so alone at times, that it just makes sense, alles Gute zum Geburtstag, F.« Ich legte das Buch in den Küchenschrank, ging an den Strand und setzte mich auf die Mole, ich brauchte nicht besonders lange, um mir fest genug einzureden, daß ich unbelastet, also frei und als eine zukünftig Unverwundbare in das Erwachsensein gehen würde. An diesem Abend beschloß ich abzureisen und meine Eltern in Venedig zu treffen, ich wußte, daß sie vor drei Tagen von Rom aus dort angekommen waren und schon zum dritten Mal eine Woche lang in der Stadt bleiben würden. Sie hatten mir vorgeschlagen, sie in Venedig zu besuchen, und ich hatte so vage wie möglich zugesagt, ich wollte mich nicht festlegen. Daß sie sich freuen würden, mich dort zu sehen, wußte ich. Am nächsten Morgen packte ich meinen Rucksack, bezahlte das Zimmer und reiste ab. Das Geburtstagsgeschenk ließ ich im Küchenschrank zurück, über seinen Inhalt und F.'s Widmung sollte sich der nächste Gast den Kopf zerbrechen. Ich fuhr mit der Fähre zurück aufs Festland, Bastia, schön und in kreidigen Farben, verschwand im Dunst, die Möwen verließen das Schiff erst auf dem offenen Meer. Ich vermißte etwas, eine Distanz zur Welt vielleicht. Ich nahm den Zug über Verona nach Venedig, ich schlief fast die ganze Zeit über oder starrte in einem schlafähnlichen Zustand aus dem Fenster. Vielleicht war es die näher kommende Begegnung mit meinen Eltern, die mich so ermüdete, vielleicht auch alles andere; erst, als ich in Venedig ankam, ging es mir besser.

Ich erinnere mich an eine Postkarte, die mein Vater mir von der ersten Venedigreise meiner Eltern geschickt hatte. Die meisten Sätze waren wie immer unleserlich, aber dazwischen konnte ich fast schon deutlich Worte wie *San Simeon Piccolo* oder *Chiesa degli Scalzi* oder *Lista di Spagna* entziffern, so als hätte es ihm Freude gemacht, diese italienischen, klingenden Silben schön zu schreiben. Es muß um den Bahnhof gegangen sein, um den ersten Blick auf die Kirchen und den Canal Grande, um das Ankommen in Venedig, das er uns später als ein »Ankommen wie ein Auftritt auf einer Opernbühne« beschrieb. Als ich vor den Bahnhof von Venedig trat, mußte ich an diesen Vergleich denken, obwohl ich ihn mochte, ärgerte ich mich darüber. Die grünspanige Kirche San Simeon Piccolo und die Kirche der Karmeliter Chiesa degli Scalzi. Auf dem Canal Grande kreuzten Gondeln und Vaporetti, die Luft war ein wenig feucht und der Himmel blaß und dämmrig, obwohl es erst früher Nachmittag war. Ich hätte fassungslos sein können über das Licht und die Farben, die Selbstverständlichkeit, mit der die Menschen auf der Brücke über dem Canal Grande entlangliefen wie über eine beliebige, gewöhnliche Straße, ich war nicht fassungslos. Meine Mutter, die sich immer bemühte, so viele Pensionen, Bahntickets, Besichtigungspakete wie möglich schon vor dem Antritt der Reise gebucht zu haben, hatte mir noch zu Hause die Adresse ihrer Pension in Venedig aufgeschrieben. Sie hatte »Es ist ganz nahe am Bahnhof, nicht zu verfehlen, wirklich« gesagt, als würde mir das die Entscheidung, nach Venedig zu kommen, irgendwie erleichtern. Ich faltete den Stadtplan auseinander, den sie mir fürsorglich mitgegeben hatte, mir wurde sofort heiß dabei, weil ich Stadtpläne noch nie verstanden habe und vor allem niemals wieder richtig zusammenfalten konnte. Meine Mutter hatte ein kleines Kreuz über die Pension gemalt und ein Ausrufezeichen daneben gesetzt, ich mußte mich aufs äußerste konzentrieren, um endlich die Lista di Spagna zu finden, die links vom Bahnhof abging. Ich schulterte meinen Rucksack und ging los, an den Trampern auf den Treppenstufen des Bahnhofs, den Souvenirhändlern, Touristenfängern vorbei die Straße hoch, ein Restaurant reihte sich ans andere, dazwischen Geschäfte für Postkarten, Sonnenhüte, Kaffeetassen, ein Rummelplatz. Ich ging langsam, hielt nach den Hausnummern Ausschau, nach meinen Eltern, ich vermutete sie um diese Zeit eigentlich nicht im Hotel, sondern viel eher im Museum, auf dem Markusplatz, in der Accademia. Dennoch dachte ich, sie immerfort zu entdecken, am Tisch eines Restaurants, im Eingang eines Weinladens, in den Schatten einer Seitenstraße einbiegend. Ich war jetzt aufgeregt, froh, sie überraschen zu können, aber auch beunruhigt – wie würden sie überhaupt aussehen, meine Eltern in Venedig? Die Selbstverständlichkeit, mit der sie sich in dieser Stadt aufhielten, ob ich käme oder nicht, erschien mir mit einem Mal fast ungehörig. Die Straße mündete auf einen großen Platz, den Campo San Geremia, irgendwo hier mußte die Pension sein. Billige Pensionen sind nie zu erkennen, im Grunde kaum auffindbar. Ich blieb stehen und stellte meinen Rucksack ab, ich fühlte mich entkräftet. Die Sonne blendete, sie stand über der Kreuzkuppel der Kirche. Meine Eltern huschten durch die schweren Portaltüren, duckten sich hinter einer Reisegruppe, verbargen sich unter den Sonnenschirmen des Cafés am Platz, mit einem Mal hatte ich das Gefühl, daß sie überhaupt nicht hier wären, niemals angekommen in Venedig, verschollen schon vorher, in Rom oder Florenz oder ganz am Anfang der Reise auf dem Bahnhof von Lutherstadt Wittenberg. »I signori P.?« würde fragend und langgezogen der Pensionsportier sagen, die Augenbrauen hochziehen und bedauernd den Kopf schütteln, und was täte ich dann? Nähme ich ihr reserviertes Zimmer und legte mich in ihr unbenutztes, frisch bezogenes, kühles, kaltes Bett? Ich sah mich schon in einer Telefonzelle stehen und nach Deutschland telefonieren, »Sie sind nicht hier, sie sind nicht in Venedig, sie sind gar nicht erst angekommen«, und die schläfrigen, verwirrten Stimmen meiner Schwestern, »Waaas?«, nicht entsetzt, eher begriffsstutzig, und dann rief jemand meinen Namen über den Platz. Ich erinnere mich gerne daran, an diesen Moment auf dem Campo San Geremia, in dem meine Mutter meinen Namen rief und mich erlöste. Ich wandte den Kopf, erschrocken und verwirrt, sie rief auch nicht meinen wirklichen Namen, sondern den, mit dem sie mich als Kind gerufen hatten, »Mädchen!« rief meine Mutter über den Platz. Ich sah über die Menschen hinweg, ich konnte sie nicht entdecken, sie rief mich noch einmal, ihre Stimme kam von hoch oben, und schließlich entdeckte ich sie auf dem einzigen Balkon eines schmalen, kleinen Hauses direkt gegenüber der Kirche. Sie lachte und winkte wie verrückt und sah einen Augenblick lang tatsächlich wie eine Venezianerin aus, wie jemand, der dort lebte, Campo San Geremia, um die Mittagszeit auf dem Balkon im Schatten saß, hoch über dem Lärm und der Menschenmenge auf dem Platz. Ich nahm meinen Rucksack, drängte mich zwischen den Touristen hindurch und lief auf sie zu, unter dem Balkon blieb ich stehen. Sie sah zu mir herunter und wiederholte meinen Namen, noch immer sehr laut. Sie rief »Wir wußten, daß du kommst, wir waren uns so sicher, wir warten schon seit Stunden!«, und ich versuchte, sie zu beschwichtigen. Sie war außer sich, und die Leute starrten mich an. Ich sagte »Mama! Ein bißchen leiser, ja?«, ich mußte auch lachen, und sie verschwand, kam mit meinem Vater wieder, beide beugten sich weit über das Balkongeländer, jeder auf seine Art. Ich rief »Kann ich raufkommen?«, und sie schüttelten den Kopf und zeigten auf das Café am Platz, in dem ich rätselhafte zwanzig Minuten auf sie warten mußte. Endlich kamen sie herunter, ich hatte inzwischen zwei Cappuccino getrunken und vier Zigaretten geraucht, meine Freude war fast verflogen. Sie liefen über den Platz und zankten sich über irgend etwas, meine Mutter redete eindringlich auf meinen Vater ein, der abwehrende Bewegungen machte und entnervt zum Himmel blickte. Und dann betraten sie das Café, vergaßen, worum auch immer es gegangen war, und blieben vor meinem Tisch stehen, fast andächtig und so froh. Sah ich anders aus? Größer, fremd? Ich war braungebrannt und trug meine Haare wie immer, was sahen sie in mir, ihr großes Kind oder noch immer das kleine, das ich auf ewig bleiben würde, solange sie da waren? Ich stand auf, und wir umarmten uns.

Eine andere Erinnerung – ich telefoniere mit meinem Vater, dem es nicht besonders gutgeht, er ist deprimiert, in schlechter Verfassung, ich weiß von meiner Mutter, daß er mehrmals »Mit mir geht es zu Ende« gesagt hat, in einem Tonfall, der keinen Widerspruch duldet, ohnehin wüßte niemand, wie ihm zu widersprechen wäre. Wir telefonieren miteinander, ohne über seine Verfassung zu sprechen, wir sprechen über das Buch, das er gerade liest, Walser, *Brandung*, ein dort zitiertes Gedicht, die feindselige Sprache der Liebe, und über anderes, Unwichtiges, dann wird er müde und wir verabschieden uns. Ich sage »Papa. Sei nicht so traurig«, und er sagt »Mach's gut«, und dann legen wir auf. Ich weiß nicht, warum ich mich daran erinnere. Ich höre den Tonfall, in dem er »Mach's gut« sagt, ich erinnere mich, daß mir das Ende unseres Telefonats grausam schien, ein anderes Wort will mir nicht einfallen. Oder abweisend? Alle Erinnerung scheint mir traurig zu sein.

In dem Café auf dem Campo San Geremia in Venedig bestellte meine Mutter einen Prosecco, mein Vater ein kleines Glas Wein, der Kellner sprach Deutsch, ich empfand das als demütigend. Wir saßen uns gegenüber, ich weiß nicht mehr, ob wir einander beobachteten, ich glaube, eher nicht. Ich sagte »Wie war denn die Reise bisher?«, weil ich es wissen und weil ich nichts von meiner Reise erzählen wollte. Meine Mutter antwortete bereitwillig, mein Vater bestellte ein zweites Glas Wein. In Rom hatten sie den Zug verpaßt, in Padua gab es das billigste Pensionszimmer Italiens, allerdings in einem Bordell, in Mailand hatte sie der Taxifahrer um fünfzigtausend Lire betrogen, auf der Busfahrt nach

Florenz war meinem Vater so schlecht geworden, daß sie hätten aussteigen müssen, mein Vater hätte sich flach auf die Straße gelegt und nicht mehr weitergewollt, der Bus wäre auch einfach davongefahren. Immer erzählte meine Mutter derartige Geschichten von ihren Reisen – umständlich, ausschweifend, Querverbindungen ziehend zu anderen Reisen und Situationen, oftmals schon zehn und mehr Jahre zurückliegend –, und mein Vater hielt das irgendwann nicht mehr aus, griff ein und ergänzte und erzählte dann selbst. Die Inkrustation am linken Südeingang des Mailänder Doms, die Uffizien in Florenz, Michelangelo und Leonardo, die Hitze und die Spuren der Wagenräder auf den staubigen Steinen der Via Appia Antica. Meine Mutter sagte »In Italien gibt es kein einziges Restaurant, in dem man abends mal einfach ein kleines Glas Wein trinken kann, immer muß man ein Fünf-Gänge-Menü dazu bestellen, und außerdem bringen sie Weißwein, wenn man doch Rotwein will«, mein Vater sah sie von der Seite an. Sie sagte verunsichert »Nicht wahr?«, und er faßte ihr gerührt und gereizt zugleich in den Nacken und schüttelte sie ein bißchen, sie lächelte verlegen. Ich sagte »Es ist schön, euch wieder zu sehen«. Der Kellner nötigte uns alle Viertelstunde zu einer neuen Bestellung, die Kirchturmuhr schlug sechsmal, mein Vater wurde unruhig, zog ein Reclamheftchen aus der Jackentasche und begann demonstrativ darin herumzublättern, sie hatten schließlich den ganzen Nachmittag lang unnütz auf dem Balkon gesessen und auf mich gewartet. Meine Mutter hatte sich nichts sehnlicher gewünscht, sagte sie, als »dich vom

Balkon aus über den Platz gehen zu sehen«. Die Pension, in der sie wohnten, war zwar billig, dafür aber ein Besuch von Fremden absolut verboten, noch nicht einmal einen Blick in ihr Zimmer durfte ich werfen, geschweige denn dort ebenfalls übernachten. »Sie lassen dich nicht rein, auch nicht für zwei Minuten«, sagte mein Vater, »außerdem sind sie ausgebucht, wir müssen dir jetzt woanders ein Zimmer suchen.« Ich sagte »Ich kann mir auch selber ein Zimmer suchen«, mein Vater sagte »Aber du kennst dich nicht aus, die Zimmer sind hier alle unglaublich teuer, wir suchen zusammen, du mußt verhandeln können«, und ich sagte »Wirklich, ich kann das alleine«. Die Vorstellung, mit meinem Vater von einer Hotelrezeption zur nächsten zu ziehen und schamrot zuhören zu müssen, wie er in seinem altmodischen Englisch umständlich *verhandeln* würde, war mir fürchterlich. »Dann eben nicht«, sagte mein Vater, sofort beleidigt, persönlich verletzt, ich sagte »Papa, bitte«, er hörte nicht mehr hin und winkte dem Kellner. »Wann willst du denn weiterfahren, nach Hause?«, fragte meine Mutter, tatsächlich unverfänglich. Ich hatte von Anfang an gesagt, daß ich, wenn überhaupt, nur für eine Nacht bleiben würde. »Morgen«, sagte ich, »Ich muß wirklich nach Hause, ich habe zu tun«, das stimmte und stimmte auch wieder nicht, ich hatte zu tun, aber im Grunde war es völlig gleichgültig, wann und ob ich überhaupt nach Hause zurückkehren würde. Ich sagte »Morgen«, bereute es sofort und war doch froh, weil ich meiner Neigung folgte. Meine Mutter tat mir den Gefallen und sagte nichts weiter, sie sah noch nicht einmal bedauernd aus.

Wir bezahlten eine aberwitzige Rechnung, verabredeten uns um acht Uhr abends am Markusplatz, meine Eltern wollten vorher noch Santa Maria della Salute, Santa Maria Formosa und Santa Maria Gloriosa dei Frari besichtigen, meine Mutter zählte all diese Namen kindlich und ernsthaft auf. Mein Vater erklärte mir auf dem Stadtplan sehr genau den Weg, den ich zum Markusplatz gehen sollte. Ich gab mir Mühe, konzentriert zu erscheinen, mir wurde wieder heiß. Er sagte mißtrauisch »Der Plan ist schon ganz zerknittert, du mußt den mal richtig zusammenfalten«, wand ihn mir aus der Hand und faltete ihn selbst. Dann verabschiedeten wir uns. Ich sah ihnen hinterher, wie sie eilig, geschäftig davonliefen, sie wurden schnell von der Menschenmasse auf dem Platz verschluckt. Ich ging ins erstbeste Hotel neben ihrer Pension, mietete ein Zimmer für eine Nacht zu einem Preis, den meine Mutter unanständig gefunden hätte, duschte kurz, legte mich zehn Minuten aufs Bett – das Fenster ging auf einen schachtartigen Hinterhof hinaus, in dem aus unergründlichen Tiefen ein unheimliches, stetiges Scharren und Kratzen drang – und rauchte langsam eine Zigarette. Weit entfernt schlug die Kirchturmuhr halb acht, ich stand wieder auf, kaum erholt, zog mich an und verließ das Hotel, der Portier hinter dem Tresen war eingenickt. Draußen war tatsächlich noch immer Venedig, die Lista di Spagna, die jetzt kühle, wasserfeuchte Luft.

Das Reisen fällt mir eigentlich schwer. Zwei oder drei Tage vor dem Beginn einer Reise werde ich ängstlich, ohne Grund, alles scheint mir sinnlos, die Ferne, die

Fremde, die Kontinente nicht anders als jeder Blick aus meinem Fenster, vier Wochen in einem unbekannten Land, wozu, denke ich, was soll da anders sein und was soll es mir nützen, unsinnigerweise ist mir, als hätte ich alles schon gesehen. Es ist mir unmöglich, mich in fremden Städten sicher und unbeschwert zu fühlen, ich würde am liebsten im Hotelzimmer sitzen bleiben, die Tür verriegeln, überhaupt nicht hinausgehen. Selbstverständlich bleibe ich nicht im Hotelzimmer, sondern gehe hinaus, das Gefühl der Angst verläßt mich jedoch nur selten. In Venedig war das anders, die Anwesenheit meiner Eltern schien mich zu beruhigen. Ich hatte die Wegbeschreibung meines Vaters sofort wieder vergessen und war, von der Lista di Spagna aus, einfach den Touristen hinterhergelaufen, die um diese Zeit allesamt eine Verabredung auf dem Markusplatz zu haben schienen. Die Touristen folgten den kleinen hölzernen Hinweisschildern, auf denen die wichtigsten Sehenswürdigkeiten aufgeführt waren, Piazza San Marco, Prokuratien, Ponte dei Sospiri. Ich folgte den Touristen, amüsiert und ein wenig überheblich. Zu irreal erschien mir dieses Venedig, eine Theaterkulisse, eine Unmöglichkeit, so seltsam, so bezaubernd kann kein wirklicher Ort sein. Ich lief über die Brücke des Canal Grande hinweg mit eben der Selbstverständlichkeit, die mir bei meiner Ankunft so lächerlich erschienen war, der Kanal war waschwasserblau, das Licht jetzt schwindend, die Palazzi am Ufer zogen sich in den Schatten zurück. Alles erschien mir undeutlich, milde, vielleicht war es aber auch nur das Wassergeräusch, die Dämmerung. Ich bog in die Gassen von San Polo ein, ich fühlte mich geschützt, ich war ja nicht alleine, irgendwo hier, in der nächsten Gasse, hinter der nächsten Brücke, waren meine Eltern, eine merkwürdige, schöne Vorstellung. Aus allen Gassen strömten die Menschen, mir schien kein einziger Venezianer darunter zu sein. Die Touristen liefen schneller und schneller, ich rannte fast, und dann blieben alle mit einem Mal stehen und seufzten – *Rialtobrücke!* Ich blieb ebenfalls stehen, ich konnte gar nicht anders. Ich lehnte mich an das Brückengeländer, die Brückensteine erstrahlten weiß, und das Licht der Straßenlaternen spiegelte sich in blauen und goldenen Streifen im Wasser. Meine Überheblichkeit war dahin, meine Skepsis auch. Ich stand unter all den anderen und dachte unbeholfen und glücklich »Wie schön ist Venedig« und dachte das solange, bis ich spürte, daß der Tourist neben mir seine Hand in meinen Hosenbund geschoben hatte. Die Rialtobrücke war voller Menschen, die Touristen strömten nach rechts und links, sie drängten sich ans Brückengeländer und wieder weg, und ich hatte sehr wohl bemerkt, daß rechts von mir jemand einen besonders intensiven Blick auf das Wasser werfen wollte. Jetzt aber verstand ich, daß es gar nicht um diesen Blick ging, sondern um die verbotene Berührung einer Frau in der anonymen Masse, um mich. Die Hand, die sich in meinen Hosenbund schob, war kühl und erstaunlich selbstverständlich, so selbstverständlich, daß ich mich – eine Sekunde lang seelenruhig – ihrer Berührung hingab, bevor ich mich eindeutig entzog. Die Hand glitt von meiner Haut, nachsichtig und ohne Bedauern. Ich drehte mich um und sah dem Touristen ins erhitzte Gesicht, kein Tourist, ein Venezianer, ich war mir sicher, endlich ein Venezianer. Ich weiß nicht, in welchem Moment genau ich mich ihm entzog. Ich weiß nicht, ob er gerade erst angefangen hatte, sich mit mir zu beschäftigen, ob ich ihn entscheidend unterbrach oder ob er gar schon fertig war. Ich stieß ihn von mir weg, und sein Gesicht leuchtete auf, er fing meinen Blick und hielt ihn dreist zwei, drei Sekunden lang. Wir sahen uns direkt in die Augen, vermutlich war das der Höhepunkt seines Spiels, die letzte, süße Steigerung, und bevor ich hätte ausholen und ihn über diese Augen schlagen können, hatte er sich umgedreht und war in der Menge verschwunden.

Ich bin von Erlebnissen dieser Art bisher verschont geblieben, ich bin nicht empfindlich und eigentlich bereit, alle erdenklichen Phantasien zuzulassen, solange sie mir nicht zu nahe kommen. Der Venezianer auf der Rialtobrücke war mir nicht nur nahe, er war mir *wirklich* nah gekommen, dennoch gewann ich erstaunlich rasch meine Fassung wieder. Er war so schnell verschwunden, daß es sinnlos gewesen wäre, ihm hinterherzulaufen. Ich hätte auch nicht gewußt, was ich mit ihm hätte tun sollen, der Impuls, ihn zu schlagen, war einem verblüfften Staunen gewichen. Ich hatte das Gefühl, daß er einen Geruch hinterlassen hatte, einen unangenehmen, säuerlichen Geruch, der mir widerwärtiger erschien als seine Berührung, und ich bemerkte, daß ich mich mit beiden Händen am Brückengeländer festklammerte und sehr schnell atmete. Das schnelle Atmen erschien mir wie eine Gabe an ihn, die er nicht verdient hatte. Ich zwang mich, langsamer zu atmen, ich versuchte, etwas anderes zu riechen, das Lagunenwasser, die Abendluft, aber vielleicht roch in Venedig alles seltsam und brackig. Dann stieß ich mich vom Geländer ab und ging weiter, mir zitterten ein wenig die Knie. Ich drehte mich von Zeit zu Zeit um, weil ich das Gefühl hatte, er sei zurückgekehrt und liefe hinter mir her, aber er blieb verschwunden, oder verbarg sich geschickt. Als ich auf dem Markusplatz ankam – ich war zehn Minuten zu spät –, hatte ich ihn fast vergessen.

Ich denke immer, wenn meine Eltern alt sind, will ich mit ihnen reisen. Vielleicht denke ich auch, wenn ich alt bin, will ich mit meinen Eltern reisen. Ich vergesse, daß sie schon jetzt alt sind, oder besser, ich verdränge es, ich denke, wir haben noch Zeit, ich verliere mein Zeitgefühl. Jedes Zusammentreffen mit meinen Eltern ist behaftet mit so etwas wie einer Unruhe. Hätte ich nicht Besseres zu tun, als mit meiner Mutter und meinem Vater auf dem Balkon zu sitzen und in dieser verfahrenen, gewohnten, unsinnigen Art und Weise mit ihnen zu sprechen? Sind da nicht andere Menschen, mit denen ich glücklicher wäre? Sitze ich hier nicht nur ihnen zuliebe? Und jeder Abschied ist begleitet von Reue und Traurigkeit, wie schön ist es doch eigentlich, mit ihnen zu sein, wie seltsam und wie vertraut. Und müßte ich nicht für immer zu ihnen zurückkehren, da ich von all dem anderen, vom ganzen Rest des Lebens doch nun ohnehin alles weiß. Ein neutrales Zusammensein, eines, in dem ich nicht unruhig, nicht reuig, nicht traurig bin, nicht auf dem Sprung und nicht bemüht, ihnen irgend etwas weiszumachen, gibt es selten. Warum wir auf dem Markusplatz so beieinandersitzen konnten, ein Vater, eine Mutter, ein erwachsenes Kind, nicht mehr und nicht weniger, kann ich nicht sagen.

Meine Mutter hatte darauf bestanden, ins Café Florian zu gehen, obwohl dort schon ein Mineralwasser 15 000 Lire kostete. Sie sagte »Wenn man in Venedig ist, muß man ins Café Florian gehen. Oder ins Quadri. Sonst war man nicht in Venedig«. Mein Vater bemerkte, daß er sich bisher in der Zuversicht gewiegt habe, schon zweimal in Venedig gewesen zu sein, wenn auch noch nie im Florian oder im Quadri. Hinter einem dichten Ring von Rucksacktouristen vermuteten wir richtig die auf der Piazza aufgestellten Tische des Florian. Die meisten waren leer, wir setzten uns an einen Tisch, der am Rand stand, was den Vorteil hatte, nicht auf dem Präsentierteller zu sein, wie meine Mutter befand. Während wir lange auf die Bedienung warten mußten, konnten wir sehen, wie ein Kellner die Leute vertrieb, die sich nur gesetzt hatten, weil sie sich ein wenig ausruhen wollten. Um einen solchen Verdacht wenigstens im nachhinein zu entkräften, drang meine Mutter darauf, doch nicht den billigsten Rotwein zu bestellen, mein Vater gab nach. Der Kellner stellte gnädig ein Schälchen Oliven vor uns ab. Wir stießen mit dem Rotwein an, »Alles Gute zum Geburtstag, mein altes Kind«, sagte meine Mutter zärtlich, mehr nicht, dafür war ich ihr dankbar. »Ja«, sagte mein Vater. Die Kapelle des Florian spielte unter den Arkaden *My Way*. Die uns umringenden Touristen sangen mit, meine Mutter sagte tonlos »Amerikaner«. Nachdem unsere Kapelle verstummt war und vom Quadri auf der anderen Seite der Piazza *Moon River* herüberzuwehen begann, zogen die meisten Leute weiter. Der Markusdom wurde sichtbar, mein Vater verschob seinen Stuhl, um ihn besser betrachten zu können, meine Mutter sagte »Ich bleibe hier sitzen«, ich glaube, sie empfand das Verhalten meines Vaters als eine Art Unhöflichkeit gegenüber dem Florian. Wir sagten lange nichts. Ich sah zwischen beiden hin und her und folgte mal dem Blick meines Vaters, dann wieder dem Blick meiner Mutter, der unschlüssig zu den erleuchteten Fenstern des Quadri ging. »Das Kind ist gestern dreißig Jahre alt geworden«, sagte sie unvermittelt und vorwurfsvoll zu meinem Vater. Mein Vater machte einen seiner fragendsten Gesichtsausdrücke. »Manchmal«, sagte sie zu mir, »sagt dein Vater stundenlang gar nichts, wenn ich ihn nicht nach diesem und jenem frage. Aber du mußt mal sehen, wie er die Augen schließt, wenn ich Barock sage, und es ist nicht Barock. Er weiß alles und ich weiß nichts«, ihre Stimme klang fast triumphierend. Ich dachte »So ist das, wenn meine Eltern reisen«, ich dachte an Korsika, an das Geburtstagsbuch im Küchenschrank eines verschlossenen Zimmers am Strand, an den, der fort war, an den, der kommen würde oder auch nicht, mir konnte ja nichts mehr geschehen. Dann wurde es kühl, wir bezahlten und gingen, ich war ein wenig betrunken oder auch nur entspannt, ich hakte mich bei meinen Eltern ein, die wußten, wo die Vaporettostation, der Bahnhof, das Hotel waren, sie beschützten mich und, aber das wußten sie nicht, ich beschützte sie. Wir fuhren mit dem Vaporetto durch die nächtliche Stadt, unter den Brückenbögen hindurch über das Wasser, wir setzten uns an die Reling, ich saß in der Mitte. In einer Gruppe stand ein kleines Mädchen in einem Prinzessinnenkostüm, einem weißen Kleid mit Rosen geschmückt, ihr Körper war aufgebläht und ihre nackten Arme so dünn wie Stöcke, das Gesicht war alt, ernsthaft und schön. Sie hielt sich an der Hand eines Mannes fest, sie schien ein wenig ängstlich zu sein, ihre dunklen Augen waren weit aufgerissen. Als das Boot an der Accademia hielt, stieg sie würdevoll und majestätisch, in den Beinen einknickend, aus. Ich dachte an das unbehagliche Gefühl, das ich sonst oft habe, wenn ich mit meinen Eltern unterwegs bin, das Gefühl, aufzufallen, merkwürdig auszusehen, beobachtet und belächelt zu werden, *Freaks*, ich wartete auf dieses Gefühl, aber es kam nicht. Meine Mutter wies mich auf jeden möglichen Blick in ein geöffnetes Palazzofenster hin – »Sieh, der Brokat, die Lüster, die schimmernden Gläser. Daß da Menschen wohnen, kann man sich kaum vorstellen«. Ich wußte, daß mein Vater wünschte, sie würde nichts sagen, ich wünschte das in gewisser Weise auch, ich wußte, daß genau das eben meine Mutter war. »Als wir im Vaporetto durch die venezianische Nacht fuhren und du die ganze Zeit über quatschen mußtest«, würde mein Vater sagen, später, sanft. Am Bahnhof stiegen wir aus, bedauernd, einen Moment lang noch schwankte der Boden unter meinen Füßen. Wir liefen die Lista di Spagna entlang zum Hotel, es war Mitternacht, ich dachte an den Markusplatz, an die Tauben und daran, daß man ihn nur spät in der Nacht und früh am Morgen leer sehen konnte. »Es gibt einen Suizidaltourismus in Venedig«, hatte mein Vater einmal erzählt, »die Selbstmörder kommen extra nach Venedig gefahren und schießen sich dann morgens um fünf auf dem Markusplatz eine Kugel in den Kopf.« »Wie exzentrisch«, hatte meine Mutter gesagt, ich hatte »Und du?« gefragt, und mein Vater hatte gelacht, kurz, und gesagt »Zu alt«. Ich stellte mir vor, wie die Tauben auffliegen würden in der Stille nach dem Schuß, und dann stolperte meine Mutter und fiel fast hin. Wir hielten sie fest, ich sagte empört und erschrocken »Mama!« und zu meinem Vater »Du mußt auf sie aufpassen!« Mein Vater sagte »Sie fällt sonst alle zwei Minuten«, und meine Mutter wehrte verlegen und kindlich unsere stützenden, beruhigenden, ängstlichen Hände ab. Ich zeigte ihnen kurz mein Hotel, verhinderte, daß sie sich das Zimmer anschauten und dem Portier Anweisungen für mich erteilten, und brachte sie bis zu ihrer Pension. »Also holen wir dich morgen um halb acht zum Frühstück ab«, sagte mein Vater und verschwand sofort und ohne sich weiter zu verabschieden oder noch einmal umzudrehen in der Tür, er fand solche Abgänge schon immer amüsant. Ich küßte meine Mutter und sagte mehrmals hintereinander »Und paßt bei der Treppe auf!«, ich unterdrückte den Wunsch zu sagen »Kann ich nicht mitkommen, kann ich nicht heimlich mit hinaufschleichen und mich mit in euer Bett legen, bitte«, dann ging auch sie. Ich wartete vor dem Fenster meiner Eltern, bis das Licht anging, ich wartete, bis es wieder ausging, zwanzig Minuten später. Mein Vater betrat noch einmal vorsichtig den Balkon, er zündete sich eine Zigarette an, er hatte seine Brille abgesetzt, ich war mir sicher, daß er mich nicht sehen konnte. Ich dachte daran, ihn zu rufen, ihm noch einmal »Gute Nacht« zu wünschen, aber dann drehte ich mich um und ging weg. Ich trank einen letzten Wein im Café am Platz, vor der Kirche hatten Schwarzafrikaner imitierte Luxustaschen ausgebreitet, sie trugen Trachten, schienen zu frieren und verkauften, solange ich saß, keine einzige Tasche. Dann ging ich ins Hotel, an der leeren Rezeption vorbei in mein Zimmer, in dem ich, als ich es verlassen hatte, das Nachttischlicht hatte brennen lassen. Aus dem Hinterhofschacht drang noch immer das Scharren und Kratzen, nicht beunruhigend jetzt, eher einschläfernd, ich rauchte eine letzte Zigarette, dann schlief ich ein.

Am Morgen klopfte der Portier an die Tür und rief mehrmals streng »Mamma e papà!«, es dauerte eine ganze Weile, bis ich begriff, daß ich nicht träumte. Ich sprang aus dem Bett und riß die Tür auf, der Portier stand dicht davor und zuckte zurück, dann sagte er noch einmal, sehr langsam und betont »La mamma e il papà«, deutete nach draußen, drehte sich um und verschwand. Ich packte so schnell wie möglich meine Sachen zusammen, ich befürchtete, meine Eltern in hitzigen Verhandlungen über den von ihnen herausspionierten Zimmerpreis vorzufinden, aber als ich an die Rezeption kam, standen sie scheinbar versunken in den Anblick eines kleines Gemäldes, das neben der Eingangstür hing, und bemerkten mich nicht. Ich bezahlte so unauffällig wie möglich und beobachtete sie, mein Vater erzählte leise etwas und deutete mit dem Zeigefinger, meine Mutter betrachtete aus den Augenwinkeln die Teppiche, Zierleisten, Vorhangdraperien und Zimmerpalmen, dann drehte sie sich plötzlich nach mir um und sagte übergangslos »Das Kind ist aufgestanden«. Ich verabschiedete mich übertrieben höflich von dem Hotelportier, ich hatte den Wunsch, er möge sich unter all den Gästen an uns erinnern, an mich, an mamma e papà, die so schön und einig vor seinem kleinen Gemälde herumgestanden und auf das verschlafene Kind gewartet hatten, aber der Portier blieb mürrisch und abweisend, und dann gingen wir und traten hinaus auf die Straße. Es war kurz vor acht, das Licht war hell und der Himmel weiß, die Straße war so leer und still, über den Platz vor der Kirche rannten Kinder in Schuluniformen, verschwanden in einer Gasse; ich hatte nicht gedacht, daß es in Venedig eine Schule, Kinder, überhaupt irgendeine Art von normalem Leben geben könnte. Die Souvenirläden waren noch geschlossen, vor den Cafés stellten die Kellner ihre frisch gewischten Tische auf und rückten die Stühle zurecht, junge Frauen in engen Kostümen und mit schmalen Aktentaschen unter dem Arm liefen eilig auf hohen Absätzen über das Pflaster, es war kein einziger Tourist zu sehen. Sachte schaukelten die leeren Gondeln an der Stazione Ferrovia Bar Roma. Wir setzten uns in ein Café vor dem Bahnhof und bestellten Kaffee und Croissants, ich erwartete nicht, daß mein Vater nach seiner Erläuterung des Gemäldes im Hotel schon wieder reden würde, und also redete ich mit meiner Mutter, und wir besprachen das, was sie »das Praktische« nannte – mein Rückfahrticket, meine Telefonrechnung, meine Schwestern, die Balkonpflanzen ihrer Wohnung in der Stuttgarter Straße. »Ich hoffe«, sagte meine Mutter, »daß deine Schwestern sie auch nur ein einziges Mal gegossen haben, dann könnten sie überlebt haben.« Mein Vater rauchte und sah mit gesenktem Kopf auf das Wasser. Ich mochte es, mit meiner Mutter diese Art von Gesprächen zu führen, ich mochte auch die Formulierung »deine Schwestern«, sie ehrte mich auf eine seltsame Art und Weise. Wir waren die ersten Gäste im Café, der Kellner hatte uns mit Schwung und morgendlicher Energie die Stühle an den Tisch gestellt, jetzt brachte er den Kaffee, nach dem ich ein gutgelauntes Verlangen hatte. Ein zweiter Gast setzte sich an den Tisch neben uns. Ich sah flüchtig auf und wieder weg und dann wieder hin, und in dem Maße, in dem sich in meinem Gesicht ein entsetztes Erkennen abgezeichnet haben muß, zeigte sich im Gesicht dieses Gastes die hellste, freudigste Überraschung. Der, der sich da jetzt zurechtsetzte, einen Espresso bestellte und offenbar mit einem Blick die Situation erkannte, war der Venezianer von der Rialtobrücke. Er saß im Rücken meiner Eltern, sie konnten ihn nicht sehen, sie hatten, glaube ich, noch nicht einmal bemerkt, daß sich jemand hinter sie gesetzt hatte. Ich weiß nicht, ob er an gewissen familiären Ähnlichkeiten oder an der Art und Weise, wie wir da zusammensaßen, erkannte, daß es meine Eltern waren – wie auch immer, er verstand die Situation. Er verstand, daß ich verloren und wehrlos war und daß ich mich ihm um meiner Eltern willen ausliefern würde.

Er bekam seinen Espresso, trank ihn mit einem Zug aus, zündete sich eine Zigarette an und versenkte die freie, rechte Hand in der Hosentasche. Die Straße war noch immer fast leer, der Kellner verschwunden. »Du mußt deine Immatrikulationsbescheinigung noch einreichen«, sagte meine Mutter streng, mein Vater blätterte schon wieder in seinem zerlesenen Reclamheftchen herum. Ich hielt mich an meiner Kaffeetasse fest, ich hätte auch gerne geraucht, alles in der Welt hätte ich gegeben, um jetzt rauchen zu können, aber nicht gleichzeitig mit dem Venezianer. Der Venezianer arbeitete sich voran, ich verschränkte die Arme vor der Brust, drehte den Kopf weg, preßte die Beine zusammen, ein Vaporetto dröhnte an der Anlegestelle, der Kellner, weit weg, klapperte mit dem Geschirr, der Kaffee schmeckte bitter, Möwen stießen über das Wasser, die Kirchturmuhr San Geronimo schlug einmal, zweimal. »Ich würde gerne den Giorgione sehen in der Accademia«, murmelte mein Vater, meine Mutter bestellte die Rechnung, das Croissant zerbrach zwischen ihren Fingern. Als ich klein war, bekam ich, wenn ich Fieber hatte, Erdbeeren, zu jeder Jahreszeit gelang es meiner Mutter, Erdbeeren zu kaufen, die sie kleinschnitt, zuckerte und mir in den Mund steckte, Stück für Stück. »Du gibst aus Unsicherheit und demütiger Höflichkeit immer ein viel zu hohes Trinkgeld«, sagte mein Vater zu meiner Mutter, und sie lächelte mich an, ich dachte *acqua alta*, warum auch immer, *acqua alta*, Hochwasser, im Herbst und im Winter ist diese Stadt überschwemmt und irgendwann wird sie ganz versinken. »Hörst du uns zu?«, fragte mein Vater, »Ja«, sagte ich, »ja doch, ich höre euch zu«, mein Herz schlug heftig, der Venezianer legte den Kopf in den Nacken. Lautlos, endlich. Er nahm die Hand aus der Hosentasche. Dann bezahlte er seinen Espresso, sagte »Grazie«, zum Kellner, nicht zu mir, und ging.

Sind wir in der Accademia gewesen? Haben wir Carpaccio und Tintoretto und Veronese und Tizian gesehen? Die Heilige Ursula, den Heiligen Markus, den Heiligen Rochus, den Heiligen Georg. Habe ich mit meiner Mutter vor der Accademia auf meinen Vater gewartet, der lange nach uns herauskam und verweint aussah, hatten wir Postkarten gekauft zum Beweis unserer Besichtigung? Saßen wir am Wasser, an der Santa Maria della Salute, so schön und so weiß, und unsere Beine baumelten über die Kaimauer? Als wir aufstanden, taumelte ich, und meine Eltern griffen nach mir wie nach einer Greisin, eine Geste, die mich wütend machte, daran erinnere ich mich. Wege über Brücken, durch Gassen, über Brücken, am Wasser entlang und zurück. »Wir kaufen dir Reiseproviant«, sagte meine Mutter, die es liebt, in fremden Städten fremde Lebensmittel einzukaufen; ich habe mit meinem Vater vor einem venezianischen Feinkostgeschäft auf meine Mutter gewartet, die, nach Stunden schien es, endlich wieder herauskam und glücklich aussah. Der kurze, unwillige, neugierige Blick an einem Kiosk auf die

Schlagzeile einer deutschen Zeitung vom vorigen Tag. Gondeln, die durch das Wasser gleiten, Japaner darin, Amerikaner, flach liegend, wie tot. »Möchtet ihr auch mal in so einer Gondel fahren?«, fragte ich meine Mutter. »Ja«, sagte sie und sah zu meinem Vater hin, »ich würde schon gerne, aber wir können uns das nicht leisten.« Die Glockenschläge von Santa Maria della Pietà, Santa Maria Assunta, Santa Margherita, Santa Corona. »Das Licht«, sagte mein Vater, »das Licht, ist dir am Licht irgend etwas aufgefallen?«

Meine Eltern haben mich zum Bahnhof gebracht. Sie haben gewartet, bis der Zug fuhr, wir haben eine Zigarette zusammen geraucht, sie haben nicht »Willst du noch bleiben?« gefragt, hätten sie gefragt, ich wäre geblieben. Sie selber wollten noch drei Nächte in Venedig verbringen, dann vielleicht in die Schweiz, vielleicht nach Österreich fahren, mein Vater wollte die Berge sehen, die Alpen, »Eine Bergwanderung möchte ich machen«, sagte er, meine Mutter verdrehte die Augen. Immer wieder las ich das Bahnhofsschild Stazione Ferroviaria Santa Lucia, mir war schwer ums Herz, ich sagte »Schreibt Karten, paßt auf euch auf, kommt heil zurück, bald«. Als der Zug anfuhr, hatte meine Mutter die Hand meines Vaters ergriffen. Die Türen schlugen zu, sie winkten, ich konnte nicht umhin zu denken, wenn ich sie das letzte Mal gesehen haben sollte, dann so, Hand in Hand auf dem Bahnhof von Venedig stehend, an einem Nachmittag im Juli 1999. Der Zug war leer, ich setzte mich in ein Abteil, zog die Vorhänge zum Gang zu, setzte mich ans Fenster, draußen glitt die Lagune vorbei. Ich öffnete die Tüte, die meine Mutter mir gegeben hatte, Brot, Schafskäse, Oliven, Äpfel, ein venezianischer Löwe aus Schokolade. Ich aß das Brot und den Käse und versuchte dann einzuschlafen. Irgendwann hielt der Zug auf freier Strecke, auf einer grünen, mit Butterblumen übersäten Wiese, die unzweifelhaft nach Deutschland oder Österreich aussah, er blieb einfach stehen. Ich öffnete das Fenster und sah hinaus, weit und breit war kein Bahnsteig zu sehen, nur diese Wiese im Abendlicht vor schon dunklen Bergen. Einige Passagiere stiegen aus und setzten sich ins Gras, es schien länger zu dauern, bis der Zug weiterfahren würde. Im Abteil war es kühl, aber draußen schien es wirklich warm zu sein, die Luft flimmerte über der Wiese. Ich stand auf und stieg ebenfalls aus. Es war still und friedlich, niemand schien sich über die Unterbrechung der Reise aufzuregen. Ich befürchtete anfangs, der Zug würde plötzlich wieder anfahren, zu schnell, um einsteigen zu können, es hatte etwas Riskantes, über die Wiese zu gehen, sich vom Zug zu entfernen, sich nach ihm umzudrehen, er stand so still in dieser Landschaft. Im Schatten der Bäume hatte sich ein Paar wie zu einem abendlichen Picknick hingesetzt, sie waren mir schon auf dem Bahnhof in Venedig aufgefallen, weil sie alle beide ungeheuer dick waren und einander nicht losließen, geradezu niemals losließen. Sie waren Arm in Arm sehr umständlich eingestiegen, hatten sich aneinandergeklammert durch den Gang bewegt, saßen jetzt Hand in Hand, zwei riesige Kinder, unter dem Baum. Ich ging auf sie zu, sie begrüßten mich freundlich und antworteten mir auf meine Frage nach dem Grund für diesen Zwischenhalt ausführlich und höflich. Wir stünden kurz hinter der italienischen Grenze, irgendwo oben in den Bergen sei ein Drachenflieger abgestürzt und in die Leitung gefallen, der Schaden würde jetzt behoben und der Zug könne erst weiterfahren, wenn die Leitung repariert sei, vielleicht in ein bis zwei Stunden. Sie hatten fast gleichzeitig und einander immerzu liebevoll unterbrechend und ergänzend gesprochen, jetzt machten sie eine kleine Pause. Ich war mir nicht sicher, ob ich etwas zu der Verspätung sagen oder den Absturz des Drachenfliegers bedauern sollte. Ich dachte darüber nach, ob dieser Drachenflieger den Sturz überlebt hatte oder ob er zwangsläufig daran gestorben war, ich hätte sie das gerne gefragt, aber irgendwie erschien es mir unschicklich. Ich schwieg und sie schwiegen auch. Und dann fingen sie wieder an zu sprechen und erzählten mir, daß sie auf ihrer Hochzeitsreise seien und daß diese Hochzeit vom Pech verfolgt sei. Der Pfarrer sei kurz vor der Andacht vom Schlaganfall getroffen worden, ein Auto voller Hochzeitsgäste gegen einen Baum gefahren und das Wirtshaus, in dem die anschließende Feier hätte stattfinden sollen, abgebrannt. Ihnen aber gehe es gut. Daß sie den Drachenflieger in ihrer Aufzählung der Unglücksfälle nicht erwähnten, hielt ich für pietätvoll und ging also davon aus, daß er tot sei, in irgendeiner Leitung hing mit gebrochenen Flügeln. Ich saß noch eine Weile bei ihnen unter dem Baum, wir lächelten uns von Zeit zu Zeit beruhigend an, und sie streichelten einander unaufhörlich. Irgendwann stand ich auf und lief zum Zug zurück. Als es schon fast dunkel war, gingen die Schaffner herum und baten, wieder einzusteigen, man würde jetzt weiterfahren. Alle erhoben sich und stiegen in den Zug, langsam, fast zögerlich und so, als wären sie gerne noch ein wenig geblieben. Die Berge waren jetzt schwarz. Die Türen schlossen sich, ich ging in mein Abteil zurück und ließ, als der Zug wieder anfuhr, noch eine Weile das Fenster offen, die Luft, die hereinströmte, war warm. Erst viel später, Monate später, habe ich gedacht, daß wir auf dieser Wiese vor dem Zug und im Abendlicht vier Stunden lang wegen eines Toten gewartet hatten, und daß wir, vielleicht zu Ehren und zur Andacht dieses Toten, so still und friedlich und geduldig gewesen waren. An meine Eltern habe ich dabei nicht gedacht. Sie sind auch aus Venedig noch einmal zurückgekehrt.

## Zuhälter

Johannes bestand darauf, daß ich *Karlovy Vary* sagen sollte. Nicht Karlsbad. Auf keinen Fall Karlsbad. Es war ihm so etwas wie eine Frage der Ehre, ein Tribut an die Vergangenheit, *Karlsbad* – er zog das Wort in die Länge und sprach es häßlich aus, häßlicher als es eigentlich war –, das sagte nur jemand, der es nicht besser wußte. Es fiel mir schwer, *Karlovy Vary* zu sagen, aber irgendwann sagte ich es. Eine Stadt in einem Tal in Tschechien mit einer Fontäne aus warmem, salzigem, heilendem Wasser.

Johannes lebte wie ich in Berlin. Er hatte Malerei studiert und konnte nach dem Studium einigermaßen von den Ausstellungen und dem Verkauf seiner Bilder leben, ohne daß er in der Kunstszene größeres Aufsehen erregt hätte. Er lebte gerne in Berlin, aber zog es vor, die Stadt so oft wie möglich zu verlassen und an fremden, weit entfernten Orten zu arbeiten, ein halbes Jahr lang, um dann wieder nach Berlin zurückzukehren. Er beaufsichtigte in Südfrankreich das Haus eines entfernten Bekannten, mietete ein Apartment in einer amerikanischen Kleinstadt, lebte drei Monate lang auf einem Leuchtturm in Schottland, und wenn er kein Geld hatte, gab er sich auch mit weniger spektakulären Aufenthaltsorten zufrieden. In diesem Jahr hatte er sich für Karlovy Vary entschieden. Irgend jemand hatte ihm dort eine Wohnung zur Verfügung gestellt, die groß genug war, um sie als Atelier nutzen zu können, so lange er wollte, bis zum Jahresende in jedem Fall. Er war Anfang August losgefahren und jetzt schon seit sechs Wochen da, es schien ihm zu gefallen.

Ich kannte Johannes schon lange, was auch immer das heißen mag, ich kannte ihn seit zehn oder zwölf Jahren. Ich war ganz am Anfang sehr in ihn verliebt gewesen, und als ich damit aufhörte, verliebte er sich in mich, und wir zerrten eine Weile lang aneinander herum, dann gaben wir es auf. Wenn ich von ihm sprach, danach, sagte ich »Mein bester Freund Johannes«, vielleicht auch nur, um nicht sagen zu müssen »Mein Freund, also mein *Freund*, nicht mein Geliebter«. Irgendwann hatte er mich darum gebeten, einen Text über eines seiner Bilder für einen Katalog zu schreiben, ich hatte es versucht, und er war mit dem Ergebnis zufrieden gewesen, seitdem schrieb ich regelmäßig für ihn, er bezahlte mich dafür. Als ich ihm diesen allerersten Text gab – zweieinhalb Seiten über ein Bild, auf dem eine Orchidee oder ein offenes Herz mit einem glänzend tiefschwarzen Hintergrund verschmolz –, trafen wir uns am Nachmittag in einem Café. Er war in Eile und zog sich nicht einmal den Mantel aus, trank einen Espresso, überflog den Text, sagte »Jaja, das wird schon gehen«, steckte die Seiten zusammengefaltet in seine Tasche und verabschiedete sich. Ich blieb gekränkt und verletzt zurück, wütend, Tränen in den Augen. Später gewöhnte ich mir die Empfindlichkeit ab, es gab auch Texte, über die er länger mit mir sprach, erstaunt und erfreut über das, was ich sah und zu verstehen glaubte. Er hatte mich aus Karlovy Vary angerufen und gesagt »Ich habe ein ziemlich großes Bild fertig und brauche was für den Katalog dazu. Du hättest zwei Wochen Zeit dafür, kannst du kommen und es dir ansehen?« Ich hatte eigentlich weder Lust noch Zeit, ich formulierte einen zögernden Einwand, aber er hörte nicht zu oder er verstand mich tatsächlich nicht, er sagte immer nur »Was? Waaas? Hallo?«, und ich schrie »Also gut! Mach ich! Ich mache das! Ich komme!« Dann legten wir auf.

Ich fuhr mit dem Auto nach Karlovy Vary. Ich brauchte sieben Stunden, auf der Karte hatte es nicht so weit ausgesehen. Ich fuhr gegen Mittag in Berlin los, ich stand eine Stunde lang an der Oberbaumbrücke im Stau und eine weitere am Nachmittag in Dresden, aber zur tschechischen Grenze hin wurden die Straßen leerer. Am Grenzübergang warteten ein Junge und ein Mädchen Hand in Hand auf eine Mitfahrgelegenheit, ich versuchte, ein freundliches, offenes Gesicht zu machen, sie übersahen mich und stiegen in ein Auto mit tschechischem Nummernschild ein. Der Grenzbeamte vertiefte sich geistesabwesend und unnötig lange in meinen Reisepaß, dann winkte er mich durch. Ich tauschte Geld, kaufte eine Stange Zigaretten, die Landschaft war öde, und über die Parkplätze vor den

Duty Frees wehte ein kalter Wind. Ich sah noch einmal auf die Landkarte, die Straße schien immer geradeaus direkt nach Karlovy Vary zu führen, Karlovy Vary, über das ich nichts wußte, außer daß es ein altes Kurbad war mit heißen Quellen, deren Wasser man trinken konnte, und daß Johannes dort jetzt irgendwo saß in einer Wohnung »hoch über den Dächern der Stadt, das verspreche ich dir« und auf mich wartete. Wie eigentlich. Gelangweilt? Vorfreudig? Dann fuhr ich weiter, zündete mir eine Zigarette an und drehte die Heizung auf. Am Straßenrand standen jetzt kleine Holzbuden, in denen man Coca-Cola und Süßigkeiten kaufen konnte und hinter deren bis zum Boden reichenden Fensterscheiben nackte Mädchen unter einer Discokugel und in rotes Licht getaucht vor sich hin tanzten. Ich war darauf nicht vorbereitet, und die erste Holzbude dieser Art verwirrte mich dermaßen, daß ich den Kopf zurückdrehte und mich umsah, bis ich fast von der Fahrbahn abkam; dann aber kamen mehr Holzbuden, Parkplätze, Bushaltestellen, die nackten Mädchen tanzten auf der Straße, abgehärtet gegen die Kälte und den Wind in Plateauschuhen und mit silbernen Schleifen im Haar. Ich fuhr langsamer und sah sie an und gab nur Gas, wenn ich ihren Blick fing, ihr amüsiertes, doppeldeutiges, vertrauliches Lächeln, so als wüßten sie etwas über mich, das ich niemandem je verraten hatte. Ich dachte, daß Johannes mich auf den Straßenstrich hätte vorbereiten müssen, und ich war froh, ihn alleine entlangzufahren, nicht in ein peinliches Schweigen oder Gespräch verfallen zu müssen. Die Landstraße wurde breiter, lief durch Dörfer und

Kleinstädte hindurch, die Mädchen tanzten in Barakken, in den Schaufenstern von Bars und Cafés, sie saßen vor Mietskasernen in der Abendsonne und flochten sich gegenseitig die Haare, während kleine Jungs vor ihnen auf der Straße Fußball spielten. Ich sah keine Männer, keine Frauen, nur diese Mädchen und kleinen Jungs und Lastwagen, die auf den Parkplätzen vor den Bars hielten, und die bunten Leuchtreklamen, ihr *Love* und *Girls* und *Dance* und *GoGo* flackernd vor den kaputten Hausfassaden. Die Sonne sank und tauchte für Minuten all das in ein goldenes, schweres Licht. Ich stellte das Autoradio an und wieder aus. Ich dachte an Johannes und hatte einen Moment lang überhaupt keine Lust mehr, ihn wiederzusehen, in Karlovy Vary anzukommen. Ich fuhr geradeaus und geradeaus, noch einmal ein letztes, großes Mädchen in einem seidenen Nachthemd und mit roten, hochgesteckten Haaren am Straßenrand und bis zu den Knöcheln im Schlamm stehend, und dann nichts mehr. Nur Ebenen und sanfte Hügel und Lichter in der Ferne. Später Industrieanlagen, Braunkohlewerke, Kiesgruben, verwaiste Fabriken, am Himmel stieg der Mond auf. Gegen acht Uhr am Abend kam ich in Karlovy Vary an, stellte das Auto in einem Parkhaus in der Innenstadt ab und ging zu Fuß den Weg, den Johannes mir beschrieben hatte.

Ich bin mit Johannes in Paris gewesen und in Bern und Bremerhaven und Zürich. In Paris und in Bern war ich zu Gast bei einer seiner Ausstellungseröffnungen, ich hatte die Katalogtexte geschrieben und stand eine Stunde lang mit einem Glas Sekt an der Heizung, bevor ich zurück ins Hotel ging, am nächsten Tag wieder abreiste, nach Hause oder irgendwohin. Nach Bremerhaven, wo er in den ersten Jahren lebte, fuhr ich, um ihn zu sehen, um ihn wiederzusehen und endlich zu sagen, was ich sagen wollte, und natürlich sagte ich nichts und gestand nichts, und es passierte gar nichts. In Zürich war ich die, die er liebte oder zu lieben glaubte, und wir lagen in der Nacht in einem Hotelzimmer im Rotlichtviertel auf einer ausgezogenen Couch nebeneinander, und ich drehte mein Gesicht zur Wand und legte den Arm über meinen Kopf, und er fing an zu weinen und sagte »Du bist grausam«, was ich nicht war. In Karlovy Vary war ich ihm nichts, und er war mir auch nichts, also waren wir endlich Freunde, und nur heute will ich vielleicht wissen, ob wir das wirklich sein wollten. Das oder doch etwas anderes. Ich stand vor der Wohnungstür im fünften Stock eines weißgestrichenen Hauses im Jugendstil in einer Straße, die bergan führte und an deren Ende so etwas wie Zypressen in den Nachthimmel zu wachsen schienen. Im Treppenhaus roch es nach Zitrone, Seife und Bohnerwachs. Es war still, ich klopfte mit dem Messinglöwenkopf dreimal gegen die grünlackierte Tür, strich mir mit der rechten Hand die Haare aus dem Gesicht, zog meinen Mantel glatt. Ich dachte nicht an Zürich. Ich dachte nicht an Bremerhaven. Vielleicht dachte ich daran, daß ich diesen Moment gerne hinausgezögert hätte, den Moment, bevor jemand die Tür aufmacht und mein Gesicht einen Ausdruck annimmt, um den ich nicht weiß, aber ich bin mir sicher, daß ich auch daran nicht gedacht habe. Johannes machte die Tür auf, er trug eine Anzughose, ein kariertes Hemd, die Haare so kurz wie nie, ohne daß ihn das verändert hätte, er sagte »Komm rein«, er hätte das überall auf der Welt so gesagt. Und dann umarmten wir uns.

»Karlovy Vary«, sagte Johannes, »ist das berühmteste Kurbad Europas. *Vary* heißt warm, oder besser *Wary* heißt Warmbad und *Karlovy Vary* heißt Karlswarmbad, weil Kaiser Karl der Vierte hier auf der Jagd die Quellen entdeckt und seine bei Crécy erhaltenen Wunden in ihnen geheilt hat.« Wir saßen auf dem Boden, auf einem dunkelgrünen Orientteppich an einem niedrigen Tisch, Johannes goß Tee in Schalen aus hauchdünnem Porzellan, er sagte »Früher wurden die Quellen vor allem für Bäder benutzt, jetzt ist die innere Anwendung wichtiger, du mußt dir eine Schnabeltasse kaufen und das Quellwasser trinken, vier- bis fünfmal am Tag«. Ich sagte »Was redest du denn da?«, und er lächelte auf eine Art und Weise in sich hinein, die anzudeuten schien, daß ich von allem noch immer zu wenig wußte. Das Zimmer war groß, von verschiedenen Lampen indirekt beleuchtet, es ging in ein anderes Zimmer über und dann in noch eines und in ein viertes, ein fünftes, ich war selten in Wohnungen wie dieser gewesen. Alle Wände waren eierschalenfarben lackiert, glänzten matt, warfen das Licht zurück. Die Zimmer standen voller Antiquitäten. Empireschreibtische und Rokokostühlchen und chinesische Vasen, Wandteppiche, Federzeichnungen in dunklen Rahmen, Brokatdecken über schweren Eßtischen und tiefe Samtsessel vor einem Kamin, Kristallvasen voll verwelkter Blumen auf hochbeinigen Beistelltischen und immer wieder chinesische oder asiatische Möbel wie der Tisch, an dem wir saßen, und eine Liege vor dem Fenster und geschnitzte Sitzhocker vor blinden Spiegeln. Ich war durch den verwinkelten Flur gelaufen und hatte meine Reisetasche an die Seite des beunruhigend großen Bettes im Schlafzimmer gestellt, Johannes hatte mir keine andere Schlafmöglichkeit angeboten. Er hatte mir von weit weg verschiedene Ermahnungen zugerufen »Zieh die Schuhe aus, du zerschrammst das Parkett mit deinen hohen Absätzen!« – »Das Wasser im Badezimmer ist kochend heiß!« – »Mach die Balkontür nicht auf, ich kann sie dann nicht mehr schließen!« Seine Stimme klang mal näher, mal ferner, eine mutwillige Verwirrung; als ich zurücklief, konnte ich ihn lange nicht finden. Alle Zimmer hatten zwei oder drei Türen, betrat ich eines, so hatte er es gerade wieder verlassen, bis ich ihn in der Küche am Handgelenk festgehalten und wütend »Bleib stehen!« gezischt hatte. Er schob sich an dem niedrigen Tisch ein Kissen hinter den Rücken und sagte »Chronische Nervenleiden. Gemütskrankheiten, Gicht und Hautflechten, Hypochondrie, Schwäche der Unterleibsorgane, Wassersucht, Skorbut und Syphilis«. Ich unterbrach ihn und sagte »Das ist eine Angewohnheit von dir, oder? So eine Art Tick. Nicht über das zu reden, worüber eigentlich zu reden wäre, sondern über etwas völlig anderes, über das genaue Gegenteil. Habe ich recht?« Johannes antwortete nicht. Ich trank einen kleinen Schluck von dem Tee, der Tee schmeckte staubig, das Porzellanschälchen lag leicht und heiß in meiner hohlen Hand. Das letzte

Zimmer war leergeräumt, die Tischchen, Stühlchen und Chaiselongues an die Wand gestellt, durch die offenen Türen konnte ich Johannes' Staffelei sehen, ein zugehängtes großformatiges Bild, Farbpaletten, Sprühdosen. Die Wohnung roch nach Terpentin und Farben und einem Parfum, das ich nicht kannte. Ich sagte »Wo sind wir hier?«, und Johannes sagte »In Karlovy Vary«, dann mußten wir beide lachen. Ich erzählte von Berlin und von meiner Arbeit und, in Andeutungen, von eventuellen Lieben, Begegnungen und Nächten, dann redeten wir über den Kunstbetrieb und die Galerien, über Verrat, Stolz, Geld und Disziplin, und dann war ich müde und wollte schlafen gehen. Ich wollte vor Johannes schlafen gehen, eingeschlafen sein, bevor er sich zu mir legen würde. Ich ging zum Fenster und sah hinaus. Ich sagte »Also, wem gehört sie jetzt eigentlich, diese Wohnung?«, und Johannes sagte »Einer Chinesin. Der Mutter meiner Galeristin«, ich sagte »Und wo ist sie, die Chinesin?«, und Johannes sagte »Die Chinesin ist tot. Sie ist tot, vor zwei Monaten gestorben. Almine wollte die Wohnung nicht auflösen, aber auch nicht leer stehen lassen, also hat sie mir angeboten, hier zu arbeiten, ein halbes Jahr vielleicht«. Ich sagte »Und was um alles in der Welt hat diese Chinesin in Karlovy Vary gemacht?« Johannes antwortete »Heißes Wasser getrunken und sich nach Hause gesehnt – das willst du doch sicherlich hören«. Ich sagte »Gute Nacht« und lief den langen, dämmrigen Flur entlang bis ins Schlafzimmer. Ich öffnete die Wandschränke voller Kleider, Pelzmäntel, Hutschachteln, Schuhe, Stolen. In den Spiegelschränken im Bad offene Rougetöpfchen, Parfumflaschen, Medizin, die Zahnbürste der Chinesin in einem Kristallglas auf dem Bord über dem Porzellanwaschbecken. Ich faßte alles an, roch an allem und betrachtete längere Zeit den Fingerabdruck in einer Dose Nachtcreme – ihr Zeigefinger? ihr kleiner Finger? –, wusch mir das Gesicht, zog mein Nachthemd an und legte mich ins Bett. Die Bettwäsche war frisch gestärkt und roch nach Waschpulver. Ich machte das Nachttischlicht aus, legte mich auf die Seite und sah durch die offene Tür den Flur hinunter, aus allen Türen fiel Licht, ich konnte Johannes hören, wie er hin und her lief, er hustete, und der Parkettboden knarrte. Ich dachte an die Chinesin. Ich dachte, mir würde schlecht, aber mir wurde nicht schlecht. Auf dem Nachttisch tickte eine kleine, goldene Uhr, der Alarmzeiger stand auf halb sieben.

Johannes hatte gewisse Angewohnheiten, Regeln, nach denen er lebte, damals, als ich ihn kennenlernte, später auch noch in Karlovy Vary, ich bin mir sicher, daß er diese Angewohnheiten niemals ablegen wird. Sie werden sich verändern, minimal, sie sind abhängig von den Orten, an denen er lebt, von den Menschen, die er um sich hat für eine kurze oder längere Zeit. In ihren Grundzügen aber werden sie bleiben, bis er – will ich das sagen? –, bis er alt sein wird und sie vergißt. Vor zehn Jahren lebte er in einer Zweizimmerwohnung in Kreuzberg, die Wohnung hatte Ofenheizung und Außentoilette, die Fenster waren undicht, und der Strom fiel immerzu aus. Im Winter stand er gegen acht Uhr auf, lief in die Küche, stellte den Wasserkessel auf den

Herd und legte sich wieder ins Bett, bis das Wasser kochte und der Kessel pfiff. Dann machte er Tee, Jasmintee mit Zucker und Sahne, trank den Tee im Bett, an die Wand gelehnt, sah dabei aus dem Fenster auf die kahle Akazie im Morgenlicht, in der Regenschirme in den Ästen hingen und leere Vogelfutternetze. Irgendwann stand er auf, duschte eiskalt – das hatte er bei Brecht gelesen –, aß einen Apfel, biß in eine Zitronenhälfte und fing an zu arbeiten. Woher weiß ich das, habe ich es erlebt, oder hat er es mir erzählt?

Die Kurpromenade von Karlovy Vary habe ich Jahre später auf einer Packung Oblaten wiedergesehen, eine ungeschickte Zeichnung, Andeutung des Kolonnadengangs, der kleinen Brunnen, weißen Bänke am Fluß. *Karlsbader Oblaten* stand auf dem braunen Packpapier, *eine köstliche Erinnerung*, ich erinnerte mich an Karlovy Vary, an eine weiße Bank, auf der wir saßen, Johannes und ich, die Erinnerung war erschreckend, weil sie sehr plötzlich war, sie war deutlich und genau. Wir gingen gegen Mittag aus dem Haus, hinunter zum Fluß. Die Häuser leuchteten weiß gegen den blauen Spätsommerhimmel, auf den Balkonen standen dicke alte Männer in ärmellosen Unterhemden, die Zigarren rauchten und sich dann abwandten, in schattigen Zimmern hinter den Vorhängen verschwanden, die Balkontür anlehnten, sachte und leicht. Die Kurpromenade lag so blendend in der Mittagssonne, daß ich die Augen schließen mußte, mir die Sonnenbrille aufsetzte. »Eine Albernheit, du bist doch keine Russin«, sagte Johannes, schritt neben mir her, gerade und eilig. »Ich zeige dir jetzt einen Klimt, im Kurmittelhaus, du wirst ihn nicht erkennen.« Ein Wandgemälde, ein Mosaik, ich erkannte ihn tatsächlich nicht und kann mich auch heute an kein Detail erinnern. Ich erinnere mich an Flure mit Linoleumböden, an den Blick in gekachelte Räume, Zinkbadewannen darin, Massagebetten, veraltete Inhalationsgeräte, eine Krankenschwester mit einer blauen Haube auf dem Kopf an einem Tisch, rauchend, über eine Zeitung gebeugt. Ich erinnere mich an die Kurmittelhausstille, an Fotos der Musiker der Kurhauskapelle am Treppenabsatz im ersten Stock, die schöne, ernste erste Geigerin, der rothaarige, traurig lächerliche Klarinettist. »Nur für Kurgäste«, sagte die Kartenverkäuferin in der Eingangshalle, aß Pflaumenkuchen und sah gar nicht erst auf, »Konzertkarten nur für Kurgäste, und was sie spielen – herrje, Strauß, Walzer, die ganze Sehnsuchtsmusik.« Da war Johannes schon wieder draußen auf der Straße, die Tür fiel schwer hinter ihm zu. Ich kaufte am erstbesten Kiosk eine Schnabeltasse, auf die ein Hirsch gemalt war. Johannes behauptete, sich noch keine Schnabeltasse gekauft zu haben, »Und ich habe auch nicht vor, das zu tun«, ich sagte mehrmals hintereinander »Das verstehe ich nicht. Das verstehe ich wirklich nicht«. Deutsche Reisegruppen. Greisinnen, auf Stöcke gestützt, Goldketten um Hals und Handgelenke, Fuchspelze um die gebeugten Schultern gelegt. Russen und Polen. Die Silhouetten der spitzgiebeligen Jugendstilhäuser, dann die Berge und der schon bunte Wald, ab und an ein komischer Geruch in der klaren Luft. »Das ist der Schwefel«, sagte Johannes wie buchstabierend. Um einen Brunnen mit goldenem Hahn saßen die Deutschen herum, in Windjacken und beigefarbenen Hosen, die zufriedenen, kurgesättigten Gesichter der Sonne zugewandt, wir setzten uns dazu. Ich scheute mich erst, meine Schnabeltasse mit dem Brunnenwasser zu füllen, und tat es dann doch, lehnte mich zurück und trank. Das Wasser war warm und salzig, übelkeitserregend, ich trank vorsichtig, in kleinen Schlucken. Die Deutschen sprachen über ihr Gewicht und ihre Verdauung, Diäten und Blutzuckerwerte, Mittagsschlaf und Abendbrot, die heilende Kraft des Quellwassers. »Hör genau zu«, sagte Johannes überflüssigerweise. Noch einmal ließ ich die Schnabeltasse mit Wasser vollaufen, am Kurmittelhaus schlug eine Uhr die volle Stunde, »Kaffeezeit«, sagten die Deutschen, standen auf und schlenderten davon. Johannes wartete, bis ich mein Wasser ausgetrunken hatte, wie man auf ein Kind wartet, das seine Limonade austrinken soll, er sagte »Du trinkst das wie das Wasser von Lourdes«. Ich wollte sagen »Ich würde es gerne trinken, das Wasser von Lourdes«, ich hatte das Gefühl, es wäre zwecklos gewesen, das zu sagen, es lag nicht an Johannes. Wir gingen den Kolonnadengang entlang, an unzähligen Brunnen vorbei, Holzkästen mit Palmen darin, wir gingen langsam, alle gingen langsam. Die Welt war zusammengeschrumpft auf dieses Karlovy Vary, nichts mehr außer warmem Salzwasser und ein südliches Licht und der vage Gedanke, daß mir im Grunde alles egal sein könnte, vollständig egal, und vielleicht war es das auch, für einen Augenblick.

Vor der großen Fontäne karlovyvaryschen Quellwassers am Ende der Kurpromenade – die Fontäne war abgesperrt, und ihr Wasser hatte die Schiefersteine der Straße mit einer grünspanig silbrigen Schicht überzogen – stand ein Kinderchor und sang etwas wie das *Ave Maria* von Schubert. Ich ignorierte die Schilder mit der Aufschrift *Don't smoke* und zündete mir eine Zigarette an, eine Gruppe polnischer Greise folgte mir dankbar. Johannes war eine halbe Stunde lang verschwunden, dann stand er plötzlich wieder neben mir und sah erhitzt aus. Je höher wir den Berg hinaufstiegen, desto kaputter wurden die Häuser, heruntergekommener die Straßen, Spinnweben schwebten in der Luft, und über die eingefallenen Mauern huschten räudige Katzen. Die Straße stieg steil und ging in einen Waldweg über, da lag es schon hinter uns, unter uns, Karlovy Vary, das Schöne, das Helle. Ich sagte »Johannes, dreh dich um und sieh, wie schön es ist«, aber Johannes eilte blicklos den Waldweg hoch und keuchte über die Schulter »Wenn wir oben sind, können wir mit der Seilbahn wieder zurückfahren« zu mir hinunter. Ich lief hinter ihm her, den Blick auf seinen Rücken gerichtet, ein vertrauter Rücken, ehemals vertraut. Johannes trug seine blaue amerikanische Military-Jacke, die Jacke, die er immer trug und in deren unzähligen Taschen er früher alles Mögliche aufbewahrt hatte, Angelhaken, Vogelfedern, Nüsse und eine Paketschnur, einen kleinen, blauen Stein von der französischen Atlantikküste, ein Token für die Untergrundbahn in New York, auf einem zusammengefalteten Zettel die Vorlage für die Tätowierung, die er sich ir-

gendwann machen lassen wollte, eine daumennagel-
große chinesische Zahnbürste, ein zerrissenes Arm-
band. Ich kannte jeden einzelnen Gegenstand. Vor lan-
ger Zeit hatte ich andächtig vor ihm gesessen und
gesagt »Zeig mir, was in deinen Taschen ist«, Johannes
hatte sie ausgeleert und alles vor mir auf den Tisch gelegt. Ich wollte nicht wissen, was davon noch übrig,
was dazugekommen und verlorengegangen war. Ich
wollte im Grunde gar nichts wissen über Johannes,
über den, der er jetzt war, der er ab jetzt immer bleiben
würde, ab wann eigentlich, ich wollte mich nicht festlegen.

Hoch oben auf dem Berg lag ein Ausflugslokal, eine
dunkel gebeizte Holzbaracke mit einem Hirschgeweih
über dem Eingang und einer Terrasse, auf der die
Stühle gegen die Tische gelehnt und der Kies schon
mit rötlichem Laub bedeckt war. Johannes nahm zwei
Stühle, von denen Regenwasser tropfte, wischte das
Laub von der Wachstuchdecke eines Tisches, aus der
Holzbaracke schlurfte ein Kellner heraus. Wir aßen
Rouladen mit Knödeln und Kraut, Johannes trank
Weißwein, ich eine eiskalte Coca-Cola, ich war durstig, mir war warm und ein wenig schwindelig, die
Kohlensäure prickelte auf meiner Zunge. Das Holzge-
länder der Terrasse war mit Spinnennetzen zugewebt,
dann fiel der Wald steil bergab ins Tal, zu den karlo-
vyvaryschen Vorstädten hin, den Plattenbauten und
leeren Parkplätzen, in einem Hochhaus ging ein winziges Fenster auf und schleuderte einen Spiegel aus
Sonne über die Einfallsstraßen. Ich zog meinen Pull-

over aus und setzte die Sonnenbrille ab. Johannes bestellte ein zweites Glas Weißwein, der Kellner blieb ratlos an unserem Tisch stehen und sah mit uns gemeinsam ins Tal, dann wandte er sich ab und ging. Über dem Coca-Cola-Glas standen Wespen, still, wie an Fäden aufgehängt. Etwas zog mir das Herz zusammen und verebbte dann wieder, ein kurzes Bewußtsein für die Beliebigkeit der Orte, des Lichts und der Zustände, unser schönes Leben, in dem wir uns aufhalten durften an Orten wie diesem oder anderen, eine Brükke über der Seine, ein Ausflugsdampfer vor der Küste von Sizilien, ein Hotelzimmer in Amsterdam mit Blick auf das Rotlichtviertel, Karlovy Vary, Rouladen und ein herber Weißwein, von dem ich nicht trinken wollte; ich drehte mir eine Zigarette und sah in Johannes' Gesicht, in seine dargebotene Gleichgültigkeit und eine Art von Stolz, der es doch besser wußte – von nichts abhängig war dieses Sonnenlicht, das rote Laub und die letzte Wärme, von gar nichts, jedenfalls nicht von uns. Johannes sagte »Ein Zeisig« und deutete in den Wald, ich sah nichts, keinen Zeisig, ich sagte »Ja«. Ich dachte darüber nach, wem ich das mitteilen sollte, für wen das schön war, diese Mittagsstille, wenn nicht für uns, dann doch für jemanden, dem ich davon erzählen könnte. Ich sagte »Johannes. Ich würde gerne mal wieder jemandem begegnen, dem ich etwas erzählen könnte. Dem ich einen Brief schreiben könnte. Ich habe lange keinen Brief mehr geschrieben«, Johannes zog die Augenbrauen hoch und sagte gar nichts. Weit unten im Tal schaltete ein Krankenwagen sein Blaulicht an und fuhr Richtung Altstadt, die Sirene klang bis zu uns hoch. Johannes sagte »In einer Viertelstunde ist er oben und lädt dich ein und fährt dich weg, weil du nämlich eine Unverbesserliche bist, verdammt noch mal«, und ich sagte »In einer Viertelstunde ist er hier und fährt dich weg, weil du dich weigerst, irgend etwas zu begreifen«, wir wechselten einen zornigen Blick. Ein Käfer krabbelte über die Wachstuchtischdecke, ich war satt und wollte meine Roulade nicht mehr weiteressen, schob den Teller von mir, zog mir den Pullover wieder an und setzte die Sonnenbrille auf. Wir zahlten und gingen. Wir fuhren mit der Seilbahn hinunter ins Tal, ich starrte auf den blondierten Haaransatz der Seilbahnführerin und einmal ganz kurz an ihr vorbei in den Abgrund – die Geschwindigkeit, mit der wir ins Tal rasen würden, wenn die Bremsen versagten, wie wir uns an den Händen greifen würden, wenn wir dazu überhaupt noch kämen. Wir saßen weit voneinander entfernt in diesem kleinen Abteil, ein Geisterbahnabteil, und kehrten einander den Rücken zu. Nicht, daß das irgendeine Bedeutung gehabt hätte.

»There is a light coming into my window«, sang Johannes am Nachmittag, auf dem großen Bett der toten Chinesin liegend mit geschlossenen Augen, sang nicht wirklich, summte eher, flüsterte dabei, durch die halb geschlossenen Jalousien fiel was, Licht, aber das war es nicht, es war was anderes. Ich lag neben ihm, auf der Seite und sah ihn an und fand ihn noch immer schön, so wie damals, so wie je, sein komisches, flaumiges Haar, sein kleines Kinn, seine rauhe Haut. Ich hätte ebensogut neben einem Toten liegen können, neben irgendwem oder auch ganz woanders, so egal war ich ihm, und so egal war er mir, und so nah waren wir uns, mich schmerzte das, ihn sicherlich nicht. Ich stand auf und ging von ihm weg, durch den Flur in eines der eierschalenfarbenen Zimmer hinein, da setzte ich mich auf einen Stuhl an die Wand und dachte, daß ich schon wieder Hunger hatte und gerne zu Abend essen würde. Erst später habe ich mich gefragt, wie es überhaupt dazu kam, daß wir da zusammen lagen, nebeneinander, müde und träge – wie hatten wir auf der Bettkante gesessen, uns die Schuhe ausgezogen, uns auf den Rükken gelegt, zueinander gedreht, mehr nicht, während draußen das Licht wich und ein Wind ging, der die Jalousien gegen die Fenster schlug. Es ist mir nicht mehr eingefallen.

Vielleicht hatte Johannes doch etwas begriffen, etwas, das ich nicht begreifen konnte, weil ich zu sentimental war und auch zu besitzergreifend, während er sich einfach fügte und der Zeit seinen störrischen Rücken kehrte. »It's a long way to china«, sagte er mehrmals und geheimnisvoll, als sollte es mir irgend etwas bedeuten. Er hatte einen Weltempfänger, den er auf jede Reise mitnahm, der jetzt auf dem Fensterbrett der Küche der toten Chinesin stand und an dem Johannes so lange herumdrehte, bis er einen arabischen Sender fand. »Was macht das für einen Sinn, tschechische Musik zu hören, wenn wir in Tschechien sind? Du begreifst nur, daß du in Tschechien bist, wenn du arabische Musik hörst oder meinetwegen mongolische, bengalische, auf jeden Fall etwas völlig anderes.« Ich stand neben ihm, nutzlos, weil er mich die Mohrrüben nicht schälen, den Fisch nicht putzen und den Tisch nicht decken ließ, »Nein, ich mache das schon alleine«. Im Radio sang eine hohe Männerstimme Kaskaden hinauf und hinunter, ein herzzerreißender Singsang, ein Gurren und Vibrieren. Ich dachte an eine gewisse Entfernung, an einen Wüstenmond vor den Fenstern, an Schakale und an den Wüstensand, der die Jugendstilhäuser von Karlovy Vary verschütten und die Quellen ersticken würde, und dann hatte ich keine Lust mehr, und mir fiel ein, wie Johannes mir einmal einen Brief nach Essaouira geschrieben hatte. Ich war nach Marokko gefahren, weil er Jahre zuvor dort gewesen war, und vielleicht hatte er einen Satz gesagt wie »Wenn du deiner merkwürdigen Sehnsucht ein Bild geben willst, dann fahr nach Marokko«, wie auch immer, ich fuhr, aber meine Sehnsucht war nicht groß genug, alleine zu fahren, ich fuhr mit jemandem zusammen, nicht mit Johannes, mit einem anderen. Johannes hatte mir einige Adressen mitgegeben, Hotels, Pensionen, Restaurants, die er schön gefunden, in denen er übernachtet und gegessen hatte. Die meisten mißachtete ich, aber in Essaouira nahmen wir ein Zimmer im Hôtel du Tourisme, das Johannes mir empfohlen hatte. Das Hotel lag am Meer, in die Mauern der Altstadt hineingebaut, von der Sonne ausgebleicht und heruntergekommen, im Atrium flogen gelbe Vögel umher, und zwischen den Bettlaken knirschten Sand und Meersalz. Wir bezahlten das Zimmer im voraus, füllten die Anmeldeformulare aus, und als der Hotelangestellte unsere Pässe ansah, hielt er plötzlich inne und zog aus einer Schublade einen Brief heraus, der, wie er sagte, schon vor einer Woche für mich angekommen sei. Der Brief war aufgequollen von der Feuchtigkeit, ein aus Zeitungspapier gefalteter Umschlag, niemals kaufte Johannes fertige Umschläge, immer faltete er sie aus Altpapier zusammen. Auf dem Umschlag stand mein Name, *Hôtel du Tourisme, Essaouira, Marokko*. Ich zeigte mein Erstaunen nicht, meine freudige Überraschung, ich nahm den Brief sehr selbstverständlich und gelassen entgegen, so als wäre ich eine Weltreisende, eine Ungebundene, eine, der man Briefe schreibt ins Ungewisse hinein, in die Welt, vielleicht bekommt sie ihn, vielleicht bekommt sie ihn nicht. Und wenn sie ihn bekommt, dann wird es etwas heißen, ein Zeichen sein, das eine Veränderung bewirkt. Wir stiegen die Treppen zu unserem Zimmer empor, ich hielt den Brief fest in meiner Hand, weil ich wußte, daß der, der bei mir war, ihn mir sonst entreißen würde, eifersüchtig, gequält, ihn zerreißen und aus dem Fenster werfen würde in vielen kleinen Schnipseln, die der Meerwind davontrüge. Ich las den Brief auf der Toilette, ich trug ihn den ganzen Rest der Reise unter meinem Hemd an meinem Herzen mit mir herum und versteckte ihn abends, wenn wir schlafen gingen, an immer anderen Stellen. Was darin stand, was Johannes mir geschrieben hatte, habe ich vergessen. In der Küche in Karlovy Vary – Johannes schnitt Zwiebeln, zerrieb Pfeffer zwischen seinen Händen, Pimentkörner, Kardamom – sagte ich »Erinnerst du dich an den Brief, den du mir einmal nach Essaouira geschrieben hast?«, und Johannes sagte ehrlich »Nein«.

Wir setzten uns an den Tisch in das eierschalenfarbene Zimmer, aßen Fisch mit Tomaten und Paprika, Couscous und Salat, wir tranken Wein dazu, ich wollte nicht wirklich wissen, wo Johannes in Karlovy Vary diese fast schon exotischen Lebensmittel aufgetrieben hatte. Wir aßen von großen Porzellantellern und schenkten den Wein aus der Karaffe nach, von irgendwoher kam Zugluft, in der die Kerzen flackerten, und in der Küche sangen die Araber leise vor sich hin. Mein anfänglicher Ekel vor den Tellern, den Tassen und Gläsern der toten Chinesin war verschwunden, ich aß von ihren Gewürzen und trank ihren Wein. Die Chinesin saß am Kopfende des Tisches, ihre winzigen Hände vor dem Bauch gefaltet, sie trug einen roten Kimono und lächelte uns an, scheinbar gütig. Ich sagte »Hast du dich anfangs nicht gefürchtet?«, und Johannes sagte, als hätte er sie auch gesehen »Doch, anfangs schon. Ich fand alles merkwürdig und auch absurd, diese Bereitschaft, mit der Almine mich in die Wohnung ihrer toten Mutter ließ. Zwei Nächte waren unruhig, oder drei, ich habe aufgehört, mich zu fürchten. Wenn ich mich fürchten würde, könnte ich nicht arbeiten«. Er schnitt den weißen Bauch des zweiten Fisches auf und zerlegte ihn, dieser letzte Satz war typisch für ihn, für seine Fähigkeit, sich zu entscheiden, etwas zu beschließen und dann zu beenden, eine Eigenschaft, um die ich viel gegeben hätte. Ich hätte gerne länger mit ihm über die tote Chinesin gesprochen, die unübersehbar reich gewesen war und exzentrisch. Ich sah sie die Kurpromenade entlanglaufen mit zierlichen Schritten und ihr Heilwasser trinken aus einer chinesischen Schnabeltasse – was macht eine Chinesin in Karlovy Vary, eine Frage wie ein Witz –, »Und wo lebt ihre Tochter eigentlich, Almine, deine Galeristin?« »In Paris«, sagte Johannes kurz, es war offensichtlich, daß er sich nicht mit mir über die tote Chinesin unterhalten wollte. Also lehnte ich mich zurück und wartete ab, bis er sich entschieden hatte, worüber er dann mit mir sprechen wollte. Ich dachte, über irgendwas sollten wir sprechen, es ist noch nicht spät, wir können noch nicht schlafen gehen, wir müssen noch ein wenig so beieinander sitzen. Und eigentlich war es mir auch egal, ich war dankbar dafür, daß es mir egal war. Ich dachte daran, wie bang und zittrig ich hier sitzen würde, wenn ich ihn noch lieben, wenn ich mich ihm zeigen wollen würde, mich nach ihm sehnte, ich sehnte mich nicht nach ihm. Johannes aß bedächtig seinen Fisch auf, trank seinen Wein aus und wischte sich den Mund mit der Leinenserviette ab. »Möchtest du noch was?« »Nein, danke. Ich bin sehr satt. Es war gut.« Er stellte die Teller und Töpfe zusammen, stand auf und verschwand in der Küche. Ich tauschte einen bedeutungsvollen Blick mit der Chinesin und schnitt eine Grimasse zur Küchentür hin. Johannes klapperte mit dem Geschirr herum, rief »Ich komme gleich wieder«, ein höflicher, fremder, schöner Gastgeber mit dunkelblauen Augen und hellstem Haar. Ich war streitlustig. Es war ganz unsinnig. »Willst du einen Gin Tonic?« Ich antwortete nicht, ich konnte hören, wie er den Kühlschrank öffnete, Eiswürfel in ein Glas fielen, er rief »Erinnerst du dich eigentlich an Miriam?« An der Art und Weise, wie er das *du* betonte, verstand ich, daß das die Gegenfrage sein sollte zu meiner Frage nach dem Brief aus Essaouira. Ich sagte »Natürlich erinnere ich mich an Miriam«. Johannes kam ins Zimmer zurück, stellte die Tonicflasche und ein Glas vor sich auf den Tisch, setzte sich und sagte »Und wie war das, deine erste Begegnung mit Miriam?« Ich sagte »Willst du über sie reden, weil du sie so vermißt, oder willst du von mir wissen, wie es war, weil du es eben wissen willst?« Johannes sah mich unwillig an und sagte »Ich will wissen, wie das für dich war, nicht mehr und nicht weniger, du mußt mir nicht antworten«, also gab ich nach. Ich sagte »Wie lange ist das her, drei Jahre, vier?«, und Johannes sagte bestimmt »Vier Jahre«, die genaue Definition der Zeit machte mich einen Moment lang schwindelig. Vier Jahre. Im Sommer nach Marokko. Johannes hatte mir einen Ring geschenkt, einen großen, silbernen, nach seinen Vorstellungen eigens angefertigten Ring mit einem Stein darin, den er auf irgendeiner griechischen Insel gefunden hatte. Der Ring war so symbolisch gemeint, wie er aussah, und ich hatte ihn angenommen. Was ist das gewesen? Eine Hochzeit? Ein Versprechen? Ich nahm den Ring und verschwand, ich hatte zu tun und konnte mich um gar nichts kümmern. Als ich lange genug verschwunden war, rief Johannes mich an und forderte den Ring zurück mit einer Ernsthaftigkeit, der nicht zu widersprechen war. Er hatte recht. Ich war es leid. Ich fuhr nach Kreuzberg, an einem Morgen im Spätsommer, den Ring in der rechten Manteltasche und mit zehn Minuten Zeit für ein Gespräch. Diese Zweizimmerwohnung im Hinterhof mit Außenklo und Ofenheizung, die

Akazie, die Regenschirme in den Ästen. Als ich das Hinterhaus betrat, schlug in einem der oberen Stockwerke eine Tür und jemand kam das Treppenhaus hinuntergelaufen, ich begriff sofort. Ich stieg die Treppen hoch, und sie kam herunter, im zweiten Stock begegneten wir uns, liefen aneinander vorbei, berührten uns mit den Ellbogen, sahen uns an. Ihre Augen waren dunkelbraun, ihr Gesicht hell und sommersprossig, ruhig, ein Ausdruck der Zufriedenheit darin, nichts Unsicheres, ein Morgen im Spätsommer, dann war sie vorüber. Als ich aus dem Flurfenster blickte, konnte ich sehen, wie sie ihr Fahrrad von Johannes' Fahrrad abschloß, es über den Hof schob, in der Toreinfahrt verschwand. Die zehn Minuten, die ich Zeit gehabt hätte, mit Johannes zu sprechen, ihm ein letztes Rätsel aufzugeben und dann zu gehen, stand ich im zwielichtigen Hausflur herum, atmete ein und aus und zitterte, und die Wut und Traurigkeit, die von gottweißwoher in mir aufstiegen, waren erstaunlich. Ich rannte die Treppen hoch, immer zwei Stufen auf einmal, und dann war ich oben und schlug mit den Fäusten gegen die Tür. Die Tür war nicht richtig verschlossen, sie flog einfach auf, und ich stolperte hinein, lächerlich und jetzt heulend, stolperte durch den Flur in das kleine Zimmer, in dem Johannes auf dem Bett saß, den Rücken an die Wand gelehnt, den Blick auf die Akazie gerichtet, eine Tasse Jasmintee mit Zucker und Sahne darin auf seinen Knien balancierend. Das Fenster stand offen, noch war es warm. Ich nahm den Ring aus der Manteltasche und legte ihn auf den Nachttisch, neben die leeren Weingläser, den Aschenbecher mit

den Zigarettenkippen und das aufgeschlag
Giuseppe Ungaretti, *Gedichte*. Johannes
von der Akazie ab und sah mich an, als
nicht da. Ich drehte mich um, ging den Flu
offenstehenden Wohnungstür und schloß sie hin
mir, sorgfältig und leise.

Die Chinesin, in ihrem eierschalenfarbenen Zimmer
in einer Stadt in einem Tal in Tschechien – *it's a long
way to china* – nickte mehrmals hintereinander, stand
auf und verbeugte sich anmutig, ihr Kimono raschelte,
dann war sie weg. Johannes sagte »Woher wußtest du
eigentlich, daß das Miriam war, das heißt, woher wußtest du, daß diese fremde Frau, die aus meiner Wohnung kam, bei mir gewesen ist?«, ich sagte ärgerlich
»Ich weiß nicht – ich wußte es einfach. So etwas weiß
man dann. Es ist klar«, er sagte freundlich »Und wie
war das?«, ich sagte gleichgültig »Wie soll das gewesen sein – es war schlimm. Schlimm«. Ich hatte keine
Lust, so mit ihm darüber zu reden. Ich wollte darüber
nachdenken, daß es tatsächlich schlimm gewesen war
und daß es das jetzt nicht mehr war – es *war* schlimm –,
und wie konnten wir hier so beieinander sitzen, in der
galligen Aura all unserer Verletzungen und darüber reden? Ich konnte mich nicht konzentrieren. Ich sagte
»Ich weiß, daß sie immer noch da ist. Miriam meine
ich. Sie ist immer noch da, und ich weiß das, du mußt
es mir nicht sagen«. Johannes lächelte und sagte »Ich
würde das aber gerne sagen: Sie ist immer noch da«.
Er klang nicht triumphierend. Er goß Tonic in sein
Glas, wir stießen miteinander an, tranken, rauchten,

redeten und schwiegen, und wenn wir schwiegen, meinte ich die Fontäne der Quelle von Karlovy Vary hören zu können, ihr sprudelndes Wasser am Ende der Kurpromenade auf den fischschuppigen Steinen. Hörst du das auch, ja, ich höre das auch. Die Chinesin, im dunklen Flur kauernd, faltete Drachen aus Seidenpapier und ließ sie aufsteigen wie Schmetterlinge. »Weißt du noch«, sagte ich, »weißt du eigentlich noch, wie du mich schön fandest, in Paris, auf der Ausstellungseröffnung vor zwei Jahren?«, ich war eitel und wahrscheinlich traurig, aber Johannes war das auch. Er sagte »Natürlich weiß ich das noch. Du warst sehr schön. Du trugst einen Pelzmantel und schwarze, hochhackige Schuhe, und dein Gesicht hat so geleuchtet. Du standest an der Heizung, eine halbe Stunde lang, du hast mit niemandem geredet, dir war kalt, dann bist du gegangen«.

Am Morgen, beim Frühstück, gegen zehn Uhr und in einem diesigen Licht – es hatte in der Nacht angefangen zu regnen und es regnete immer noch – brach Johannes in ein Gelächter aus, mit dem er eine geschlagene Stunde lang nicht mehr aufhören konnte. Er war vor mir aufgestanden. Als ich in die Küche kam, saß er schon am Tisch und aß seinen üblichen Apfel und eine kleine Scheibe Weißbrot dazu. Ich sagte »Ich mag dieses Wetter, ich mag es, wenn es so grau und nieselig ist draußen«, ich sagte »Ich glaube, ich habe gute Laune«, und Johannes legte den Apfel, den er gerade in zwei Hälften geschnitten hatte, auf seinen Teller zurück und brach in Gelächter aus. Ich wartete höflich. Ich dachte, daß er mich sicherlich gleich teilhaben lassen würde an dem, was ihn so erheiterte, aber Johannes hörte auf zu lachen und sagte nichts. Ich sagte »Was ist so komisch?«, er sah mich an und sah auf seinen Apfel und zurück zu mir und fing wieder an zu lachen, heftiger, länger. Ich setzte mich an den Tisch ihm gegenüber, ich mußte jetzt auch lachen, ich sagte leichthin »Hör mal, worüber lachst du denn?« Johannes schüttelte den Kopf, hielt sich die Hand vor die Stirn, dann vor die Augen, lachte, beruhigte sich wieder, hörte auf. Ich goß mir eine Tasse Kaffee ein. Ich sagte vorsichtig »Johannes?«, und er stieß sich mit beiden Händen vom Tisch ab, stand auf, stellte sich an die Spüle mit dem Rücken zu mir, seine Schultern bebten. Ich starrte ihn an. Ich sagte »Habe ich irgend etwas gemacht, gestern nacht? Irgendwas, das ich jetzt nicht mehr weiß und das so wahnsinnig lustig gewesen ist?«, und Johannes streckte abwehrend beide Hände aus. Ich sagte »Ich verstehe das nicht«, er zuckte zusammen und krümmte sich über der Spüle, ich sagte ärgerlich »Lachst du über mich oder was, worüber lachst du denn, verdammt noch mal?«, er verließ die Küche. Ich konnte ihn im Flur hören. Unterdrücktes Kichern, Atemholen, albernes Seufzen, erneut in Lachen Ausbrechen. Ich goß Milch in den Kaffee. Ich dachte »Ich langweile mich«. Ich lauschte. Johannes kam in die Küche zurück, setzte sich wieder an den Tisch, sagte »Entschuldigung« und nahm seinen Apfel in die Hand. Ich sah ihn an, bis er meinen Blick erwiderte, sekundenlang, eine feine Röte stieg ihm ins Gesicht, ich konnte sehen, daß er sich wirklich beherrschen wollte. Es gelang ihm nicht, er brach in Lachen aus. Er barg sein Gesicht in den Händen. Ich sagte so gelassen wie möglich »Du willst mir also nicht sagen, was so komisch ist«, und er sagte erstickt »Nichts. Nichts ist komisch. Ich kann es dir nicht sagen«. Ich gab es auf. Ich lehnte mich zurück, wärmte mir die Hände an der heißen Kaffeetasse und sah ihn an, wie man einen Patienten ansieht oder einen Gefangenen oder einen Zeugen, ich wartete ab und sah ihn an. Er hatte Atemnot, sein Gesicht war dunkelrot, aus seinen Augen rannen Tränen, das Lachen schüttelte ihn und schien weh zu tun. Ab und an lachte ich auch. Johannes versuchte nicht mehr, das Lachen zu unterdrücken, aufzuhören, mir zuliebe, er ließ es einfach kommen wie eine Welle und ließ sich gehen, ich konnte mich nicht erinnern, jemals so gelacht zu haben. Er stand wieder auf und taumelte aus der Küche, lief durch die Zimmer und kam zurück, stand im Flur, holte tief Atem, ergab sich dann erneut, lustvoll. Ich ignorierte ihn. Ich sah aus dem Fenster in den Nieselregen hinaus, vor allen Fenstern in den gegenüberliegenden Häusern waren die Vorhänge zugezogen, durch die Äste der Platanen ging der Wind. Johannes lachte hinter der verschlossenen Badezimmertür, weit weg im Schlafzimmer, einmal sehr kurz im Treppenhaus, wo der Hall sein Lachen grotesk verdoppelte. Irgendwann wurde es still. Ich lauschte und konnte ihn nicht mehr hören, ich wartete noch einen Moment lang, dann stand ich auf und ging durch alle Zimmer hindurch und suchte ihn. Er lag im Atelierzimmer auf einer kleinen Chaiselongue und hatte sich die rechte Hand auf den Bauch gelegt. Ich blieb an der

Tür stehen und sagte zögernd »Alles gut?«, er sagte ernst »Ja, alles gut. Alles gut«. Ich blieb so stehen und dachte darüber nach, noch einmal zu fragen, aber ich fragte nicht. Ich sagte »Willst du mir nicht eigentlich irgendwann dein Bild zeigen, das Bild, zu dem ich einen Text schreiben soll?«, und Johannes sagte »Ich glaube, ich habe es mir anders überlegt. Ich brauche keinen Text. Das Bild ist noch nicht fertig. Ich zeige es dir ein anderes Mal«.

Ich wusch das Geschirr ab, trank eine zweite Tasse Kaffee auf dem Balkon im Nieselregen und legte mich wieder ins Bett. Ich las drei Seiten im Vorwort eines Kunstkatalogs, den Johannes mir gegeben hatte, vielleicht, um mir zu zeigen, wie ein wirklicher Text zu einem Bild geschrieben werden sollte, dann schlief ich ein. Johannes weckte mich eine Stunde später. Er sagte »Du kriegst Depressionen, wenn du am Tag zu lange schläfst«, ich sagte »Könntest du mir ein Stück Schokolade bringen und eine Zigarette?« Johannes freute sich darüber. Er brachte mir eine Schachtel chinesischer Ingwerpralinen, deren Verfallsdatum ich nicht entziffern konnte, die ich trotzdem alle aufaß. Johannes saß auf dem Stuhl neben dem Bett und sah mir dabei zu, dann stand er auf und ging weg. Ich hörte ihn im Atelierzimmer herumräumen, der Weltempfänger sendete mongolische Musik, Johannes pfiff leise vor sich hin, schien dann in der Küche seine Pinsel auszuwaschen, der Regen trommelte aufs Fensterblech. Ich fand es seltsam, soviel Zeit mit jemandem zu verbringen, mit dem ich in einem ungeklärten Verhältnis stand, einer ungenauen Distanz. Johannes war mir nicht vertraut genug, als daß ich ihm die ganze Zeit über durch alle Zimmer hätte hinterher laufen können, plappernd, unbefangen und anhänglich, er war mir vertraut genug, um ihn an meinem Bett sitzen und mir dabei zusehen zu lassen, wie ich verschlafen und mit zerzausten Haaren zwanzig Ingwerpralinen aufaß, hintereinander weg. Ich lag im Bett, weil ich nicht wußte, was ich sonst hätte tun sollen, mit ihm, ohne ihn.

Am Nachmittag, als es draußen schon fast wieder dämmerte, stand ich auf. Johannes war ausgegangen. Er hatte mir nicht gesagt, wohin, er hatte mich auch nicht gefragt, ob ich mitkommen wolle, was nicht schlimm war, ich hätte nicht mitkommen wollen. »Kennst du irgend jemanden in Karlovy Vary?« »Nein. Niemanden. Ich will auch niemanden kennenlernen, das würde mich nur von der Arbeit abhalten.« Auch ich hielt ihn von der Arbeit ab, ich wußte das, selbstverständlich konnte er nicht arbeiten, wenn ich da war, er wollte den Text für das Bild wirklich nicht haben, es war Zeit abzureisen, morgen früh würde ich fahren. Ich trank in der Küche den Rest Tee aus seiner Tasse im Stehen, die rechte Hand in die Hüfte gestützt, kalter Jasmintee mit Sahne und Zucker, dann stellte ich die Tasse wieder auf den Tisch und ging ins Atelierzimmer. Ritter Blaubarts Zimmer. Das siebte Zimmer. Die Luft um mich herum schien zu vibrieren, meine Haut fühlte sich seltsam an, und ich hatte das Gefühl, nicht richtig hören zu können. Die Jalousien im Atelierzimmer waren hochgezogen, das Regenlicht fiel herein, und alle Gegenstände wirkten verschwommen und unscharf. Die Bilder waren zur Wand gedreht, mit Tüchern verhängt, kein Bild auf der Staffelei, kein fertiges Bild an der Wand. Zwischen den Fenstern hingen Zettel, auf denen Johannes sich Notizen gemacht hatte, kryptische Worte, *Jürgen Bartsch*, *Widerstand*, *Hautwiderstand*, *Leergut*. Auf dem Schreibtisch Stifte, Zeitungsausschnitte, Papier, Tabakbeutel und Blättchen, die kleine Dose für Gras, die ich ihm vor Jahren geschenkt hatte, Reißzwecken, Feuerzeuge, leere Kaffeetassen, Polaroidfotos – Johannes mit einem schwarzen Tuch um die Augen –, ein Gedichtband von Nietzsche, Postkarten mit der Ansicht der Kurpromenade von Karlovy Vary, ein Tintenfaß, eine Pinzette, drei Sprühdosen Farbe, ein Briefbeschwerer aus Glas mit einer chinesischen Bambuspagode darin. Was ich suchte, lag nicht auf dem Schreibtisch, lag auf dem Fensterbrett, sorgfältig auf einen Stapel gelegt, blaue Briefumschläge, rechteckige blaue Briefumschläge mit einer winzigen Schrift an Johannes adressiert. Johannes in Karlovy Vary, in einer Stadt in einem Tal in Tschechien mit einer Fontäne aus warmem, salzigem, heilendem Wasser. Mein Herz schlug überhaupt nicht mehr. Ich hätte auch auf dem Absatz umdrehen und wieder hinausgehen können, die Tür hinter mir schließen, etwas anderes tun, ich ging nicht hinaus. Ich nahm den ersten Brief in die Hand, er wog leicht, er wog gar nichts, er roch auch nach nichts, er spielte keine Rolle. Ich zog kariertes Papier aus dem Umschlag, faltete es auseinander und begann zu lesen. Spinnweben, ein Netzwerk, ein verschlungenes Muster wie ein chinesisches

Rätsel. Ich habe mich nie gescheut, anderer Leute Briefe zu lesen, ihre Tagebuchaufzeichnungen, privaten Notizen, ich habe mich immer gescheut und es dennoch oft getan, aus einer Art von umgekehrtem Pflichtgefühl heraus, um etwas zu erfahren, was ich nicht erfahren durfte und doch wissen mußte, um mich entscheiden zu können. Miriams Briefe waren allesamt obszön. Obszön, sexuell, pornographisch, haltlos. Sie erinnerte Johannes an bestimmte Erregungen, beschrieb künftige Nächte, verlor sich in ausschweifenden Phantasien. Ich hätte nicht gedacht, daß Johannes überhaupt eine Sexualität hatte, jedenfalls nicht eine solche – war das seine Sexualität oder nur Miriams, ihre Empfehlung? Meine Sexualität war es nicht, und ein wisperndes Etwas in mir bedauerte das. Ich las den dritten, den vierten, den fünften Brief, den sechsten, nur um mich zu vergewissern, daß das tatsächlich alles war, was sie ihm zu schreiben hatte, »Diese Sehnsucht tief in mir drin, an meinem allerdunkelsten Ort«; den letzten Brief las ich, weil ich dachte: Und wenn sie jetzt doch noch einen Satz schreiben wird wie »Heute morgen bin ich endlich in der Staatsbibliothek gewesen, um das Material für meine Magisterarbeit zusammenzustellen«, sie schrieb ihn nicht. Ich legte die Briefe ordentlich auf ihren Platz zurück, Kante auf Kante auf Kante. Ich dachte an Miriams helles Gesicht und ihre braunen Augen, an Johannes im weißen Bett, an diese Gegenstände auf dem Nachttisch, zwei Weingläser, ein Aschenbecher, ein Buch. War das zweideutig? Ich dachte daran, wie ich zu Johannes in dem Ausflugslokal hoch oben auf dem Berg über Karlovy Vary gesagt hatte »Ich würde gerne mal wieder jemandem begegnen, dem ich einen Brief schreiben könnte«, und ich hätte viel darum gegeben, diesen Satz zurücknehmen zu können, er schien mir lächerlich zu sein, ich hatte ihn am falschen Ort gesagt und zur falschen Zeit. Ich ging hinaus aus dem Atelierzimmer, Ritter Blaubarts Zimmer, dem siebten Zimmer, ich ging zurück in die Küche und machte den Kühlschrank auf und trank einen großen Schluck Gin direkt aus der Flasche. Ich sagte laut »Ich wünschte, ich hätte sie nie gesehen. Ich wünschte, ich hätte ihre Briefe nicht gelesen. Ich wünschte, ich wäre nicht hier«, aber ich wußte, ich log.

Johannes kam am Abend zurück, und nichts an ihm verriet mir, wo er gewesen war. Er war in diesen Stunden, die ich am Küchentisch gesessen und auf ihn gewartet hatte, ein anderer geworden, ein Fremder, der ein Leben führte, von dem ich nichts wußte. So muß ich ihn auch angesehen haben, denn er blieb dicht vor mir stehen und sagte »Ist irgendwas?«, ich sagte »Nein. Was soll sein«. Er zog sich um, und dann gingen wir aus, stolperten über das regennasse Kopfsteinpflaster von Karlovy Vary, nächtlich und ausgestorben, auf der Kurpromenade glucksten die Brunnen leise vor sich hin. »Ein letzter Schluck Heilwasser?« »Kein Heilwasser mehr, vielen Dank.« Wir liefen bis zu dem Parkhaus, in dem ich mein Auto abgestellt hatte, und fuhren mit dem Fahrstuhl ins oberste Stockwerk, schmierten den Türsteher mit einer unglaublichen Summe amerikanischer Dollar, die Johannes aus seiner Manteltasche zog, und betraten *Belle Etage*, den einzigen Nachtclub

Karlovy Varys. Es war lange her, daß ich die Nacht in einer Discothek verbracht hatte, und eine Discothek wie diese kannte ich bisher überhaupt nicht. Vor den großen Fenstern lag Karlovy Vary, das Dunkle, das Schöne, und kein Mensch sah hinaus, alle wandten dem Panoramablick den Rücken zu, als könnten sie ihn nicht mehr ertragen, und konzentrierten sich auf die Mitte des Raumes. Ich fragte mich, ob man hier Jalousien vor den Fenstern herunterlassen würde, wenn die Sonne aufginge über den Bergen und dem Wald, ich fand nichts fürchterlicher als Morgenlicht vor den Fenstern einer Bar, in der ich die ganze Nacht lang getrunken hatte. Johannes sagte »Gegen drei machen sie die Fenster dicht, das fällt auch niemandem auf«. Der Raum war so groß wie die Parkdecks unter uns, wie das Parkdeck im dritten Stock, in dem mein Auto stand, eine Halle voll von Tischen, Sofas und Sitznischen, von winzigen goldenen Lampen erleuchtet. In der Mitte die Tanzfläche, darüber eine Discokugel, ein Ambiente wie aus den siebziger Jahren, Schwarzlicht und Lasershow. Es war brechend voll, zwischen den Tischen liefen Kellnerinnen umher mit überbordenden Tabletts voller Cocktails und Sektflaschen. Die Kellnerinnen waren erstaunlicherweise allesamt um die Fünfzig, dicke, resolute, stämmige Matronen, die die Lage im Griff hatten, sofort abkassierten und bei Nachfragen umstandslos auf die tschechischen Prostituierten verwiesen, die nebeneinander aufgereiht an der Bar herumsaßen, an Sektflöten nippten und gähnten. Auf der Tanzfläche gebärdeten sich die Russen und Polen wie von Sinnen, die Deutschen hielten sich an den Tischen fest und pendelten mit den schweren, trunkenen Köpfen, die ganz alten Kurgäste, die kleinen Greisinnen mit den Fuchspelzen und Goldketten waren gerade dabei aufzubrechen. An der Tür warteten junge Tschechen, die von einem Bein auf das andere traten und die Greisinnen, die sich umständlich die Pelzmützen auf den Kopf setzten, unmißverständlich dazu aufforderten, endlich schlafen zu gehen. Johannes schrie in mein Ohr hinein »Das ist der einzige Club hier, der erst morgen früh schließt, alle gehen hierher, wirklich alle, und die russische Mafia verdient ein Vermögen!«, ich nickte idiotisch, ich fühlte mich unwohl, von allen beobachtet. Wir wurden an einen Tisch geleitet, zu einem Ehepaar gesetzt, unwirsch nach den Getränken gefragt, zwei Gin Tonic mit Eis, ich rutschte in die Nische der Lederbank, zog meinen Mantel aus und drückte die Knie unter dem Tisch zusammen. Alle drei Minuten stieß sich eine Prostituierte, wie an einer Schnur gezogen, vom Tresen ab, steuerte auf einen Tisch zu, tauchte ins Dämmerlicht unter den goldenen Lämpchen, und eine andere Prostituierte nahm den leeren Platz an der Bar ein, eine Lücke entstand nie. Die Prostituierten trugen weiße Kleider, die im Schwarzlicht gespenstisch aufleuchteten und wieder erloschen, sobald sie sich gesetzt hatten, Johannes folgte meinem Blick und sagte »In der Etage unter uns gibt es Zimmer, eine Art Stundenhotel, hoch frequentiert«. Die Kellnerin knallte die Gin-Tonic-Gläser vor uns auf den Tisch und kassierte amerikanische Dollar ab, sie streifte mich mit einem verächtlichen Blick. Das Ehepaar stellte sich vor. Rudi und Vlaska, vielleicht sechzig Jahre alt, eine Tschechin und ein Deutscher, verheiratet seit zehn Jahren in zigster Ehe, Vlaska war schön, Rudi feist und elegant in einem weißen Anzug, den Schlips eng um den dicken Hals gezurrt. Johannes beugte sich weit über den Tisch und hörte den privatesten Geschichten, die beide ihm von rechts und links ins Ohr schrieen, mit einer Miene höchster Aufmerksamkeit zu. Ich trank meinen Gin Tonic, fing aggressiv den Blick der Kellnerin und bestellte einfach schon den nächsten, ich hätte gerne gesagt: Drei auf einmal bitte, ich hatte das Gefühl, der Situation nüchtern nicht standhalten zu können. An der Bar schlenderten beiläufig Männer vorbei, taxierten die Prostituierten, die Prostituierten zeigten ihre nackten Schultern und brachen in heiseres Lachen aus. Die dicken Kellnerinnen an der Registrierkasse steckten die Köpfe zusammen und erregten sich, schwärmten dann wieder auseinander wie Bienen, die vollen Tabletts hoch über ihren Köpfen. Ein zweiter, lauwarmer Gin Tonic. Vlaska sang Johannes ein tschechisches Volkslied vor, auf der Tanzfläche brach Hysterie wegen irgendeines Schlagers aus. Rudi lockerte den Schlips, bot mir eine Zigarette an und berührte meine Fingerspitzen mit seiner dicken, schweißigen Hand. Ich lächelte, er lächelte zurück, wir stießen miteinander an, er rief »Nächste Runde!« in den Raum, die Kellnerin war nicht zu sehen. Johannes beugte sich zu mir und sagte »Geht es dir gut?«, ich nickte und wollte fast nach seinem Arm greifen, da hatte er sich schon wieder zu Vlaska gewandt. Ich starrte in die sich drehende Discokugel, ihre blinkenden Reflexe, bis mir schwin-

delig wurde. Die Prostituierten leuchteten schwanen-
weiß, der Gin Tonic schmeckte wie Wasser, die Russen
auf der Tanzfläche schrieen »Every breath you take,
every move you make«, Rudi legte unter dem Tisch
seine Hand auf mein Knie, ich war vollständig nüchtern, es half nichts, es half alles nichts. Johannes saß
neben mir, ein schöner Fremder, ein Kunde oder was,
ich hätte ihn gerne am Nacken gepackt und geschüt-
telt. Vlaska stand auf und verschwand. Rudi nahm die
Hand von meinem Knie, deutete auf eine der Prostituierten am Tresen, die auch sofort herübersah, und schil-
derte Johannes eine Begebenheit, die es anscheinend
in sich gehabt hatte, ich wollte nichts hören. Ich drehte den Kopf weg und sah aus dem Fenster. Im Fenster
spiegelte sich der ganze Raum, draußen dasselbe wie
drinnen, kein Karlovy Vary, keine Fontäne, kein dunk-
ler Wald. Johannes sagte »Entschuldigt mich«, stand
auf und ging weg. Ich sah entgeistert in Rudis glänzen-
des Gesicht, das sich mir sofort und ohne auch nur eine
Sekunde zu zögern zuwandte. Ich fand es ungeheuerlich, daß Johannes mich mit ihm alleine ließ. Rudi sagte »Seid ihr zusammen, oder was?«, und ich antwortete einfach nicht, was ihn auch nicht bekümmerte, er
winkte erneut der Kellnerin und grinste mich zwischendurch an. Ich fragte mich, ob Johannes gerade
mit Vlaska zusammensteckte, ob sie sich auf ein gehei-
mes Zeichen hin verabredet hätten und gerade jetzt, in
diesem Moment, in einem der Zimmer unter uns irgendwie miteinander verkehrten. Ich dachte eigentlich, ob Johannes es Vlaska gerade machte, ein Ausdruck, den ich in Miriams Briefen gelesen hatte und

der mich völlig aus der Fassung brachte. Vlaska blieb verschwunden, Johannes ebenfalls. Die Reihe der Prostituierten war dicht und geschlossen, es war nicht zu erkennen, ob eine von ihnen sich mit Johannes auf den Weg gemacht hatte, die, von der Rudi gesprochen hatte, oder eine andere, sie sahen allesamt gleich aus. Rudi packte meine Hand, mein Handgelenk, meinen Arm, er drückte fest zu und tat mir weh, er sagte irgend etwas, das ich nicht mehr verstand. Mir war schlecht und ich war versucht, einfach aufzustehen und ihn mitzunehmen, mit ihm auf ein Zimmer zu gehen und mich da über irgend etwas belehren zu lassen, von dem ich nichts wußte, nur etwas ahnte, noch nicht einmal das, ich hätte es Johannes erzählen können, später. Ich zog meine Hand weg und stand auf. Ich taumelte den Gang entlang, das Schwarzlicht ließ mein Hemd einmal kurz aufleuchten, den Halbmond auf meinen Fingernägeln, die Nähte meiner Jeans, schneeweiß. Ich taumelte in die Toilette und übergab mich ins Waschbecken, eine übriggebliebene tschechische Greisin stand hinter mir und hielt mit ihrer kühlen Hand meine Stirn.

Spät in der Nacht, vielleicht im Morgengrauen, vielleicht früh morgens um fünf, stand ich im Flur der Wohnung der toten Chinesin vor ihrem Kleiderschrank. Die Türen des Kleiderschrankes waren offen, die Kleider hingen auf ihren Bügeln an der Messingstange, seidene Kleider, samtene Kleider, Taft, Spitze und Stickereien, Pelze und schimmernder Brokat. Aus den Kleidern stieg ein sanfter Geruch auf nach Mottenkugeln, Puder, Parfum und etwas anderem, das ich nicht kannte, ein rauchiger Ton. Ich schwankte ein wenig vor und zurück, mein Kopf fühlte sich heiß an und fiebrig, ich fuhr mit der Hand über die Kleiderbügel und konnte mich nicht entscheiden. Ich wünschte mir, daß die Chinesin kommen und ein Kleid für mich wählen würde, eines, das mir passen würde wie eine zweite Haut, aber die Chinesin saß in der Küche am großen Tisch und legte unzählige Reiskörner in komplizierten geometrischen Figuren aneinander, Eisblumen ähnlich, sie hatte Besseres zu tun. Ich zog mit geschlossenen Augen ein Kleid vom Bügel. Ich machte die Augen wieder auf, das Kleid war aus blauer Seide, mit goldenen Fäden durchwirkt und einem hohen Kragen, es paßte nicht wie eine zweite Haut, und ich bekam die Knöpfe am Rücken nicht zu, aber als ich mich umdrehte und in den Spiegel sah, leuchtete mir zumindest mein Gesicht entgegen, über dem hohen blauen Kragen, rotwangig, vertraut. Ich stand eine Weile so da und sah mich an. Ich wußte nicht, was ich jetzt machen sollte, mit dem Kleid, mit mir, mit Johannes, mit allem. Ich wußte nicht, ob das traurig war oder nicht traurig oder gar nichts. Ich ging ins Schlafzimmer und blieb neben dem Bett stehen, Johannes schlief. Ich dachte, daß das nicht das Richtige war. Aber auch nicht das Falsche. Und schließlich machte Johannes die Augen auf, einfach so, als hätte er überhaupt nicht geschlafen. Er sah mich an und einen Moment lang fürchtete ich, er würde mich nicht verstehen, aber dann streckte er die Hand aus und zog mich zu sich hinunter. Er strich über den blauen, glänzenden Stoff und sagte leise »Das fühlt sich wirklich schön an«, er hob die Decke hoch, und ich legte mich zu ihm. Ich legte mich mit dem Rücken an seinen Bauch, und er legte seinen Arm um mich herum und hielt meine Hand, solange, bis ich endlich nicht mehr an ihn denken mußte.

Und all das zählt nichts. Karlovy Vary. Ich weiß nicht, was das war, dieser Besuch in Karlovy Vary, eine Reihe von zufälligen Augenblicken, ein Zufall, der eine Veränderung bewirkt, vielleicht das. Ich erinnere mich daran, so wie ich mich an den Brief in Essaouira erinnere oder an Miriams Gesicht, und auch diese Erinnerungen sind nutzlos. Die Erinnerung an Karlovy Vary ist überdeckt von der Erinnerung an Miriams Briefe, an ihre zügellosen sexuellen Attacken, an Rudis Spucke in meinem Gesicht, es ist schade, aber vermutlich ist es immer so. Es liegt wie ein Schleier über etwas anderem. Es ist so, als würde ich eine Kiste schließen, eine Kiste voll von altem, sinnlosem, wundervollem Zeug, und im letzten Moment fiele mir etwas ein, ein einziger, winziger Gegenstand ganz auf dem Boden der Kiste, zuunterst, und ich würde die Kiste noch einmal öffnen und alles wieder herausholen, aber das kleine Ding bliebe unauffindbar, der einzige Beweis seiner Existenz meine Ahnung, mehr nicht. Ich habe Johannes seitdem nicht mehr gesehen. Würde ich ihm begegnen, so könnte ich ihm von dem Nebel erzählen, in den ich fuhr, als ich aus Karlovy Vary abgereist bin. Eine Nebelwand, so unvermutet, daß ich zunächst anhalten mußte, um mich zu orientieren, und dann im Schrittempo weiterfuhr, lange, fast eine Stunde lang. Ich konnte bis zum Rand der Kühlerhaube meines Autos sehen, weiter nicht, der ganze Rest der Welt war weiß und weg. Ich fuhr beunruhigt und weit nach vorne gebeugt, als könne ich so besser irgend etwas erkennen, es war nichts zu erkennen, und mit einem Mal hatte ich das Gefühl, mich in einer Art Zwischenwelt zu befinden. Ich dachte: Und wenn der Nebel sich lichtet, dann wird da etwas anderes sein, etwas Fremdes und Neues, und dieser Gedanke machte mich, bei aller Angst, glücklich. Der Nebel lichtete sich so plötzlich, wie er gekommen war. Er war noch nicht einmal mehr im Rückspiegel zu sehen, und vor mir waren die Baracken der deutschtschechischen Grenzstation und die Zöllner und die Paßkontrolleure und der Himmel, sie winkten mich durch, und ich fuhr weiter, nach Hause.

## Nichts als Gespenster

Ellen sagt später gerne, sie sei einmal in Amerika gewesen, aber sie könne sich nicht mehr richtig daran erinnern. Sie sei von der Ostküste an die Westküste und zurück gereist, sie sei in Kalifornien, in Utah, in Colorado gewesen, sie habe Iowa, Illinois und Idaho gesehen. Sie habe im Atlantik, im Pazifik, im Colorado River, im Blue River, im Lake Tahoe gebadet und in den Himmel über Alabama, Mississippi und Missouri geschaut und von all dem wisse sie nichts mehr. Sie sagt »Ich weiß es, weil ich es an den Quittungen der Motelzimmer und Diner sehen kann, an den nicht abgesandten Postkarten, die aus meinem Kalender fallen. Ich weiß es, aber es gibt darüber nichts zu sagen. Ich war in San Francisco, ja. In Big Sur und im Redwood National Park. Aber das einzige, worüber es wirklich etwas zu sagen gäbe, wäre Austin, Nevada. Austin in Nevada, das Hotel International und Buddy. Buddy ist der einzige, über den es etwas zu sagen gibt«. Als wäre diese Reise eigentlich nicht gewesen, als wären sie und Felix nicht gewesen. Zuvor nicht und später auch nicht, gar nicht.

Sie kamen am späten Nachmittag in Austin an. Sie waren am Morgen in Delta, an der Grenze zwischen Utah und Nevada, aufgebrochen, sie wollten die Wüste an einem Tag durchqueren, sie hatten auf die Landkarte gesehen, 600 Meilen Highway 50 und gezählte drei Orte in dieser Wüsteneinsamkeit: Elli, Western Town und Austin. Sie hatten drei Gallonen Wasser im Kofferraum, einen Extrakanister Benzin, eine Stange Zigaretten, drei Äpfel und ein Weißbrot. Der Ford Pick-Up Ranger hatte keine Klimaanlage. Sie tranken Kaffee in Elli, saßen schweigend vor der Tankstelle auf einer Hollywoodschaukel, Ellen schwitzte, über den Salzseen flimmerte weißes Licht, und alles war von einer feinen Sandschicht überzogen, ihre Haut und Felix' Haare, Sand in ihrem Kaffee und Sand in ihrem Mund. Sie saßen eine halbe Stunde lang schweigend vor der Tankstelle und sahen auf die Wüste, Ellen weiß nicht mehr wirklich, woher sie kamen und wohin sie wollten, sie wollten sicherlich ans Meer. Sie standen gleichzeitig und wortlos auf, Ellen warf ihren leeren und Felix' vollen Kaffeebecher in die staubige Mülltonne, und dann fuhren sie weiter.

Austin kam aus dem Nichts, aber in der Wüste kommt vermutlich alles aus dem Nichts. Der Highway 50 lief ermüdend durch die immergleichen Salzseen, Bergketten stiegen an und fielen ab, ein Tal und eine Anhöhe und Tal und Anhöhe und immer dieses gleißende, sengende Licht. Ellen zweifelte zwischendurch daran, daß sie tatsächlich fuhren, in Bewegung waren, überhaupt vorwärtskamen. Sie verschlief Western Town und wachte wieder auf, es hatte sich nichts verändert. Sie versuchte, sich so wenig wie möglich zu bewegen, sie trank Wasser, rauchte zuviel, manchmal sah sie Felix von der Seite an, sie sagte »Daß du das ohne Sonnenbrille aushältst«. Der Highway schnitt eine scharfe Kurve, senkte sich in eine Schlucht, überraschend und vor allem steil, Ellen schaute kurz aus dem Autofenster in den plötzlichen Abgrund rechts neben ihr. Der Highway lenkte sie in Serpentinen in ein Tal hinunter, dann tauchten Häuser auf, Holzhäuser, eine Kirche, eine verlassene Tankstelle, noch mehr Häuser, zehn vielleicht, fünfzehn, kein Mensch war zu sehen. Schon öffnete sich wieder die Wüste, die Ebene und am Horizont die nächste Bergkette, aber Felix lenkte den Wagen nach rechts auf einen Parkplatz, hielt an, ließ den Motor ausgehen und sagte »Ich glaube, ich habe keine Lust mehr«.

Der Motor knackte leise, der Wind blies Sand gegen die Windschutzscheibe, Ellen sah auf den Parkplatz hinaus, der zu einem Hotel zu gehören schien, einem alten Westernhotel mit einer breiten Veranda aus Holz und einem durchbrochenen Geländer. Im ersten Stock waren die Fenster mit Brettern zugenagelt, aber im Erdgeschoß blinkte eine *Budweiser*-Leuchtreklame in einem verstaubten Fenster, ihr Neon sah im Tageslicht seltsam aus. Über der geschlossenen Saloontür stand in schiefen, verwitterten Holzlettern *Hotel International*. Auf der anderen Seite der Straße stand ein Motel, und das *Vacancy*-Schild an der Fahnenstange schwankte im Wind. Ellen sagte »Wie, du glaubst, du hast keine Lust mehr«, sie hatte das Gefühl, daß ihre Stimme tatsächlich stumpfsinnig klang. Felix kurbelte das Fenster herunter, hielt den Arm prüfend hinaus und sagte »Ich kann nicht mehr weiterfahren. Ich kann einfach nicht mehr fahren. Ich bin müde, ich will eine Pause machen, vielleicht morgen weiterfahren. Ich würde mich gerne mal eine Stunde lang hinlegen«. Er zog den Arm zurück und kurbelte das Fenster wieder hoch. »Irgendwo hinlegen, wo es wirklich kühl ist. Oder willst du unbedingt weiterfahren.« Er setzte hörbar einen Punkt hinter den letzten Satz. Ellen sagte »Nein. Ich weiß nicht. Ich will nicht unbedingt weiterfahren«.

Sie saß eine Weile lang so da, Felix sagte nichts mehr, und also stieg sie schließlich aus und ließ die Autotür offenstehen, sie wußte, daß Felix sich darüber ärgern würde. Sie lief über die Straße auf das Motel zu und konnte hören, wie hinter ihr die Autotür zuschlug, sie wußte, daß Felix im Auto sitzen geblieben war, sich mit einer wütenden Bewegung über den Beifahrersitz gebeugt und die Tür zugerissen hatte. Ellen konnte die Asphalthitze durch die Sohlen ihrer Schuhe hindurch spüren. Sie spuckte aus, der Sand knirschte zwischen ihren Zähnen, sie wischte sich die Hände an der Hose ab und sah die Straße rauf und runter, es gab nichts zu sehen. Das Motel war, wie alle Motels, ein hufeisenförmiger Flachbau, Outdoor-System, kein einziges Auto auf den Parkplätzen vor den Zimmertüren, und an der Fensterscheibe des Büros warnte ein Schild davor, sich mit Annie anzulegen. Ellen schob die Tür mit der flachen Hand auf, dahinter war es kühl und dämmrig, die Jalousien heruntergezogen, es roch nach Staub und abgestandenem Mittagessen. Die Tür schloß sich von allein, und Ellen brauchte einen Moment, um hinter dem Rezeptionstresen die magere Frau zu sehen. Sie hatte sich ein Handtuch um den Kopf geschlungen, an den Seiten fielen nasse Haarsträhnen heraus, und Ellen verspürte das dringende Bedürfnis, sich ebenfalls die Haare zu waschen, sofort. Die Frau lackierte sich die Fingernägel. Ellen räusperte sich und sagte »Sind Sie Annie?« Die magere Frau schraubte ihr Nagellackfläschchen zu, blies sich auf die Nägel, legte ein Formular auf den Tresen, einen Stift, dann sah sie Ellen an. Ellen lächelte. »Im Hotel International kann man nicht mehr übernachten?«, und Annie – oder wer auch immer – sagte »Nein«. Ellen begann, das Formular auszufüllen und hörte sofort wieder auf, als sie das Auto auf dem Parkplatz hörte. Ein fremdes Auto. Sie blickte durch einen Spalt in der Jalousie vor dem Türfenster, das Auto parkte direkt vor dem Motel. Felix saß noch immer im Ford vor dem Hotel International. Aus dem Auto stieg eine sehr kleine, sehr dicke Frau. Ellen drehte sich wieder weg und schrieb ihren und Felix' Namen auf, sorgfältig, in Druckbuchstaben. Sie tat das seit Wochen. Seit Wochen füllte sie die Anmeldeformulare in den Motels aus, gab die Bestellungen in den Diners auf, verhandelte mit den Rangern auf den Campingplätzen der Nationalparks, während Felix einfach abwartete, abwartete bis sie die Dinge organisiert und geklärt hatte, es lag nicht daran, daß er schlecht Englisch sprach, es lag daran, daß er sich Amerika verweigerte, daß er sich Ellen verweigerte. Die kleine, dicke Frau betrat schnaufend die Rezeption, zerrte einen Koffer und eine ausgebeulte, anscheinend sehr schwere Reisetasche hinter sich her und stützte sich atemlos neben Ellen auf den Rezeptionstresen, Ellen rückte ein Stück beiseite. Annie stand auf und zog sich schläfrig das Handtuch vom Kopf, die nassen Haarsträhnen fielen schwer und glatt auf ihre Schultern. Die dicke Frau sagte »Wir haben telefoniert. Da bin ich«, und Annie sagte »Ja«. Sie sagte, es sei soweit alles vorbereitet, und die dicke Frau fragte irgend etwas, Ellen hörte zuerst nicht richtig zu, und dann hörte sie doch zu und zögerte es hinaus, das Autokennzeichen auf dem Formular einzutragen. Die dicke Frau war vielleicht fünfzig Jahre alt, aber ihr Gesicht war prall und rosig wie das eines ganz jungen Mädchens, sie hatte zugewachsene Äuglein und farblose Wimpern, ihre ebenfalls farblosen, sehr dichten Haare hatte sie zu einem Zopf zusammengebunden, dessen Ende eine rosafarbene Schleife zierte. Sie trug ein geblümtes Sommerkleid, knallrote Kindersandalen, und roch komisch, nicht schlecht, aber doch seltsam, vielleicht nach Schweiß und einem süßlichen Deodorant. »Sehr alte Geister«, sagte sie unvermittelt zu Ellen. »Goldgräber. Schlimme Typen ohne Manieren.« Sie errötete flüchtig. »Ich werd' Kontakt zu ihnen aufnehmen«, sie sah Ellen eindrucksvoll ernsthaft an, dann wandte sie sich wieder Annie zu, deren Gesicht weder Langeweile noch Irritation noch sonst irgend etwas verriet. Die dicke Frau sagte, sie werde die Geister fotografieren und allen, die es wollten, die Fotos zukommen lassen, sie hätte auch eine Präsentationsmappe mit Fotos anderer Geister dabei, sie würde sie gerne zeigen, sofort oder später, ganz wie es angenehm sei. Sie sah Ellen nochmals an und lächelte, Ellen lächelte zurück, was mühevoll war. Annie sagte »Später. Ist mir lieber«. Sie suchte sinnlos nach irgend etwas unter dem Tresen und als sie beiläufig bemerkte, daß sie den ersten Stock des Hotel International gegen Mitternacht aufschließen würde, geriet die dicke Frau vor Aufregung geradezu außer sich. Sie holte aus ihrer Reisetasche jede Menge unkenntlichen Plunder, eine Plastikkamera und schließlich ein großes, altmodisches und solides Aufnahmegerät heraus, das sie direkt vor Ellen auf dem Tresen abstellte. Ellen schrieb das Autokennzeichen auf das Formular, gab Annie einen Fünfzigdollarschein und nahm ihr den Schlüssel aus der Hand. Die dicke Frau machte an dem Aufnahmegerät herum, das Aufnahmegerät sprang schnarrend an, und als sich dieses Schnarren jäh veränderte und in ein anderes, ganz merkwürdiges Geräusch überging, sagte Ellen »Bis später« und lief über die Straße zu Felix, der zurückgelehnt mit geschlossenen Augen im Auto saß. Sie öffnete die Fahrertür und sagte »Hast du die dicke Frau gesehen?«, und Felix machte die Augen auf, »Welche?«, und Ellen sagte »Diese dicke Frau, die aus dem Chrysler gestiegen ist, gerade eben. Die sich mit mir im Motel angemeldet hat«, sie sagte »Sie ist eine Geisterjägerin«, und Felix sagte »Aha«.

Ellen erinnert sich an die Geisterjägerin. Anders, als sie sich an Buddy erinnert, sie hat sie nicht so gesehen, wie sie Buddy sah, später, aber sie erinnert sich an sie. Sie kann ihre Füße sehen, die von der Hitze aufgequollen waren und in diesen kleinen Kindersandalen steckten, die Haut ihrer Füße war ganz milchig. Sie erinnert sich an die Farbe von Annies Nagellack, ein perlmuttenes Lachsrosa, und sie weiß noch, wie die Hitze auf dem Parkplatz vor dem Hotel International über ihr zusammenschlug. Felix hatte »Aha« gesagt und dann nichts mehr, er war nicht zu beeindrucken, und einen kurzen Moment hatte Ellen sich vorgestellt, wie es gewesen wäre, wenn er einfach losgefahren wäre, während sie sich im Motel anmeldete, die Straße hinunter und wieder in die Wüste hinaus. Wie er einfach losgefahren wäre, und sie hätte ihm durch den Spalt in der Jalousie hinterhergesehen, sie hätte das Motorgeräusch hören können, leiser und leiser, dann wäre es wieder still gewesen. Er ist nicht ohne sie losgefahren, und all das ist nicht wichtig, aber Ellen weiß es noch, sie sieht es in scharfen, hellen Bildern vor sich, so, als hätte in Austin, Nevada, alles eine Bedeutung gehabt, aber so ist es nicht gewesen, nicht ganz.

Felix fuhr den Ford auf den Motelparkplatz hinüber und stellte ihn vor Zimmer 14 ab. Das Auto der Geisterjägerin stand quer vor der Rezeption, sie selbst war nicht zu sehen. Ellen schloß die Tür auf, das Zimmer war klein und sauber, ein Queensizebett, ein Fernseher, ein Sessel, ein Bad, eine Klimaanlage. Es war nicht kühl, sondern eiskalt, und Felix stellte die Klimaanlage aus. Sie holten die Rucksäcke aus dem Auto, sie würden sie nicht auspacken, sie hatten sie noch kein einziges Mal richtig ausgepackt, trotzdem holten sie sie aus dem Auto, stellten sie in eine Ecke des Zimmers. Felix zog sich die Schuhe aus und legte sich aufs Bett. Er breitete die gelbe Tagesdecke über seine Beine und sagte, er wolle ein bißchen schlafen, nicht lange, eine Stunde. Ellen setzte sich auf die Bettkante und sah ihn an, er drehte sich auf die Seite und machte die Augen zu. Sie stand auf, suchte in ihrer Tasche nach Zigaretten, fand eine zerdrückte Camel und zündete sie an, dann setzte sie sich wieder auf die Bettkante. Sie rauchte langsam. Felix lag reglos, vielleicht schlief er schon, vielleicht auch nicht, sein Gesicht war nicht entspannt. Ellen sah die Sommersprossen um seine Augen herum, auf der Nase schälte sich die Haut. Der Ausdruck *jemanden schrecklich lieben* kam ihr in den Sinn, sie dachte es mehrmals hintereinander, »ich liebe dich schrecklich, ich liebe dich schrecklich«, dann verloren die Worte ihren Sinn. Sie sah aus dem Fenster, die Straße leer und still, die Schatten wurden länger, und das Licht färbte sich bläulich, durch die offenstehende Zimmertür sickerte stetig und schwer die Hitze herein. In den unteren Fenstern des Hotel International waren die Lichter angegangen, wenn sie die Augen zusammenkniff, konnte sie hinter den Scheiben eine Bar erkennen, Spiegel und vielleicht Flaschen, den sich bewegenden Schatten einer Gestalt. Sie rauchte die Zigarette zu Ende und drückte sie sorgfältig im Plastikaschenbecher aus, der auf dem Nachttisch stand. Sie blieb noch lange so sitzen, die Beine übereinandergeschlagen, den Kopf in eine Hand gestützt, und sah Felix an, dessen Züge allmählich weicher wurden, vielleicht war es auch nur das schwindende, grauer werdende Licht.

Irgendwann stand sie auf, zog sich aus und ging unter die Dusche. Sie duschte trotz der Hitze warm, wusch sich zweimal die Haare und stand sehr lange unter dem Wasserstrahl, dann duschte sie kalt. Als sie fertig war, schlief Felix noch immer, und im Zimmer war es dunkel geworden. Ellen trocknete ihre Haare mit einem Handtuch, zog sich an und trat vor die Tür. Sie ließ die Tür offenstehen und lief die Straße hinunter, obwohl es noch immer heiß war, fror sie ein wenig. Sie versuchte, sich vorzustellen, wie es sei, hier krank zu werden, ein bißchen krank, mit Fieber um 37,5. Sie kam zu keinem Ergebnis. Sie lief an einer geschlossenen Tankstelle vorbei, im verrosteten Blech der Tanksäule klafften Löcher mit aufgebogenen Rändern, und durch das Gerippe des Stationshäuschens hindurch sah sie übereinandergestapelte Autowracks in einer Sanddüne verschwinden. Eine Grocery, deren schmutziges Schaufenster von innen mit Zeitungspapier zugeklebt war, zwei, drei Häuser, die wohl bewohnt waren, die sie aber nicht sehen wollte, dann war der Ort zu Ende. Sie ging langsam, die Hände in den Hosentaschen, hinter dem letzten Haus ging es steil bergab, wucherten stachelige Pflanzen. Sie lief die Straße noch ein wenig weiter, solange bis sie entschieden in der Wüste und nicht mehr in Austin war, dann setzte sie sich an den Straßenrand zwischen die stacheligen Pflanzen auf einen Stein. Der Stein war warm. Sie hatte den Sonnenuntergang knapp verpaßt, die Sonne war gerade untergegangen, die Spitzen der Leitungsmasten glühten, und die Berge waren ein Schattenriß. Von Austin war nichts mehr zu sehen, und die blau und kalt schimmernde Wüste schluckte die Linie des Highways, lange bevor er die Anhöhe erreichte. Ellen fiel ein, daß sie irgendwann zwischen Elli und Austin zu Felix gesagt hatte, wie schön sie die Wüste fände, weil es ihr hier gelinge, an nichts mehr zu denken, er hatte – diesmal zu Recht – wie immer nicht geantwortet.

Weit hinten in der Wüste lösten sich Lichtpunkte aus der Dämmerung, wurden schnell größer und heller. Ellen wartete ungeduldig auf das Motorgeräusch, sie hoffte, es würde ein Truck sein, es war ein Truck, und als er an ihr vorüberdröhnte, mußte sie sich zusammenreißen, um nicht aufzuspringen. Der Trucker sah aus der Höhe seiner Fahrerkabine auf sie herunter und drückte auf die Hupe, er zog den langen, klagenden Ton bis nach Austin hinein. Ellen dachte an Felix in dem Motelzimmer, auf dem Bett unter der gelben Tagesdecke, so ungeschützt schlafend bei offener Tür. Amerika war ein Amerika der Kinofilme, der Psychopathen und Serienkiller, der grauenhaftesten Bruchstücke aus Stephen-King-Romanen, Amerika existierte nicht, nicht wirklich. Sie stand auf und ging weiter, sie ging nicht nach Austin zurück, sie kehrte erst um, als dieser Pick-Up, der hinter ihr verlangsamte, fast neben ihr anhielt und sie den Fahrer sehen konnte, einen Weißen mit einem Cowboyhut auf dem Kopf. Er machte eine Handbewegung, die sie nicht deuten konnte, jedenfalls würde er sie niemals alleine in die Nacht und in die Wüste laufen lassen. Wirklich niemals. In diesem Augenblick drehte sie sich um und lief zurück, viel zu langsam und so, wie man flieht, wenn man träumt. Sie lief zurück, am Straßenrand entlang, sie nahm die Steinchen erst aus ihren Schuhen, als sie das Auto hinter sich nicht mehr hörte. In Austin waren in zwei oder drei Häusern Lichter angegangen, sonst lag die Stadt dunkel, und die Straße wand sich ins Nichts hinein.

Felix lag immer noch auf dem Bett. Das Zimmer war jetzt heiß und stickig, und Ellen drehte die Klimaanlage wieder auf. Sie setzte sich auf die Bettkante und legte die Hand an Felix' Wange, sein Gesicht war ganz warm, und Ellen sagte »Felix. Willst du nie wieder aufstehen?« Er drehte sich von ihr weg, machte aber die Augen auf und sagte »Was ist denn?« Ellen sagte »Es ist spät. Ich habe Hunger, ich will was trinken gehen«, ihre Stimme hörte sich ganz eigenartig an, und sie wünschte sich, daß Felix sie ansehen würde. Er setzte sich auf. Er sagte »Wo sollen wir was trinken gehen«, und Ellen deutete vage und fast entschuldigend aus dem Fenster auf die Lichter des Hotel International. Felix strich sich mit beiden Händen die Haare aus dem Gesicht und seufzte schwer, dann zog er sich die Schuhe an und sagte, er würde gerne eine Zigarette rauchen. Sie gab ihm eine Camel und Feuer, ihre Augen trafen sich kurz, Ellen mußte lachen und er lächelte leicht.

Buddy kam spät ins Hotel International. Als er kam, war die dicke Geisterjägerin gerade damit beschäftigt, ihr altmodisches Aufnahmegerät mit unzähligen, rätselhaften Antennen und Kabeln zu verbinden und einzustellen, ihre Bewegungen waren entweder konfus oder von einer eigenen Virtuosität. Ihr Gesicht war verschwitzt, auf ihren Wangen brannten hektisch rote Flecken, ihre Fingernägel waren abgebissen und heruntergekaut. Sie hatte ihr ganzes Zeug auf dem Billardtisch ausgebreitet, und sämtliche Gäste, ausschließlich Männer, schlenderten nach und nach und wie zufällig mit einem Bier in der Hand zu ihr hinüber. Sie kamen nie alleine. Wenn sie Fragen stellten, dann nicht nach den Geistern, sondern nach der Technik. Wenn sie Anstalten machten, das Gerät zu berühren, ballte die Geisterjägerin ihre Kinderhände zu kleinen Kugeln, aus denen ihr Zeigefinger hervorkam wie ein Stachel. Die Männer schreckten zurück, grinsten und rieben sich staunend den Nacken. Die Geisterjägerin sagte geziert und verächtlich »Sie denken an Fledermäuse. Vermutlich denken Sie an Fledermäuse und daran, daß wir ihre Frequenzen nicht wahrnehmen, aber aufzeichnen können. Hier aber handelt es sich um etwas anderes. Um etwas völlig anderes. Die Geister haben ihre eigene Frequenz«.

Die Geisterjägerin war gegen zehn Uhr in die Bar gekommen. Felix und Ellen hatten am Tresen gesessen, der Tresen war lang und schwer, aus dunklem, glänzendem Holz, er zog sich durch den ganzen dämmrigen Raum, der sich schnell gefüllt hatte; irgend jemand hatte trotz der Hitze ein Feuer im Kamin entfacht, die Jukebox lief. All diese Leute, die nicht nur aus Austin zu kommen schienen, auch aus der Wüste, aus den vereinzelten Behausungen, die hinter den Bergketten, hinter dem gleißenden Licht nur zu erahnen gewesen waren, beachteten Felix und Ellen nicht.

Sie parkten ihre Autos kreuz und quer vor dem Hotel, betraten die Bar, behielten ihre Basecaps und Cowboyhüte auf den Köpfen, begrüßten Annie, die hinter dem Tresen stand – sie schien für eine Menge Arbeiten in Austin zuständig zu sein –, und setzten sich an die zerkratzten Holztische oder an die Bar. Wenn sie sich zu jemandem setzten, dann so, als wären sie nur mal eben kurz weg gewesen. Annie hatte sich die Haare nachlässig hochgebunden und Ellen und Felix fast freundlich, aber ohne ein Zeichen des Erkennens begrüßt. Felix hatte Bier bestellt und Ellen Kaffee, ein Sandwich und Kartoffelchips, Felix wollte nichts essen, er behauptete starrsinnig, er hätte keinen Hunger, eine Behauptung, die Ellen aufs äußerste reizte. Die dicke Geisterjägerin war zielstrebig und sicher mit ihrer ausgebeulten Tasche hereingekommen, sie trug immer noch ihr Sommerkleid und hatte eine Strickjacke darübergezogen. Sie hatte zu Annie, deren Gesicht jetzt doch in Neugierde oder Belustigung aufleuchtete, »Kann losgehen« gesagt, Ellen peinlicherweise mit einer langen Umarmung innig begrüßt, nichts trinken wollen und sofort damit begonnen, ihre Tasche auf dem Billardtisch auszupacken und die Dinge wie für eine Expedition zu ordnen.

Sie hatte sich nicht um die Blicke der anderen gekümmert, sie hatte sich eigentlich überhaupt nicht weiter umgesehen, und sie schien auch die Stille nicht zu bemerken, die eintrat, als Buddy hereinkam. Gerade war die Jukebox verstummt. Ein Mann war aufgestanden, um eine neue Nummer zu drücken, hatte sich aber unverrichteter Dinge wieder hingesetzt, nachdem er Buddy gesehen hatte. Buddy hatte Annie nicht begrüßt, jedenfalls hatte Ellen nichts dergleichen bemerkt. Annie hatte ihm ein Bier auf den Tresen gestellt, direkt neben Ellen. Buddy kam zum Tresen, nahm sich das Bier, trank schlürfend, sah zum Billardtisch hinüber, drehte sich weg, trank und sah wieder zum Billardtisch, diesmal etwas länger. So ging das einige Zeit. Schließlich stellte er das Bierglas ab, drehte es und rückte es zurecht. Annie sagte leise seinen Namen – *Buddy* –, und dann ging Buddy langsam zum Billardtisch hinüber. Felix hatte für Ellens Begriffe vollständig geistesabwesend neben ihr herumgesessen, anscheinend aber hatte er Buddy ebenso genau beobachtet wie sie, denn jetzt rutschte er von seinem Hokker herunter und sagte »Ich will mir das doch mal näher ansehen«. Ellen stand auf und griff nach seiner Hand. Buddy trat an den Billardtisch. Er berührte die dicke Geisterjägerin unauffällig am Handgelenk, und dann schob er mit beiden Händen ihre gesamte Apparatur grob zu einem Haufen zusammen. Er sagte »Kein Gespensterzeug auf dem Billardtisch«. Er sagte »Gespensterzeug auf dem Billardtisch bringt jedes Spiel durcheinander«, hob die ganze Ausrüstung hoch und drückte sie der dicken Geisterjägerin vor die Brust. Es dauerte eine Weile, bis sie die Arme hob und das Zeug festhielt. Sie sah Buddy mit glühenden Punktaugen an und hielt seinem Blick nicht stand, er lächelte ihr sehr freundlich zu, sie wandte sich ab und trug alles zum freien Ende des Tresens hinüber, wo sie noch einmal von vorne anfing. Ellen hatte einen unwirklichen Augenblick lang das Gefühl, daß beide sich kannten, daß

alle hier einander kannten und daß das Ganze ein ab-
gekartetes Spiel war, eine Vorstellung, eine Inszenie-
rung, deren Sinn sie nicht begriff; und dann gingen die
Leute auseinander, setzen sich zurück an den Tresen,
die Tische, jemand schaltete die Jukebox an, und sie
vergaß es wieder. Sie blickte sich nach Felix um, der an
die Bar gegangen war und sich ein Bier bestellte, er beobachtete Buddy mit einem neuen, interessierten, etwas angespannten Ausdruck im Gesicht.

Es geschah äußerst selten, daß Felix andere Menschen
so ansah, offen, ungeschützt, sozusagen überwältigt,
Ellen hätte gesagt »Es geschieht selten, daß Felix reagiert«. Er reagierte auf Buddy, und Buddy reagierte
bald auf Felix und dann auch auf Ellen. Ellen hatte später das Gefühl, Buddy hätte sofort begriffen, wobei sie
nicht genau hätte sagen können, was. Die Gäste hatten
wieder zu reden begonnen. Die dicke Geisterjägerin
stöpselte ihre Kabel ineinander. Buddy erwiderte Felix' Blick, ohne zu lächeln. Felix drehte sich weg, und
Ellen ging zu ihm hinüber, er beachtete sie nicht, lehnte sich über den Tresen und sagte zu Annie »Gibt es
tatsächlich Geister im Hotel International?« Ellen
hatte das deutliche Gefühl, daß er wegen Buddy fragte,
daß er fragte, um Buddy, der ihn hören mußte, den
Eindruck zu vermitteln, daß er sich bewegen, verhalten, kommunizieren könne. Um ihn anzulocken? Oder
abzuwehren? Er fragte ernsthaft, ohne jede Ironie, und
Annie erwiderte ebenfalls ohne jede Ironie, daß das
Hotel International vor vielleicht hundert Jahren von
einem Goldgräber aus Virginia nach Austin, Nevada,

in die Wüste gebracht worden sei, Balken für Balken und Stück für Stück. Mit dem Hotel seien die Geister gekommen, aus ihren Zufluchten und Nischen gerissen und aufgeschreckt, sie seien mit dem alten Hotel nach Austin gekommen, und die Leute würden versuchen, ihnen in ihrer Heimatlosigkeit ein wenig beizustehen, das sei alles, fürchten würde man sie nicht. Sie erzählte langsam, und Ellen hörte ihr zu, die dicke Geisterjägerin, die jetzt mit dem Ordnen ihrer Instrumente fertig zu sein schien, hörte ebenfalls zu, unbewegt, fast teilnahmslos. »Ist es unheimlich da oben, im ersten Stock?« fragte Ellen, und Annie sagte »Nein, nicht wirklich, nicht wirklich unheimlich, vielleicht gemütlich, auf eine gemeine Art«, und Felix lachte darüber, abwesend, ein wenig angetrunken. Die dicke Geisterjägerin fing Annies Blick auf, deutete auf ihre Armbanduhr, räusperte sich und sagte »Also«. Es war halb zwölf. Um ihren Hals hing an einem Lederband die kleine Plastikkamera. Sie strich sich mit einer entschlossenen Geste die Haare aus dem Gesicht, und Annie zog einen Schlüssel aus einer Schublade heraus und kam langsam hinter dem Tresen hervor. Es wurde noch einmal still, eine Stille, als hätte jemand an ein Glas geschlagen, um etwas Wichtiges sagen zu können. Ellen sah aus den Augenwinkeln zu Buddy hin, der ruhig im Schatten hinter dem Billardtisch stand. Die dicke Geisterjägerin holte aus ihrer Tasche eine Stirnlampe heraus, wie sie Grubenarbeiter im Bergwerk benutzen, und schnallte sie sich um den Kopf, dann hängte sie sich das Aufnahmegerät, an dem die rätselhaften Antennen schwankten, über die Schulter.

Annie ging zu der Tür neben dem Kamin und schloß sie auf, die Tür knarrte aberwitzig in den Angeln, und alle starrten die Geisterjägerin an, die schließlich Annie die Hand schüttelte, mit einem Mal ergreifend ernst aussah und dann mit steifen Schritten losmarschierte und im Dunkel hinter der Tür verschwand. Annie blieb stehen, sah ihr hinterher, schloß sachte die Tür, drehte sich nach den anderen um, verzog keine Miene, nahm die Tasche der Geisterjägerin mit hinter den Tresen und setzte sich wieder auf ihren Barhocker an der Kasse. Es blieb still, und sie hob warnend die Augenbrauen, jemand schob seinen Stuhl zurück, die Billardkugeln polterten in den Schacht des Pooltisches, Buddy kam aus dem Schatten hervor.

Ellen bestellte sich ein Glas Wein. Felix drehte sich zu ihr um, hob sein Bier und stieß mit ihr an, wobei er ihr höflich in die Augen sah. Sie wünschte, daß er irgend etwas zu ihr sagen würde, einen Satz verlieren würde über die Geisterjägerin, die da jetzt über ihnen im ersten Stock in der Dunkelheit angekommen war. Sie stellte sich vor, wie sie mit ihrer absurden Apparatur auf kleinen Kindersandalen durch die Flure schlich, kein Mondlicht, das durch die zugenagelten Fenster fallen könnte, und hinter den Türen, in den Ecken oder sonstwo die Geister, was für Geister, wie viele? Aber Felix sagte nichts, und auch die anderen schienen die Geisterjägerin schon wieder vergessen zu haben. Niemand sah zu der Tür neben dem Kamin hin oder zur Decke hoch, die Jukebox spielte laut, Annie stellte den Ventilator eine Stufe höher. Ellen ließ sich Eiswürfel in den Wein geben, trank und beobachtete Buddy, dankbar dafür, ihre angespannte Aufmerksamkeit von Felix auf jemand anderen lenken zu können. Buddy legte sorgfältig die Billardkugeln in die Triangel, beugte sich über den Tisch, setzte das Queue an, verharrte so, bewegungslos, richtete sich wieder auf und gab das Queue irgend jemandem, der hinter ihm stand. Er redete mit vielen, warf Geld in die Jukebox, drückte eine Nummer ohne hinzusehen, trank sein Bier am Tresen mit in den Nacken gelegtem Kopf, und irgendwann ging er wieder zum Billardtisch hinüber. Aber er spielte nicht, und Ellen bedauerte das. Aus irgendeinem Grund hätte sie ihn gerne spielen sehen. Er war noch jung, vielleicht dreißig, zweiunddreißig Jahre alt. Er trug eine Basecap auf dem Kopf, der Ausdruck seines Gesichtes war kindlich, simpel und klug, sein Bauch quoll über seine blauen Jeans, er sah mächtig aus auf eine kompakte Art. Ellen beobachtete ihn und dachte an ein Gespräch mit einer Frau vor vielen Jahren, Ellen war fast noch ein Mädchen gewesen. Sie hatte sich in ein Gespräch über sexuelle Phantasien und Obsessionen verwickeln lassen, sie selbst hatte über ihre sexuellen Phantasien geschwiegen, soweit Ellen sich erinnerte, hatte es tatsächlich gar keine gegeben. Die Frau hatte erzählt, daß sie irgendwann einmal wissen wolle, wie es sei, mit einem wirklich dicken Mann ins Bett zu gehen, diese Schwere eines wirklich dicken Mannes, eine Vorstellung, die Ellen damals die Schamröte ins Gesicht getrieben hatte. Sie beobachtete Buddy und erinnerte sich an dieses Gespräch. Sie konnte spüren, daß auch Felix Buddy beobachtete, er hatte jetzt Mineralwasser bestellt, vermutlich befürchtete er, sich mit Buddy unterhalten zu müssen, oder er bereitete sich darauf vor. Das, was an Buddy anziehend war, worauf Felix reagierte – Ellen hatte später oft nach einem Wort dafür gesucht und schließlich eines gefunden, das ihr nicht gefiel und das sie dennoch für passend hielt –, war seine Dominanz. Seine Sicherheit, so etwas wie eine sichtbare Kraft und Konzentration, die ihn umgab, er war ein Wortführer, ohne daß er viel gesprochen hätte. Felix hatte schon immer auf Menschen dieser Art reagiert, vielleicht, dachte Ellen, weil seine eigene Dominanz so gegenteilig war, verdeckt und unfrei. Buddy trank mindestens seinen zehnten halben Liter Budweiser, starrte den Ventilator an und blieb dann völlig unvermutet auf einem seiner Gänge zwischen Tresen und Billardtisch vor Ellen und Felix stehen. Er sah Ellen an, dann Felix und sagte »Wie wär's mit einem Spiel«. Felix zog die Schultern hoch und lächelte auf diese schüchterne, jungenhafte Art, die Ellen jedesmal das Herz zusammenzog. Sie beugte sich vor und sagte »Ich kann nicht Billard spielen, aber Felix kann es, bestimmt will er spielen«, sie dachte, daß sie sich nicht immer vor ihn stellen, sich einmischen, die Dinge auf den Weg bringen sollte, aber sie konnte nicht anders. Buddy reichte Ellen die Hand und sagte seinen Namen, Ellen stellte sich selbst und dann Felix vor, wobei sie beide Namen amerikanisch aussprach, Filix und Allen. *Filix und Allen, Phoenix in Arizona, and for the salad Thousand Island, please.* »Ich hasse es, wie du den Namen dieses Salatdressings aussprichst«, hatte Felix vor zwei Tagen zu ihr gesagt, und Ellen war in

Tränen ausgebrochen. Sie dachte entschuldigend »Es geht nicht anders, Felix, sie verstehen es sonst nicht«. Felix stand auf und ging auf den Billardtisch zu, Buddy reichte ihm das Queue. Ellen konnte fühlen, wie sehr Felix sich eigentlich nach Hause sehnte, in seine Wohnung, sein Zimmer, sein Bett, ein für allemal zurück und von ihr weg. Jahre später sollte sie denken, daß ihr diese ganze Zeit mit Felix doch wenigstens eines beigebracht hätte – daß man nichts erzwingen kann, am allerwenigsten so etwas wie die Liebe, eine lächerliche Erkenntnis, dennoch tröstlich. Buddy legte die Kugeln in die Triangel und überließ Felix den ersten Stoß. Ellen drehte sich auf ihrem Barhocker herum, um dieses Spiel nicht sehen zu müssen. Die Spannung zwischen ihren Schulterblättern, in ihrem Magen ließ nach. Buddy kümmerte sich um Felix, sie mußte nichts mehr tun, nichts mehr aufbieten, anbieten, nicht entschädigen für ihre Anwesenheit, den Terror dieser Reise, das Gefangensein in Amerika in den drei Monaten zwischen einem nicht umzubuchenden Hin- und Rückflugticket, für das Ausgeliefertsein aneinander. Sie dachte vage »Vielleicht wird alles gut«, sie war sich auf einmal sicher, daß alles gut werden würde. Felix kam hin und wieder zu seinem Glas Wasser am Tresen zurück und bestellte sich dann doch ein neues Bier. Er sagte »Du schaust gar nicht zu«. »Doch«, sagte Ellen, »doch, doch, ich schaue sehr wohl zu.« Als Felix auf die Toilette ging, stellte sich Buddy neben sie und sagte übergangslos »Er ist still, dein Freund, du hast dir einen stillen Freund ausgesucht«, er nickte mehrmals hintereinander bestätigend, und Ellen starrte ihn an, unfähig, irgend etwas zu erwidern. »Man muß ihm Zeit lassen, oder?« sagte Buddy und ging an den Billardtisch zurück, wartete auf Felix, versenkte dann ohne sichtbaren Triumph drei Kugeln hintereinander. Die Jukebox spielte *Sweet home Alabama* und *I can't get no satisfaction*. Die Saloontür stand plötzlich offen, und warme, trockene Luft kam herein, drängte sich in die kalte Luft der Klimaanlage. Ellen schob die Serviette unter ihrem Weinglas beiseite, lutschte Eiswürfel, zündete sich eine Zigarette an. Sie versuchte sich auf etwas zu konzentrieren, darauf zu konzentrieren, daß sie in Austin war, Austin in Amerika in Nevada in der Wüste in der Mitte der Wüste von Nevada und sehr weit weg von zu Hause; sie versuchte sich darauf zu konzentrieren, daß sie an der Bar des Hotel International saß, während Felix endlich eine Wurzel schlug in diese Reise, weil er mit Buddy Billard spielte, seine Zigaretten in dem Plastikaschenbecher auf dem Rand des Billardtisches ausdrückte und Annie jetzt ein Zeichen gab für ein neues Bier; sie versuchte, in alldem irgendeine Art von Glück oder Bewußtsein oder Bedeutung zu finden, und dann verlor sie den Faden und dachte über etwas anderes nach.

Ellen weiß nicht mehr, wie lange die Geisterjägerin fort blieb. Eine Stunde, zwei? Sie weiß nicht mehr, ob sie zwischendurch viel mit Felix gesprochen hat. Felix und Buddy spielten ausdauernd Billard. Zwischen den Runden standen sie nebeneinander am Billardtisch, auf die Queues gestützt, Felix sagte etwas, worüber Buddy lachen mußte, Ellen war sich nicht sicher, ob sie wirklich hören wollte, worüber sie sprachen. Sie wehrte die Annäherungsversuche zweier betrunkener Texaner mit albernen Cowboyhüten ab und trank ein zweites Glas Wein, zu dem Annie sie einlud. Sie ließ sich von Annie einen Dollar geben, stand auf und ging zur Jukebox. Sie mußte zwischen einigen vollbesetzten Tischen hindurch und empfand zum ersten Mal deutlich, daß sie hier außer Annie die einzige Frau war. Sie warf den Dollar ein und wählte umständlich aus – *Blue Moon* von Elvis, *Light My Fire* von den Doors und *I'm So Lonesome* von Hank Williams –, und dann stand Felix hinter ihr und sagte »Mach das nicht«. Sie drehte sich nicht um, sie sagte »Wieso nicht«, Felix sagte »Weil du nicht weißt, ob die anderen die Musik hören wollen, die du hören willst«. Ellen sagte »Weil du befürchtest, ich könnte mich mit meiner Wahl vor irgend jemandem hier lächerlich machen«, Felix sagte gereizt »Genau«, und Ellen sagte »Ich befürchte das auch«. Es stimmte, sie befürchtete das tatsächlich und sie hatte darüber nachgedacht, und trotzdem wollte sie Elvis hören und Hank Williams und die Doors. Sie drückte die Starttaste und ging zurück an die Bar, ohne Felix anzusehen, und Hank Williams sang mit seiner brüchigen, leiernden Stimme vor sich hin, und letztendlich kümmerte sich niemand darum. Als die Doors gesungen hatten – eine Wahl, die Ellen zwischendurch bereute –, hörten Buddy und Felix auf zu spielen und kamen an die Bar. Buddy bestellte einen weiteren Wein für Ellen und Bier für Felix und sich selbst und sagte zu Ellen »Er spielt gut, dein Freund«. Felix errötete, Ellen sagte »Ich weiß«. Dann wußte sie nicht weiter und fürchtete kurz, daß sie jetzt alle drei abstürzen, daß die Erwartungen an den anderen sich nicht bestätigen würden, daß sie stumm beieinander stehenbleiben müßten, aber Buddy zog sich einen Barhocker heran und begann mit Felix über ihre Spiele zu reden. Sie philosophierten eine ganze Weile lang über Karambolage und das Amerikanische am Poolbillard, und Ellen konnte Buddy ungestört betrachten. Sein blaues, dreckiges T-Shirt mit der Aufschrift irgendeiner Universität, seine Basecap ohne Aufschrift, seine sehr großen Hände, verschorfte Stellen an den Fingergelenken, der Daumennagel blau, kein Ring, um das linke Handgelenk ein schmales indianisches Band. Sein Bauch rollte wie eine Kugel über seine Hose, das T-Shirt spannte sich darüber, der Adler an seiner Gürtelschnalle verschwand, und das, was an ihm so vertraut und beruhigend war, blieb unsichtbar. Ellen dachte »besänftigend«. Felix und Buddy schwiegen unversehens, ohne daß das merkwürdig gewesen wäre, und dann sagte sie einfach »Eigentlich wollten wir die Wüste an einem Tag durchqueren, aber aus irgendeinem Grund sind wir hier hängengeblieben, mittendrin«, und Buddy sagte »Das passiert«.

Letztendlich war es immer Ellen, die mit anderen sprach, fragte und redete, nicht nur in Amerika, auch zu Hause, auch an anderen Orten, immer. Felix saß dabei und hörte zu und schwieg. Er saß meist zurückgelehnt, die Beine übereinandergeschlagen, er drehte minutenlang an einer Zigarette herum, prüfte sie lange, zündete sie an und inhalierte tief, eine gute Zigarette, die beste dieser Welt. Er ließ sie ausgehen und betrachtete sie wieder genauestens, bevor er sie erneut anzündete. Er sah irgendwo hin, manchmal jemanden an, manchmal Ellen an, er saß so gut wie bewegungslos, ein Buddha ohne Gewicht, der Rücken kerzengerade, die Schultern zurückgenommen. Es gab etliche Menschen, die von diesem Schweigen, diesem stillen Sitzen und Zuhören beeindruckt waren, es für weise hielten, zweideutig, hintersinnig. Auch Ellen. An guten Tagen lachte Felix über etwas, das Ellen in seiner Gegenwart zu einem anderen sagte, und gab ihr damit ein mattes Zeichen seiner Solidarität, seiner Zugehörigkeit, an schlechten reagierte er überhaupt nicht. In seltenen Momenten erzählte er selber etwas, zurückhaltend, zuweilen klug, zuweilen völlig unverständlich. Er fragte so gut wie nie, Ellen hatte noch nie erlebt, daß er irgend jemanden nach irgend etwas gefragt hätte, am allerwenigsten sie selbst, seine an Annie gerichtete Frage nach den Geistern im Hotel International war nur ein Trick gewesen. Wenn sie zu Hause abends miteinander ausgingen, redete sie viel, er schwieg. Sie setzten sich in einer Kneipe grundsätzlich nebeneinander, das war Felix' Angewohnheit, Ellen hatte das anfangs bedenklich gefunden, weil sie dachte, daß nur Leute, die sich nichts mehr zu sagen hätten, nebeneinander sitzen würden, später mochte sie es, es erschien ihr besonders und vertraut. Sie saßen nebeneinander, und Felix schwieg, und Ellen versuchte, das Schweigen auszuhalten. Dann fing sie doch an zu reden und steigerte sich aus lauter Hilflosigkeit in derart sentimentale, verrückte Geschichten hinein, daß beide irgendwann immer in Tränen ausbrachen. Felix saß neben

Ellen und fing einfach an zu weinen, lautlos, Ellen mußte auch weinen, ein wenig, und konnte ihn dann trösten, indem sie ihm mit der Hand immer und immer wieder über das Gesicht strich. Das war das Ritual. Ellen wußte das, es war wie ein Zwang, ihn zum Weinen zu bringen, um ihn dann wieder trösten zu können, ein sinnloses Unterfangen. In Amerika, auf dieser Reise von der Ostküste an die Westküste und zurück, hatten sie Abend für Abend so gesessen, in den Nationalparks, den Motels, den gemieteten Hütten an den Ufern der breiten amerikanischen Flüsse, und Ellen hatte angefangen, sich zu wiederholen, in schwerfälligen Bedeutsamkeiten zu variieren, ihr war nichts mehr eingefallen, sie hatte auch eigentlich nichts mehr erzählen wollen. Sie hatte angefangen, Felix Fragen zu stellen, und Felix hatte sich geweigert zu antworten. Sie waren immer stiller und stiller geworden, bis sich Buddy in Austin, Nevada, einen Barhocker heranzog und zu ihnen setzte.

Er war seit Wochen der erste Mensch, der mit ihnen sprach, der Ellen dazu brachte, sich aufzurichten, sich zu konzentrieren und Antworten zu formulieren auf seine einfachen, zielgerichteten Fragen. Buddy sagte »Was ist das für eine Reise, auf der ihr seid?«, und Ellen sagte »Einmal durch ganz Amerika, von der Ostküste an die Westküste und zurück«, ein Satz, den sie die ganze Zeit über hatte sagen wollen, weil er so großartig klang, es hatte ihn nur niemand hören wollen. Buddy sagte, er sei in seinem ganzen Leben noch nicht von der Ostküste an die Westküste und zurück gefahren, er sagte, genaugenommen hätte er Austin in Nevada noch nie in seinem Leben verlassen, die Art und Weise, in der er das sagte, war zu selbstverständlich, als daß Ellen erstaunt oder ungläubig hätte reagieren können. Er wollte wissen, was für ein Leben sie führen würden, zu Hause in Deutschland, es müsse »ein ungewöhnliches Leben sein«. »Es ist nicht ungewöhnlich«, sagte Ellen. »Viele Leute leben so. Sie reisen und sehen sich die Welt an, und dann kommen sie zurück und arbeiten, und wenn sie genug Geld verdient haben, fahren sie wieder los, woanders hin. Die meisten. Die meisten Leute leben so.« Sie erzählte von Berlin und von dem Leben in Berlin, sie versuchte, es zu beschreiben, die Tage und die Nächte, ihr kam alles etwas verwirrend vor, durcheinander und ziellos, »Wir machen dies und wir machen jenes«, sie hatte das Gefühl, es nicht richtig beschreiben zu können. Geld verdienen, mal so und mal so. Nächtelang in sich überschlagender Euphorie unterwegs sein und dann wieder Abende, an denen sie um zehn Uhr ins Bett gingen, müde, erledigt, hoffnungslos. Ein Freundeskreis. Eine Art von Familie. Ein offenes Ende? Für immer? Sie versuchte, etwas zu finden, was vergleichbar gewesen wäre mit einem Leben in Austin, Nevada, einem Leben, wie sie es sich hier vorstellte, sie war sich nicht sicher, ob es etwas Vergleichbares geben könnte, aber Buddy schien auch so irgend etwas zu verstehen. Er wollte wissen, wovon sie lebten, was ihre Berufe waren. Ellen deutete auf Felix, er sollte das Wort selber sagen, das schöne Wort für seinen Beruf, und Felix sagte es, nachgiebig und weich – »Fahrradmechaniker. A bicycle mechanic«, ein Beruf, den Buddy großartig fand. Er sagte, in Austin hätte ein Fahrradmechaniker in zwei Stunden alle Räder ein für allemal repariert, aber auf der ganzen restlichen Welt könne man sich mit diesem Beruf eine ganze Weile lang beschäftigen. Er sagte ernsthaft und nachdenklich »In China zum Beispiel, was wäre, wenn du als Fahrradmechaniker nach China gehen würdest?«, und Felix' Gesicht leuchtete auf und erlosch wieder. Ellen wollte zu Buddy sagen, daß es verheerend sein konnte, mit Felix über Utopien zu sprechen, über bloße Möglichkeiten. Jegliches »Wie wär's« und »Du könntest« ließ Felix schlagartig erlahmen und depressiv werden. »Vielleicht auch erst, seitdem er mit mir zusammen ist«, dachte Ellen und war über diesen Gedanken einen Augenblick lang tatsächlich amüsiert. »Worüber lachst du?« wollte Buddy wissen, und Ellen schüttelte den Kopf, »Ich kann es nicht sagen«. Sie beugte sich vor und legte ohne darüber nachzudenken ihre Hand auf Buddys schweres, rundes Knie, »Entschuldige, ich lache nicht über dich«. Sie sagte »Ich würde gerne wissen, wie du lebst, was du machst in Austin, Nevada?«, und Buddy sagte »Dasselbe wie ihr«.

Noch Jahre später hält Ellen manchmal inne, in der Küche beim Abwasch, im Treppenhaus, die Post und die Zeitungen unter dem Arm, an der Straßenbahnhaltestelle beim Blick auf den Fahrplan und denkt an Buddy in Austin, Nevada, an sein Leben dort. Sie denkt daran, was er wohl machen könnte in genau diesem Augenblick, sie ist sich sicher, daß er noch immer dort lebt, daß er nicht fortgegangen ist, es hätte keinen Grund gegeben für ihn zu gehen. Es erstaunt sie nicht, daß Buddy ihr unvermutet einfällt, es ist nicht seltsam, an ihn zu denken, an jemanden zu denken, mit dem sie eine Nacht in einer Bar verbracht hat, mehr nicht und nicht weniger, auf eine unspektakuläre Weise scheint ihr Leben mit seinem verbunden zu sein. Im Hotel International hatte Buddy seine Basecap abgenommen und wieder aufgesetzt und Felix gebeten, ihm eine Zigarette zu drehen. Er hatte Felix eine ganze Weile beim Drehen der Zigarette zugesehen, unbeeindruckt, gelassen. Er sagte, er sei in Austin geboren, vor 32 Jahren, er sei hier zur Schule gegangen, später zur High-School nach Elli, eine kurze Zeit nach Las Vegas, wo er als Aushilfskellner gearbeitet hätte, dann wieder zurück nach Austin. Seine Mutter würde noch immer hier leben, im letzten Haus der Hauptstraße Richtung Elli, sein Vater sei tot, er selber wohne ein Stück weiter draußen in der Wüste. Er hätte das Mädchen geheiratet, in das er sich mit sechzehn Jahren verliebt habe, aber er sei nicht mehr, er zögerte kurz, er sei immer noch mit ihr zusammen. Manches ließe sich nicht so einfach sagen. Er sagte, er würde jetzt für die Regierung arbeiten, für die Straßenkonstruktion und so weiter, letztendlich sei er vermutlich Bauarbeiter, er würde den Highway ausbessern und regelmäßig nach Schäden und Gefahrenstellen absuchen, das sei alles. Eine gut bezahlte Arbeit, er halte das aus, er sei gerne draußen, in der Wüste, zwischen den Orten. Er sah Ellen und Felix an und sagte »Habt ihr Kinder?« Ellen schüttelte den Kopf, Felix hatte die Frage eventuell nicht verstanden. Buddy sagte »Wieso nicht?« Er hatte eine Art, zu fragen und zu sprechen – ohne Betonung, nicht hintergründig, nicht rhetorisch, er unterstellte nichts und dramatisierte nicht –, die Ellen schön fand. Ellen sagte »Ich weiß nicht. Ich habe noch nicht darüber nachgedacht, meine ich, natürlich will ich ein Kind, nur noch nicht jetzt – ich glaube, so ist es«, und Buddy nickte langsam und schwerfällig. Er sagte »Ich habe ein Kind, einen Sohn, er ist jetzt drei Jahre alt«, dann sah er Annie an, die hinter dem Tresen auf ihrem Barhocker saß und reglos zugehört hatte, die ganze Zeit über. Ellen sah seinen Blick und folgte ihm und sah dann Annie im letzten Moment doch nicht an. Annie lachte, Ellen hatte keine Ahnung, worüber. Ihr war das Zögern aufgefallen, das kurze Zögern in seinen ineinandergezogenen, ruhigen Sätzen, und sie sagte »Das Mädchen, das du geheiratet hast, ist sie die Mutter deines Kindes?« Buddy antwortete fast ungehalten »Natürlich ist sie das. Wer sollte es sonst sein«, und Ellen sagte mutwillig »Ist sie schön?« Annie hinter dem Tresen brach erneut in Lachen aus. Buddy sagte, sie sei zumindest schön gewesen. Sie sei sehr schön gewesen, jetzt sei sie nicht mehr schön, sie sei häßlich und dick, er sagte »Sie ist so dick, daß man sie nur von einem Flugzeug aus fotografieren kann«, Ellen war sich nicht mehr sicher, ob er es ernst meinte. Er sagte, sie hätte ihre Schönheit ein für allemal verloren und vielleicht würde das doch an diesem Leben liegen, dem Leben in Austin oder dem Leben überhaupt, wie auch immer, er würde sie lieben, schon allein weil sie die Mutter seines Sohnes sei. Er sagte »Ich liebe sie, weil sie die Mutter meines Sohnes ist«, und der Satz blieb so zwischen ihnen stehen, lange, bis Ellen sich zu Annie drehte und ein neues Glas Wein bestellte.

»Du hängst dein Herz viel zu sehr an das Gesagte, an Sätze, vermeintliche Momente«, hatte Felix einmal zu Ellen gesagt, nach Austin? Vor Austin? Ellen ist sich nicht mehr sicher, auf alle Fälle hatte sie nicht widersprochen. Sie weiß noch, daß ihr der Satz von Buddy gefährlich vorkam, weil er eine Frage beinhaltete, unausgesprochen, aber noch beunruhigender schien ihr dieser Blick von Buddy hin zu Annie gewesen zu sein, sie dachte »Ich würde sterben, wenn Felix mich jemals so ansehen würde«. Annie schob ihr das Glas Wein über den Tresen, randvoll und mit Eiswürfeln aufgefüllt, die Bar hatte sich geleert, vor der Saloontür auf der dunklen Straße starteten die Autos und wirbelten Staub auf, nur noch vereinzelt saßen Leute an den Tischen, und Annie machte die Lampe über dem Billardtisch aus. Buddy hob seine Bierflasche, und sie stießen an, »Auf eure Reise und auf eure Heimkehr. Auf euch«. Felix hatte die Zigarette für Buddy endlich fertiggedreht, er reichte sie Buddy, und Annie stellte sich hinter ihrem Tresen zu ihnen, gab ihm Feuer und blieb vornübergebeugt mit halb geschlossenen Augen bei ihnen stehen. Buddy inhalierte in der vorsichtigen, erstaunten Art von Menschen, die einmal im Jahr eine Zigarette rauchen, dann blies er behutsam den Rauch aus. Er sagte »Wenn ihr kein Kind habt, dann wißt ihr auch nicht, wie es ist, seinem Kind ein Paar kleine Turnschuhe zu kaufen, ein Paar Turnschuhe von Nike zum Beispiel«. Er lachte kurz auf und schüttelte den Kopf. Ellen sagte »Wie ist es?«, und Buddy sah an ihr vorbei auf die Straße hinaus, kniff die Augen zusammen und sagte »Also, es ist so – es ist schwer zu beschreiben, aber es ist schön. Diese Turnschuhe sind so klein und winzig und perfekt, ein perfektes Abbild eines wirklichen Turnschuhs«. Er sah Felix an und sagte »Ja?«, Felix nickte. »Du kaufst diese winzigen Turnschuhe, blau und gelb und mit festen Schnürsenkeln und gefederten Sohlen in einem vollkommenen, kleinen Schuhkarton, und du bringst sie deinem Kind mit und ziehst sie ihm an, und es läuft damit los. Es läuft einfach damit los. Das ist alles.« Er zog noch einmal an der Zigarette, dann gab er sie Felix wieder, der sie nahm und weiterrauchte. Buddy lehnte sich zurück und wollte etwas sagen – Ellen war sich sicher, etwas völlig anderes –, und dann knarrte die Tür neben dem Kamin und ging auf, sehr langsam, und die dicke Geisterjägerin trat heraus.

»Es gibt«, sagt Ellen später zu Felix, »doch erstaunlich wenig Zeit. Erstaunlich wenig Zeit für die Dinge, für solche Augenblicke, und manchmal bin ich froh darüber. Es hält mich davon ab, ohnmächtig zu werden. Blödsinn zu reden. Es hält mich von der Hingabe ab.« Felix läßt sie nicht wirklich wissen, ob er verstanden hat. Die dicke Geisterjägerin betrat den Raum, als hätte sie hinter der Tür gewartet. Sie sah nicht anders aus, als vor – wie vielen? – Stunden, ihre Haare waren nicht zerrauft und ihr Rock war nicht zerrissen, aber sie war voller Staub und Spinnweben, und in ihrem

Gesicht lag etwas Feierliches, etwas zugleich Trauriges und Triumphierendes. Sie schritt gravitätisch durch den Raum auf die Bar zu, verbeugte sich leicht und stellte mit einer erschöpften, zufriedenen, endgültigen Geste ihr Aufnahmegerät auf dem Tresen ab. Annie goß ihr, ohne zu fragen, ein Glas Schnaps ein, das sie mit einem langen Zug austrank. Buddy holte einen weiteren Barhocker heran, rückte seinen zu Ellen hinüber und machte so Platz zwischen sich und Felix. Die Geisterjägerin zog die Plastikkamera an dem Lederband über ihren Kopf und reichte sie Annie, die sie vorsichtig, als wäre sie aus Glas, neben sich auf den Tresen legte. Dann setzte sie sich, sie setzte sich wie ein dickes, verkleidetes Kind auf den hohen Stuhl, trank noch einen Schnaps und bekam einen Schluckauf. Ellen mußte lachen, und die Geisterjägerin nickte ihr freundlich zu. Sie saßen eine ganze Weile so da, still, beieinander, alle anderen Gäste waren gegangen, der Ventilator summte, und Wasser tropfte ins Abspülbecken. Annie hatte den Kopf in die Hände gestützt, ihr Gesicht war nicht zu sehen. Die dicke Geisterjägerin lächelte. Sie deutete auf ihre Tasche, und Buddy zog sie zu sich heran und reichte sie ihr. Sie zog ein abgegriffenes Album aus der Tasche hervor. Sie sagte »Ich zeig sie euch, wenn ihr wollt«, wartete keine Antwort ab und schlug das Album auf. Ellen, Felix und Buddy beugten sich darüber, Annie sah über Buddys Schulter. Es waren Farbfotos, Farbfotos im Postkartenformat, sie steckten in Plastikhüllen und waren trotzdem knittrig. Sie zeigten Wohnzimmer, Treppenhäuser und Keller im Dämmerlicht, und auf jedem Foto konnte man in irgendeiner Ecke einen silbrigen Streifen, einen kleinen Schimmer, die Spiegelung einer Lampe oder einen zweifach belichteten, unscharfen Kopf erkennen. Es waren intime Blicke in Schlafzimmer, Kleiderschränke und Küchen, und Ellen hätte immer gesagt »Es waren ganz einfach Entwicklungsfehler. Doppelbelichtungen, Spiegelungen, Staub auf der Linse, mehr nicht«, aber in dieser Nacht in der Bar im Hotel International glaubte sie das nicht. Sie glaubte der dicken Geisterjägerin, dem Ernst und der Überzeugung, mit denen diese auf die Fotos deutete, wobei sie mit ihrem Zeigefinger das Entscheidende unabsichtlich immer genau verdeckte. Ellen sah die Geisterjägerin von der Seite an, ihre hochroten, glühenden Wangen, die Strähnen farblosen Haars, das ihr in die verschwitzte Stirn fiel, kleine Schweißperlen auf den Nasenflügeln und über der Oberlippe. Der Geruch, der schon am Mittag von ihr ausgegangen war, schien stärker geworden zu sein und hatte sich mit etwas anderem gemischt, mit Staub und Holz und den Geistern, dachte Ellen entschlossen, mit dem, wonach Geister riechen. Sie mußte darüber lachen, sie spürte deutlich, daß sie glücklich war gerade, sehr glücklich, sehr leicht. Buddy erwiderte ihr Lachen, weich und leise, und die dicke Geisterjägerin sagte zustimmend »Ja, also wirklich, diesen hier habe ich auch gemocht, manche mag man mehr und manche weniger«. Sie nickte und tippte mit dem Zeigefinger auf das Foto in ihrem Schoß und starrte darauf, als würde sie sich an etwas erinnern. Dann blickte sie auf und sah Annie an, sie sagte »Diese Geister da oben – «, sie deutete einmal kurz über sich an die Decke und alle sahen hoch, »diese Geister da oben können sich nicht abfinden mit dem Leben«. Sie räusperte sich übertrieben und sagte »Ich muß noch einmal wiederkommen, in jedem Fall, wenn das geht, wird das gehen?«, und Annie sagte beruhigend »Natürlich wird das gehen. Ich bin mir ganz sicher«. Sie tauschte mit Buddy einen ernsten Blick. Buddy stand auf und rieb sich mit der linken Hand über das Gesicht, trank sein Bier aus und begann, die Stühle hochzustellen. Er sagte über die Schulter hinweg »Zeit, nach Hause zu gehen, Zeit zu schlafen«. Annie wischte über den Tresen, spülte die letzten Gläser ab und schaltete den Ventilator aus. Ellen trank langsam ihren Wein, sie fühlte sich müde und friedlich, sie wußte, sie hatte noch Zeit. Die dicke Geisterjägerin schaukelte gedankenverloren auf ihrem Barhocker vor und zurück und summte ein ruhiges Lied. Felix drehte sich eine letzte Zigarette. Das, worauf Ellen sich Stunden vorher zu konzentrieren versucht hatte, war da, scharfkantig, gläsern, zerbrechlich und klar. Die dicke Geisterjägerin deutete auf ihre Plastikkamera und sagte »Es ist noch ein letztes Foto auf dem Film, ein allerletztes, möchte jemand fotografiert werden?«, und Buddy sagte »Wenn schon, dann alle«.

Die Straße vor dem Hotel International war still und dunkel, nur das Neonlicht der *Budweiser*-Reklame, der Himmel war tiefblau und weit und voller Sterne. »Wie warm es ist«, sagte Felix, mehr zu sich selbst. Die Wärme war trocken und staubig. Annie schloß die Saloontür hinter sich ab. Die dicke Geisterjägerin stellte ihre Kamera auf einen Pfahl – »Der Pfahl, an dem früher die Pferde festgebunden wurden«, dachte Ellen –, spähte ungeschickt durch den Sucher und murmelte vor sich hin, dann klatschte sie in die kleinen Hände und rief »Aufstellen!« Ellen stellte sich auf der Veranda vor die Saloontür, über ihr das Schild mit den schiefen Holzlettern, *Hotel International*, links von ihr das verstaubte Fenster mit der Leuchtreklame. Sie war auf einmal aufgeregt, fast ausgelassen. Die anderen traten neben sie, in einer Reihe, Buddy, Felix, Annie. Die dikke Geisterjägerin drückte den einzigen Knopf der Kamera, ein rotes Lämpchen flackerte auf, sie stürzte hinter dem Pfahl hervor, stolperte auf die Veranda und drängte sich zwischen Felix und Buddy. Sie zählte »Fünf, vier, drei, zwei, eins«, und Ellen, die wußte, daß sie dieses Foto niemals zu Gesicht bekommen würde und plötzlich voller Erstaunen dachte, daß es eines von 36 Fotos auf einem Film voller Geister sein würde, griff nach Buddys Hand. Sie hielt sie fest, er erwiderte ihren Druck, und Ellen lächelte und war sich sicher, daß sie schön war, zuversichtlich und voller Kraft und Stärke. Und bevor sie noch irgend etwas anderes denken konnte, flammte das Blitzlicht auf, die Geisterjägerin schrie »Foto!«, und dann wurde es wieder dunkel.

Am nächsten Morgen erwachten sie spät. Ellen hatte Kopfschmerzen, Felix behauptete, er hätte, seitdem sie in Amerika seien, jeden Morgen Kopfschmerzen. Sie packten ihre Sachen zusammen, luden sie ins Auto, rauchten eine übelkeitserregende Zigarette auf der Treppenstufe vor dem Zimmer. Die Neonreklame im Fenster des Hotel International war erloschen, die Saloontür verschlossen, der Ford stand vor dem Motel, der Chrysler war verschwunden. Über die Mauern huschten Eidechsen, raschelten in der unwirklichen Stille. Ellen fiel ein, daß sie gestern nicht für die Getränke bezahlt hatten, aber als sie zu Annies Büro hinüberlief, um das nachzuholen, war die Tür verschlossen, die Jalousien heruntergelassen, jemand hatte das *Vacancy*-Schild an der Fahnenstange entfernt. Sie warteten noch eine Weile, aber es kam niemand und es regte sich nichts, und dann stiegen sie ins Auto und fuhren los, weiter, gen Westen.

Heute, wenn Felix und Ellen zusammen mit dem Kind zu Abend essen, sagt Felix manchmal den Satz »Und wenn wir aufgegessen haben, dann erzählen wir dir, wie deine Eltern sich kennengelernt haben«. Es ist ein Scherz, ein kleiner Witz, über den auch Ellen jedesmal lachen muß, obwohl dieser Scherz ihr unheimlich ist und sie nicht weiß, worüber sie eigentlich lacht. Das Kind ist zu klein, um ihm davon zu erzählen. Ellen will wissen, wie es sein wird, wenn sie ihm davon erzählen kann, sie freut sich darauf und sie fürchtet sich davor. Sie würde dem Kind gerne sagen, daß sie in den entscheidenden Momenten ihres Lebens immer so etwas wie bewußtlos gewesen ist. Sie würde gerne sagen »Du bist da, weil Buddy in Austin, Nevada, zu uns gesagt hat, wir wüßten nicht, wie es ist, für ein Kind Turnschuhe zu kaufen, ein Paar perfekter, winziger Turnschuhe in einem vollkommenen, kleinen Schuhkarton – er hatte recht, ich wußte es nicht und ich wollte wissen, wie das ist. Ich wollte es wirklich wissen«.

*Wohin des Wegs*

Jetzt ist es soweit, daß Jacob mich besucht, am Abend. Er kommt gegen zehn, klopft an die Tür und hängt seine Jacke, seinen Schal und seine Mütze – es ist kalt in diesem Winter, mir gefällt das – sorgfältig über die Lehne meines Küchenstuhls. Er bringt sich immer etwas zu essen mit, meist vom Chinesen, er vermutet vielleicht, daß ich nichts zu essen im Haus haben könnte, er hat mich nie danach gefragt. Wir setzen uns im Zimmer auf den Fußboden, essen Reis mit Gemüse aus Plastikschalen, die Befangenheit, die mich überkommt, wenn ich mit jemandem essen muß, in den ich verliebt bin, scheint Jacob nicht zu kennen. Er ißt mit großem Appetit, ich tue nur so, als ob ich essen würde, er ißt auf, was ich übriglasse. Wenn er aufgegessen hat, legt er sich auf den Bauch, zündet sich eine Zigarette an und stützt sein Gesicht in die linke Hand. Er zieht sich immer die Schuhe aus. Manchmal klingelt im Flur das Telefon, ich gehe nie an den Apparat, aber ich stehe auf und schalte den Anrufbeantworter ab. Wenn ich ins Zimmer zurückkomme, sieht Jacob mich an. Wir reden viel. Ich schaue meistens auf die Wand dabei.

Ich habe einmal gesagt, daß es mich müde machen würde, immer und immer wieder die alten Geschichten zu erzählen, die Vergangenheit, die Kindheit, die ersten Lieben und die letzten, die erkenntnishaften Momente, Glück, das, was macht, daß ich bin, wie ich bin. Ich bin nicht sicher, ob er mich verstanden hat. Ich bin mir oft nicht sicher, ob er mich versteht, das ändert nichts an meiner Begeisterung für Jacob. Er sagt »Beunruhigt dich meine Vergangenheit?« – er meint seine Verhältnisse mit Frauen –, ich sage »Nicht wirklich«. Ich möchte sagen »Beunruhigt dich meine Vergangenheit?«, ich möchte sagen »Meine Vergangenheit könnte dich extrem beunruhigen«, das wäre hochmütig und außerdem unwahr, ich sage es nicht. Jacobs Hände sind groß, weich und warm, eher ungewohnt. Er benutzt Rasierwasser, obwohl ich schon mehrmals gesagt habe, daß das nicht nötig sei. Er läßt sich zu oft seine Haare zu kurz schneiden, er wird, im Gegensatz zu mir, niemals wirklich betrunken. Wenn er sich verabschiedet, umarmen wir uns, er sagt »Kannst du's noch aushalten?«, ich sage »Was fragst du mich?«, er sagt widerstrebend und falsch »Bist du traurig?«, ich sage »Nein«. Dann geht er, ich schließe die Tür hinter ihm.

Obwohl es mich müde macht, immer und immer wieder die alten Geschichten zu erzählen, kann ich nicht widerstehen und erzähle sie doch. Ich erzähle Jacob die letzte Geschichte. Es ist Dezember, wenige Tage vor Neujahr, Jacob will wissen, wo ich das letzte Silvester verbracht habe, er will wissen, mit wem. Ich sage, ich sei nach Prag gefahren. Ich sage – Damals, als ich mit Peter zu Silvester nach Prag fuhr, war ich, um es einmal zu vereinfachen, in Lukas verliebt. Lukas war überhaupt nicht in mich verliebt, aber Peter war in mich verliebt, er war Lukas' Freund. Wenn ich Lukas nicht sehen konnte, sah ich Peter, ich mißbrauchte Peter für meine Sehnsucht nach Lukas, Peter duldete das. Ich sah Lukas im Dezember so gut wie nie. Er hatte sich zurückgezogen, wenn ich ihn anrief, ging er nicht ans Telefon, wenn ich vor seiner Tür stand, machte er nicht auf. Die Tage waren frostig, klar und kalt. Ich versuchte nicht, ihn zu zwingen, ich litt auch nicht wirklich, das unglückliche Verliebtsein schien einfach ein Zustand zu sein. Ich begegnete ihm kurz vor Weihnachten zufällig im Park, wir standen voreinander wie Fremde, ich sagte »Und was machst du eigentlich an Silvester?«, ich hing noch immer an der Vorstellung eines gemeinsam verbrachten Jahreswechsels, ein Symbol für das kommende Jahr, in dem alles gut werden mußte, so wie all die Jahre zuvor. Lukas sagte »Weiß nicht. So rumsitzen und gucken, was kommt, wahrscheinlich«, und starrte an mir vorbei in die kahlen Äste der Pappeln hinauf. Da ließ ich ihn stehen und ging zu Peter in die Grellstraße, ich lief langsam, die Stadt war leer, alle schienen abgereist, nach Hause gefahren zu sein. Ich klopfte an Peters Tür, und Peter öffnete mir sofort, wenn er über mein Kommen erstaunt war, ließ er sich das jedenfalls nicht anmerken. Er hatte geheizt und saß bei Kerzenschein vor dem laufenden Fernseher, er schien zu existieren, auch ohne mich, ich fand das erstaunlich. Ich setzte mich neben ihn auf das Sofa, und wir sahen schweigend Skispringern bei ihren Flügen zu. Peter nahm meine Hand und legte sie auf sein Knie, ich ließ die Hand da liegen. Ich sagte »Und ist es immer noch so, daß du mit Micha und Sarah nach Prag fahren wirst zu Silvester?« Peter machte ein zustimmendes Geräusch, das klare Wort »Ja« hatte er sich schon lange abgewöhnt. Ich dachte eine Weile nach, und dann sagte ich »Ich würde gerne mitkommen. Ich komme mit dir Silvester nach Prag«. Peter nickte, er sah dabei in den Fernseher, er sah mich nicht an, vermutlich befürchtete er, ich könne mich in Luft auflösen, wenn er mich ansehen würde. Er hatte keine Ahnung davon, daß ich in diesen Tagen zu derlei Tricks nicht in der Lage gewesen wäre.

Jacob sagt beständig und glaubhaft »Alles, was ich sehe, will ich mit dir teilen, ich will, daß du siehst, was ich sehe, und wenn das nicht möglich ist, will ich dir alles erzählen, was mir ohne dich geschieht«. Er sagt auch »Ich leide darunter, die Welt nicht 24 Stunden am Tag mit meinen und deinen Augen sehen zu können«. Ich lausche andächtig. Ich versuche, das zu verstehen, und ich spreche es vor mich hin – ich leide darunter, ich leide darunter. Ich denke an Jacob den ganzen Tag, an ihn zu denken macht mich froh, eine Freude, von der ich weiß, daß sie unerwartet unterbrochen werden könnte. Auf diese Unterbrechung zu warten, sie zu fürchten und sie herbeizusehnen, macht mich glücklich. Ich versuche, mir alles, was ich sehe, zu merken, ich versuche, alles, was ich sehe, mit ihm zu teilen, ich gebe mir Mühe. Der Obdachlose an der

Bushaltestelle, der ein Mädchen nach einer Zigarette fragt, das Mädchen gibt ihm die eigene, schon zur Hälfte gerauchte Zigarette und steigt in den Bus, der Obdachlose raucht die Zigarette zu Ende, ich will wissen, ob er das so intim findet wie ich. Die Kassiererin, die mir im Supermarkt die Tür aufmacht und ganz laut »Bitte« sagt, mein leises, überraschtes »Danke« und meine Furcht, sie könnte dieses »Danke« nicht gehört haben. Der Junge auf der Straße, einen Baseball in der linken Hand, eine Packung Cornflakes in der rechten, der sich noch lange nach mir umsieht, nicht interessiert, eher wütend. Das Licht, wie es am Morgen um neun durch die Jalousien ins Zimmer fällt. Die Musik von Ry Cooder, zur Zeit. Die roten Bremslichter der Autos in der Nacht, die Ampeln, Straßenlaternen, Leuchtreklamen, ihre Spiegelungen auf dem regennassen Asphalt. Meine Freundin Anna, die am Fenster ihrer Wohnung steht – wir haben zusammen gegessen, Wein getrunken, uns alles erzählt –, mir den Rücken zukehrt und sagt, ohne sich umzudrehen, »Ich habe gewußt, daß wir hier so sitzen werden, wenn der Sommer vorbei ist«. Sätze wie dieser. Und der Geruch von Nässe und Regen und Kohlen im Treppenhaus. Und daß ich, wenn es Herbst wird, niemals weiß – ist es warm oder kalt draußen, friere ich, bin ich nur müde. Ein anderer Satz, gehört im Vorübergehen, »Und das ist noch gar nichts, ich kannte mal eine Frau, die wohnte über einem chinesischen Restaurant, direkt darüber«, und der absurde Gedanke: diese Frau wäre ich gerne. Kann ich Jacob von all dem erzählen?

In diesem Winter, in dem ich beschloß, mit Peter über Silvester nach Prag zu fahren, liebte Micha Sarah. Sarah liebte Micha, und Miroslav, der Sarah liebte, lebte alleine in Prag und hatte die Jalousien vor allen seinen Fenstern immerzu heruntergelassen. Ihm verdanke ich das einzige tschechische Wort, das ich kenne – *smutna*, und *smutna* heißt traurig. Miroslav hatte Sarah angerufen und gesagt »Willst du nicht Silvester nach Prag kommen, es schneit, und die Moldau ist zugefroren. Wir könnten aufs Dach gehen und das Feuerwerk anschauen«, und Sarah hatte gesagt »Ich komme, aber nur, wenn ich Micha mitbringen kann, ohne Micha gehe ich nämlich nirgendwo mehr hin, und vielleicht kommen auch noch irgendwelche anderen Leute mit«, und Miroslav hatte demütig »Bring mit, wen immer du willst« gesagt. Sarah erzählte später, seine Stimme habe so entfernt geklungen, als telefoniere er vom Mond aus mit ihr – oder aus der Mongolei. Sie schien nicht zu wissen, welche Vorstellung ihr besser gefallen sollte. Sarah und Micha fuhren mit dem Auto nach Prag. Sie wollten alleine fahren, weil Micha sich eine Pistole gekauft hatte und in jedem tschechischen Wald Schießübungen machen mußte, Peter und ich fuhren mit dem Zug. Wir trafen uns am späten Nachmittag des 30. Dezember am Berliner Ostbahnhof, es war schon dunkel, es schien überhaupt nicht mehr richtig hell zu werden. Der Ostbahnhof wurde umgebaut, und ich irrte Ewigkeiten durch provisorische Unterführungen, Tunnel und Gänge, bis ich im Fahrkartencontainer endlich Peter entdeckte, der in der Schlange stand, eine Pudelmütze auf dem Kopf trug und fremd aussah, seltsam sicher und so, als wüßte er ganz genau – wohin. Ich hatte mich wider meine Vernunft von Lukas verabschiedet, an seiner Wohnungstür stehend, er hatte die Tür nur einen Spalt breit aufgemacht. Ich hatte »Ich fahre jetzt nach Prag, über Silvester, ich wollte mich nur verabschieden« gesagt, Lukas hatte durch den Türspalt gelugt und matt »Na dann tschüs« geflüstert. Ich wollte gerne noch etwas anderes sagen, da hatte er die Tür schon wieder geschlossen, also war ich gegangen. Als ich mich jetzt neben Peter in die Schlange stellte und ihn kurz am Arm berührte – er sagte »Hallo« und lächelte ein wenig –, sah er traurig aus, kindlich und ernst. Wir kauften Fahrkarten, Wasser und Büchsenbier, Zigaretten und Bonbons. Wir setzen uns in den Großraumwagen, in dem Neonröhren an der Decke flackerten, die Sitze fliederfarben waren, mein Gesicht in der spiegelnden Scheibe sah grün aus und schrecklich, also sah ich durch mich selbst hindurch auf die abendliche Stadt, winterlich düster, auf ihre Straßen, Vorstädte, Autobahnen, Gewerbegebiete und schließlich gar nichts mehr, Felder, Strommasten, vereinzelte Lichter in der Dunkelheit. Peter, dicht neben mir, las die *Bild*, seit Jahren las er die *Bild* in einer Art herausforderndem Stumpfsinn, ab und an las er mir laut etwas vollkommen Erstaunliches daraus vor, dann griff ich nach seiner Hand und legte den Kopf an seine Schulter. Als er das ganze Büchsenbier ausgetrunken hatte, gingen wir in den Speisewagen. Ich hatte das Gefühl, daß die Leute uns anstarrten; eine Frau im braunen Mantel mit Pelzkragen und ein Mann mit langen, ungekämmten Haaren, die an den Schläfen

schon grau wurden, in einer Windjacke aus der Altklei-
dersammlung und einer letzten Büchse Bier in der
rechten Hand. Sahen wir verloren aus? Ich fühlte mich
wohl mit Peter in diesem Speisewagen, am leinenge-
deckten Tisch, das Leinen war fleckig, die Bierdeckel
weich und abgegriffen, der Salzstreuer aus Plastik, das
Salz darin ein grauer Klumpen. Wir saßen einander
gegenüber und redeten wenig, ich trank Tee, Peter
Bier, der Kellner schien betrunken oder gleichgültig zu
sein, aus der kleinen Küche klang leise Radiomusik. Jeder Blick durch das Fenster war noch immer der Blick
in mein Gesicht, »Gib es auf«, sagte Peter zärtlich,
»Draußen ist Grönland oder Kirgisien oder die Step-
pe, all das, was du dir wünschst«, ansonsten war er das,
was er selber gerne sachlich nannte. Ich fragte ihn nach
Miroslav und Micha und Sarah, ich fand die Vorstellung, daß alle drei zusammen Silvester feiern würden,
schwierig. »Aber Miroslav will es eben so, und es ent-
spricht ja auch der Realität«, sagte Peter widerspenstig
und wollte nicht verstehen. Und dann schwiegen wir
wieder, und ich sah ihn an, und er sah mit seinen dunklen, schmalen Augen im Speisewagen umher und
machte sich so seine Gedanken, ich wollte ihn fragen
»Was denkst du?«, aber ich fragte nichts, von Zeit zu
Zeit lächelten wir uns an. Der Zug fuhr bei Schöna
über die deutsch-tschechische Grenze und hielt kurze
Zeit in Decin, die Gleise schienen verschneit, gelbes
Licht aus Peitschenlampen, die Schaffner standen auf
dem Bahnsteig herum und atmeten in die hohlen Hände hinein. Niemand wollte unsere Pässe sehen, das
junge Mädchen am Nebentisch malte sich bedächtig

die Lippen rot, Peter summte und klopfte mit dem Bierdeckel auf den Tisch, der Kellner hatte sich hingesetzt, 30. Dezember, 20 Uhr 10. Zeit genug noch, nachzudenken darüber, was das für ein Jahr gewesen war und wie das nächste werden würde, Zeit genug überhaupt, ich hätte gerne meinen plötzlich sehr schweren Kopf auf das fleckige Tischtuch gelegt. Der Kellner stand auf, verschwand in der Küche, kam zurück und stellte unaufgefordert einen zweiten, lauwarmen Tee vor mich hin, er erwiderte mein Lächeln nicht. Der Zug ruckte, fuhr wieder an, das Mädchen am Nebentisch brach unvermittelt in Gelächter aus. »Man wird sehen, was kommt«, sagte Peter, als hätte ich ihn danach gefragt. Ich dachte an das Silvester des vergangenen Jahres. Ich konnte mich um alles in der Welt nicht mehr daran erinnern, wo ich da gewesen war – auf einem Fest? Am Meer? Alleine zu Hause? In einem Taxi auf dem Weg irgendwohin? Silvester war der Tag des Jahres, an dem ich mit Sicherheit unglücklich sein würde, jedes Jahr anders und jedes Jahr gleich. Ich hätte gerne irgend etwas darüber gesagt, aber Peters Gesicht war wie der Mond, an dem man vorbeisehen muß, um ihn wirklich zu sehen. Lukas saß in seinem grünen Sessel am Ofen und wartete auf das, was da kommen würde, Peter wartete auf überhaupt nichts mehr, und ich hatte mich noch nicht entschieden. Um 22 Uhr 48 fuhr der Zug in den Prager Hauptbahnhof ein, wir nahmen ein Taxi zu Miroslav und wurden dabei sofort die Hälfte unseres tschechischen Geldes los. Peter fluchte, mir war es egal, vor dem Mietshaus, in dem Miroslav wohnte, standen Micha und Sarah und sahen glücklich aus. Die ersten, verfrühten Raketen flogen in den Nachthimmel, die Moldau war pechschwarz und überhaupt nicht zugefroren, »Schön, daß ihr da seid«, sagte Sarah, und ich sagte ratlos »Ja. Schön, daß wir kommen konnten«.

Jacob ist sehr groß. Er scheint sich selbst als zu groß zu empfinden, er geht leicht gebeugt und hält den Kopf meist schief, als würde ihn das kleiner aussehen lassen. Vielleicht läßt es ihn kleiner aussehen. Wenn er sitzt, ist seine Größe nicht einzuschätzen. Er sagt, er sei früher einmal dünn gewesen, jetzt ist er nicht mehr dünn, sein Körper ist nachgiebiger und breiter geworden, ich habe mich lange Zeit vor dem ersten Anblick seines nackten Körpers gefürchtet. Seine Haut ist weiß, ein Weiß, das ich als unangenehm empfinden könnte. Wird sich sein Körper so anfühlen wie seine Hände? Jacob ist nicht schön, und es interessiert mich nicht, ob er schön ist. Am Hellsee habe ich ihn zum ersten Mal nackt gesehen, abends, im Sommer. Ich hatte vorgeschlagen, baden zu fahren, am Telefon, nachmittags, ich war gereizt, weil ich wußte, daß ich ihn dann vermutlich zum ersten Mal nackt sehen würde, er mich auch. Ich wollte dennoch oder gerade deshalb baden fahren, um das endlich hinter mich zu bringen. Jacob hatte erstaunlicherweise sofort und hocherfreut zugestimmt, er hatte gesagt »Das ist eine gute Idee«. Gegen Abend fuhren wir mit dem Auto zum Hellsee, das war sein Vorschlag, er hatte keine Ahnung davon, daß ich den Hellsee mehr als gut kannte. Er war Lukas' Lieblingssee. Wir parkten an der Landstraße, ich hätte an der alten Ziegelei geparkt, aber Jacob schien diese Möglichkeit nicht zu kennen. Der Hellsee liegt tief im Wald, man muß ein ganzes Stück laufen, um ans Wasser zu kommen, es gibt keine wirklich guten Badestellen. Aber wenn man weit genug dem Uferweg folgt, kommt man zu einer kleinen Insel, auf die eine Brücke führt, auf dieser Insel gibt es eine schöne Badestelle. Jacob kannte die Insel. Wir gingen hintereinander her den Waldweg entlang, der Waldweg war zu schmal, um nebeneinander zu gehen, es sei denn, man ginge Arm in Arm, eng aneinandergeschmiegt, das taten wir nicht. Ich ging hinter ihm, wozu ich ihn zwingen mußte, ich hätte um alles in der Welt nicht vor ihm her gehen können, seinen Blick in meinem Nacken oder woanders, mir war schwindelig vor Nervosität, und ich brachte kein Wort mehr heraus. Es war schwül, fast gewittrig, ich hatte den ganzen Tag über Kopfschmerzen gehabt, die jetzt nachließen, ich wußte, im kalten Seewasser würden sie weg sein. Als wir an der Insel ankamen, gab es die Brücke nicht mehr, Jacob sagte, vor drei Jahren hätte es sie noch gegeben, ich sagte nicht, daß es sie auch vor einem Jahr noch gegeben hatte. Der Wasserlauf, der die Insel vom Ufer trennte, war schmal, vielleicht drei Meter breit, er sah morastig und schlammig, nicht besonders tief aus. Von der Insel her drangen Stimmen zu uns herüber, Jacob sagte »Die müssen ja auch irgendwie raufgekommen sein«, wobei er seine Enttäuschung darüber, daß außer uns auch noch andere Menschen auf der Insel sein würden, nur schlecht verbergen konnte. Ich zog mir die Schuhe aus, setzte prüfend den rechten Fuß ins Wasser und trat auf eine Schicht aus Schlamm und Blättern, sie gab nach, ich konnte nicht entscheiden, wie tief das Wasser wirklich war. Ich zog den Fuß zurück. Jacob beobachtete mich. Ich lief unschlüssig am Ufer entlang, es schien eigentlich möglich zu sein, mit einem großen Schritt auf die andere Seite zu gelangen. Ich haßte solche Situationen. Jacob begann, große Äste aus dem Unterholz zu zerren und ließ sie dann unschlüssig wieder fallen, er sah unfähig aus. Ich sagte »Vielleicht könntest du vorgehen«, er sagte »Natürlich«, und vermutlich war es sein zynischer, abfälliger, von mir oder den Frauen im allgemeinen nichts anderes erwartender Tonfall, der mich einfach losgehen ließ. Jacob blieb abwartend stehen, ich setzte noch einmal den rechten Fuß ins Wasser. Der Grund gab nach. Ich zog meinen Rock hoch, hielt mit der rechten Hand meine Schuhe, mit der linken meine Sonnenbrille und meine Zigarettenschachtel hoch und stieß mich vom Ufer ab. Ich machte einen großen Schritt, der fast bis ans andere Ufer reichte, und der Grund, auf den ich meinen linken Fuß setzte, gab nach, das heißt, er war einfach nicht mehr vorhanden, mein Fuß trat ins Leere, in Schlick und Morast, in dem ich überraschend schnell versank. Ich sank bis zur Brust ein und trat und schlug um mich, ich schleuderte Schuhe und Sonnenbrille und Zigaretten ans Inselufer und holte Luft, ich machte panische Schwimmbewegungen. Ich konnte hören, wie Jacob hinter mir hektisch ins Wasser kam. Ich drehte mich halb um und schrie »Komm mir nicht zu nahe« – ein Satz, den er später immer und immer wieder und atemlos vor Lachen wiederholen würde –, noch erniedrigender, als vor ihm im Schlamm zu versinken, schien mir die Aussicht zu sein, mich von ihm aus dem Schlamm wieder herausziehen zu lassen. Ich zerrte an den Ästen und Schlingpflanzen, die auf der Wasseroberfläche trieben, alles gab nach, ging unter, verschwand mit glucksendem Geräusch, also ließ ich mich einfach bis zum Hals einsinken und schwamm den letzten Zug bis ans Inselufer. Ich stieg aus dem Wasser, ich war von Kopf bis Fuß verdreckt von schwarzem Schlamm und toten Blättern, ich wischte mir mit dem Handrücken den Schmutz aus dem Gesicht, dann drehte ich mich zu Jacob um. Er stand am anderen Ufer und hatte sich erstaunlicherweise die Hose ausgezogen. Er sah lächerlich aus, ich weiß nicht, wie ich aussah. Wir brachen gleichzeitig in ein wildes Gelächter aus. Er schrie »Ich schwimme über den See auf die Insel! Ich werfe dir meine Sachen rüber!«, und dann zog er sich aus und verknotete sein Hemd mit seiner Hose und seinen Schuhen, ich kam nicht dazu, darüber nachzudenken, wie er aussah. Er warf seine Sachen zu mir herüber und zielte schlecht, die Sachen fielen ins Wasser und gingen sofort unter, also mußte ich nochmals hinein, ich fluchte lauthals, Jacob reagierte nicht, sondern rannte den Waldweg entlang und war nicht mehr zu sehen. Die Stimmen, die wir vom anderen Ufer her gehört hatten, näherten sich jetzt, ich versuchte, mich zu verstecken, und war zu langsam, schon standen sie vor mir, zwei staunende Mädchen, die mich mit unverhohlen neugierigen Gesichtern anstarrten. Ich hielt mich gerade, grüßte und ging an ihnen vorüber, als ich weit genug weg war, sah ich ihnen doch hinterher. Sie kamen, einander haltend und sich mit Ästen stützend, an einer entfernten und anscheinend flachen Stelle sicher ans andere Ufer. Ich lief weiter zur Badestelle. Es war jetzt niemand mehr auf der Insel. Ich konnte Jacobs Kopf sehen, weit draußen auf dem Wasser, höflich weit draußen. Er winkte, ich winkte nicht zurück. Meine Zigaretten waren nicht mehr zu gebrauchen. Ich zog mir die nassen Sachen aus und spülte mit Seewasser den Dreck raus, auch aus Jacobs Sachen, dann hängte ich alles an die Bäume, was sinnlos war, die Sonne versank gerade hinter dem Wald auf der anderen Seite des Sees, nichts würde mehr trocknen. Ich stieg ins Wasser und schwamm hinaus, das Wasser war warm, Jacob schwamm mir entgegen, sein Gesicht sah komisch aus auf seinen nackten Schultern, seine Haare waren naß, er lachte, ich schwamm von ihm weg, ich mußte auch lachen, es war schwierig, zu lachen und gleichzeitig zu schwimmen. Eine Zeitlang trieben wir so auf dem Wasser herum, er äffte mich nach – »Komm mir nicht zu nahe!« –, er wollte sich ausschütten vor Lachen darüber. Wir waren ängstlich glaube ich, froh, fassungslos. Irgendwann schwamm ich zurück, stieg aus dem Wasser und setzte mich ins Gras. Ich fror kurz, dann nicht mehr, ich zog die Knie an den Körper, ich hätte gerne geraucht, ich war nackt, daran war nichts mehr zu ändern. Jacob kam kurze Zeit später, jetzt konnte ich ihn sehen, sein nackter Körper sah genauso aus, wie ich mir ihn vorgestellt hatte. Es war nicht schlimm. Er setzte sich neben mich und legte mir den Arm um die Schultern, er klapperte mit den Zähnen, ich sah auf den See, auf das Wasser, über dem eine feine Staubschicht zu schweben schien. Auf der anderen Uferseite warf ein Angler Netze aus, es wurde dämmrig. Ab und zu lachten wir leise. Irgendwann begann er, mich zu küssen, meine Schultern, meine Arme, meinen Hals, ich konnte ihn riechen, er roch süßlich. Er umarmte mich, und ich umarmte ihn, durch den Spalt, bis auf den ich meine Augen geschlossen hatte, konnte ich sein Geschlecht sehen, ich konnte zusehen, wie es groß wurde, was mich erschreckte. Jacob drückte meine Schultern zurück, bis ich auf dem Rücken lag, und legte sich auf mich, er sah mir ins Gesicht, sein Gesicht schien mir aus der Nähe völlig fremd zu sein. An ihm vorbei konnte ich in die Wipfel der Bäume sehen, es war nicht das erste Mal, daß ich sie auf der Hellseeinsel aus dieser Perspektive sah. Jacob guckte so, als würde er was wissen wollen, und ich machte die Augen zu. Er versuchte, mit mir zu schlafen, es ging nicht. Ich hatte nicht gesehen, wie sein Geschlecht wieder klein und winzig geworden war, ich hätte es gerne gesehen, es hätte mich beruhigt. Er lag noch eine ganze Weile so auf mir. Irgendwann wurde es vollständig dunkel und dann kalt, wir standen auf, packten die nassen Sachen zusammen und überquerten das Wasser an derselben Stelle wie die Mädchen Stunden vorher. Wir liefen nackt durch den Wald zurück zum Auto, es begegnete uns kein Mensch, wir liefen jetzt Hand in Hand, eng beieinander. Jacob holte aus dem Kofferraum eine Regenjacke und ein altes Hemd hervor, er gab mir das Hemd, dann fuhren wir zurück in die Stadt, ich wollte die ganze Fahrt über seine Hand nicht loslassen. Der

Mond war eine Sichel. Wir hielten kurz bei Anna, die mir, ohne zu fragen, eine Hose und einen Pullover durch die Tür reichte. Dann fuhren wir zu Jacobs Freund Sascha, wo er zwei Stunden lang im Bad verschwand und seine Sachen mit dem Fön trocknete, während ich mit Sascha in der Küche wartete und sehr schnell sehr viel Rotwein trank. Sascha fragte mehrmals ungeduldig »Warum zieht er sich nicht einfach ein Hemd von mir an?«, ich antwortete nicht. Irgendwann kam Jacob aus dem Bad heraus und sah aus, als wäre nichts gewesen. Wir tranken weiter Wein, was mich dazu brachte, zu ihm zu sagen »Ich möchte den Rest meines Lebens mit dir verbringen«, er sagte meinen Namen. Als es hell wurde, gingen wir.

Peter hatte gesagt »Wenn wir bei Miroslav sind, müssen wir eintausendfünfhundert Stufen steigen, und dann hast du den schönsten Blick über die Moldau«. Die Stufen waren aus Stein, und vielleicht waren es auch mehr als eintausendfünfhundert, als wir endlich oben waren, bekam ich keine Luft mehr und wollte die Moldau, die Peter mir aus dem Fenster des Treppenhauses zeigte – eher bedauernd als triumphierend –, nicht mehr sehen. Vom Treppenflur gingen unzählige Türen ab, in einer dieser Türen stand Miroslav, eine kleine Gestalt, er verbeugte sich vor uns, wollte die Tür nicht recht freigeben und sagte mit zarter, kaum hörbarer Stimme »Herzlich Willkommen«, Sarah schob ihn beiseite. Die Wohnung war überraschend groß, fünf Zimmer, alle fast leer und ungenutzt bis auf das Wohnzimmer, in dem sich eine riesige Couch und fünf Sessel vor einem Fernseher drängten. Die Luft war abgestanden und stickig, es brannten Kerzen, der Fernseher lief ohne Ton. Miroslav ließ sich auf das Sofa fallen und machte sofort die Augen zu. Auf dem Boden um das Sofa herum lag eine dichte Schicht von etwas, das ich später als die Schalen von Kürbiskernen, Sonnenblumenkernen, Pistazien, Erdnüssen erkannte. Sarah nahm alle Räume einschließlich der Küche ein, indem sie überall ihre Jacken, Schuhe, Mützen und Tüten voller Silvesterraketen verteilte. Sie ignorierte Miroslav, küßte Micha innig, wann immer sie an ihm vorüberging, Micha gab sich ironischen, gelassenen Heiterkeitsausbrüchen hin, er schien betrunken oder bekifft zu sein. Ich trat ans Fenster, ich wollte jetzt doch die Moldau sehen und Prag, die goldene Stadt. Ich wollte mich vergewissern, daß es richtig gewesen war, hierhergefahren zu sein, mit Peter zu sein, Lukas alleine gelassen zu haben, ich wußte ganz genau, daß Lukas gerne alleine war, zumindest gerne ohne mich. Die Jalousien vor den Fenstern waren allesamt heruntergelassen, Sarah zog eine nach der anderen hoch, energisch, brutal. Am Horizont rauchten Fabrikschlote. Die Moldau war schwarz und glänzend, sehr weit unten, sehr weit entfernt. Ich konnte Miroslavs schweren, erschöpften Atem hören. Peter berührte mich am Arm, ich drehte mich um und folgte ihm durch alle Zimmer bis ins letzte, da stand ein Bett, eine kleine Lampe auf dem Boden, mehr nicht. »Willst du hier schlafen?« sagte Peter, ohne mich anzusehen, das Bett war zu schmal für zwei. Ich sagte dankbar »Ja«. Er stellte meine Tasche ans Fußende und legte, als ich ihn

umarmte, den Kopf auf meine Schulter, er sagte leise
»Aber Miroslav ist trauriger als ich«. Miroslav hatte
sich Schnaps eingegossen, ein großes Wasserglas voll,
er hatte sich wieder aufgerichtet und starrte auf den
noch immer leise gestellten Fernseher, in dem ein
Wolf durch eine Schneelandschaft lief. Sarah saß auf
Michas Schoß. Miroslav sah vom Fernseher weg in
mein Gesicht und sagte »Mein Name ist Miroslav.
Willst du Schnaps trinken«, ich sagte überdeutlich
»Nein, danke«, und er zuckte mit den Achseln und sah
wieder weg. Ich setzte mich auf einen der staubigen
Sessel, ich war aus irgendwelchen Gründen noch nicht
einmal in der Lage, mir den Mantel auszuziehen. Peter brachte mir ein Glas mit schwarzem, bitterem Tee.
Er lief eine Zeitlang herum und schien aufzuräumen,
dann setzte er sich neben mich. Sarah redete in Michas
Ohr hinein, ab und an drehte sie sich zu Miroslav um
und schrie ihn an, Miroslav reagierte nicht. Sehr weit
weg explodierten Silvesterraketen. Das ganze Zimmer
roch nach Becherovka, nach Haschisch und Zigaretten, alle waren irgendwann betrunken und krakeelten
durcheinander, selbst Miroslav, selbst Peter, der jedoch
ausfallend wurde und beleidigend; also nahm ich seine
Hand, und wir saßen so da, verletzt und beieinander,
ich erwiderte fest Miroslavs betrunkenen Blick. Als es
hell wurde, als Miroslav den Fernseher ausschaltete
und tschechische Platten auflegte, zu denen Sarah mit
Micha tanzte, eng umschlungen eine Silhouette vor
den glänzenden, grauen Fenstern, ging ich schlafen.
Ich lief durch alle Zimmer und schloß keine einzige
Tür hinter mir, ich zog mir nur die Schuhe und den

Mantel aus, legte mich in dem schmalen Bett auf den Rücken und hörte zu, der Musik, Sarahs Lachen, Peters eifriger, beschwörender Stimme, Michas Gesang.

Jacob scheut sich nicht, immer und immer wieder ein kleines Gespräch über die Liebe zu beginnen. Er spricht gerne über die Liebe, über unsere Liebe und die Liebe überhaupt, er sagt niemals etwas, das er später bereuen würde, er bereut nicht. Er beharrt darauf, daß niemand irgendwann über uns sagen wird – »Sie sind an der Liebe gescheitert«. Es bereitet ihm sichtbar große Freude, das zu sagen, ich wundere mich, ich habe über Scheitern noch überhaupt nicht nachgedacht. Jacob ist sich sicher, daß wir Zeit haben, viel Zeit, alle Zeit der Welt. Er weiß, daß all das, was uns aneinander verstört, was wir nicht aussprechen und vergeblich befragen, alles, was unverständlich bleibt, kränkend, schon die Liebe ist, in ihrer ersten Form. Er weiß mehr als ich. Er sagt »Ich möchte mit dir alt werden«, dann dreht er sich um und geht, es ist das Beste, was er tun kann.

Ich kann mich nicht mehr daran erinnern, wie lange ich geschlafen habe in Prag in der vorletzten Nacht des Jahres. Als ich erwachte, schien die Sonne hell ins Zimmer, die Fenster standen offen, irgend jemand hatte, während ich schlief, eine Decke über mich gelegt. Im Wohnzimmer saßen Micha, Miroslav, Sarah, Peter, als wären sie niemals schlafen gegangen, vor ihnen auf dem Tisch stand benutztes Frühstücksgeschirr, Kaffeetassen, Eierbecher. Micha sagte »Guten Morgen«, der erste Satz, den er überhaupt an mich richtete seit unserer Ankunft. Ich hob halb die Hand und ging sehr schnell ins Bad, schloß die Tür hinter mir ab und setzte mich auf den Rand der Badewanne. Ich hatte keine Ahnung, wie ich aussah. Ich lauschte. Ich fand es schwierig, mit Sarah und Peter und Micha und Miroslav zusammenzusein. Ich drehte den Wasserhahn auf und wieder zu. Peter klopfte an die Tür und sagte »Kaffee oder Tee oder Saft?«, es gab einen Moment, in dem ich froh war über seine Stimme, seine Anwesenheit. Ich frühstückte drei kleine, staubige, tschechische Brötchen und Bananen und Cornflakes, ich trank vier Tassen Kaffee und Wasser dazu, ich hatte das Gefühl, ich könnte überhaupt nicht mehr aufhören zu essen. Der Fernseher lief schon wieder. Miroslav lag mit halb geschlossenen Augen auf der Couch, Micha sah in den Fernseher, Sarah sortierte Silvesterraketen, manchmal sagte sie sanft etwas zu Miroslav, der dann abwesend lächelte. Peter saß neben mir, rauchte Zigaretten, schwieg. Ich wußte, daß wir nicht in die Stadt gehen würden. Wir würden nicht über die Karlsbrücke in die Josephstadt hineingehen, nicht über den Wenzelsplatz laufen, nicht den Hradschin besichtigen, wir würden nicht im Café Slavia sitzen und heiße Schokolade mit Schlagsahne trinken und auf die Moldau sehen, wir würden nicht an Kafkas Grab stehen und nicht mit der Seilbahn hinauf auf den Berg fahren, es wäre lächerlich gewesen, das zu tun. Es spielte keine Rolle, daß wir in Prag waren. Wir hätten auch in Moskau oder Zagreb oder Kairo sein können, und wo immer wir gewesen wären, hätte Peter sich jetzt sein erstes Bier aufgemacht, einen Schluck getrunken, geseufzt, es wieder abgestellt und sich dann eine neue Zigarette gedreht. Er hatte irgendwann einmal gesagt »Einzig in Mexico würde ich gerne sitzen und da Schnaps trinken am Rand einer staubigen Landstraße und in der Mittagshitze, denn in Mexico kann man dann einfach vom Stuhl fallen und muß nicht mehr aufstehen, nie mehr«. Ich hätte das widerlich finden können, ich fand es nicht widerlich, ich verstand das, ich verstand etwas daran. Miroslav schien es noch nicht verstanden zu haben. Er richtete sich auf, strich sich durch die Haare, gähnte, riß einige Male die Augen auf und sagte dann »Also. Was möchtet ihr machen?«, er sprach deutsch mit einem gedämpften, tschechischen Akzent. Ich hatte mich vor diesem Moment gefürchtet, ihm zuliebe. Micha und Peter reagierten überhaupt nicht, aber Sarah sah von ihren Silvesterraketen hoch und sagte »Knödel und Schweinebraten essen. Das würden wir wirklich gerne tun«, und Miroslav verstand nicht und sagte »In der Altstadt?«, und Sarah sagte »Nein. Auf keinen Fall in der Altstadt. Am liebsten in dieser Kneipe auf dem Vietnamesenmarkt gleich um die Ecke«, Micha kicherte, Peter stand auf und ging aus dem Zimmer. Miroslav starrte Sarah an und sagte »Ich glaube, ich verstehe dich nicht richtig. Du bist in Prag und willst auf dem Vietnamesenmarkt essen gehen, um die Ecke, du willst nichts sehen, du willst meine Stadt nicht sehen?«, und Sarah sagte ruhig »Nein. Will ich nicht. Ich glaube auch nicht, daß die anderen das wollen«, und dann schob Miroslav mit der linken Hand das ganze Geschirr vom Tisch, Micha sagte »Also wirklich«,

Sarah fing an zu schreien. Ich stand ebenfalls auf und suchte Peter, der hatte sich in der kleinen, düsteren Küche auf das Fensterbrett gesetzt und starrte auf die Brandmauer des Hinterhofs, er sagte »Das tut mir leid. Ich hätte dir sagen sollen, wie es sein wird«, er sah mich nicht an. Ich lehnte mich neben ihn an die Wand und sah ebenfalls hinaus, die Brandmauer war grau und glatt, ich sagte »Es muß dir nicht leid tun, ich wäre trotzdem mitgekommen«, Peter lachte so, als würde er mir nicht glauben. Im Zimmer schrieen sich Sarah und Miroslav an, Miroslav schrie auf tschechisch, irgendwann wurde der Fernseher lauter gestellt, vermutlich von Micha. Wir warteten in der Küche, schweigend, die Gastherme über dem Abwaschbecken ging fauchend an und wieder aus. Im Küchenregal stapelten sich Tüten mit Pistazien und Erdnüssen neben unzähligen Flaschen Schnaps. Die Wohnungstür schlug zu, wir warteten noch immer, höflich und träge, dann stand Sarah im Flur und sagte »Wir könnten jetzt losgehen«. Wir stiegen die eintausendfünfhundert Stufen hinunter, Miroslav war verschwunden, eigentlich war es so, als hätte es ihn nie gegeben. Draußen war es kalt und sonnig, aus den Fabrikschloten stieg kerzengerade ein grauer Rauch in die Luft, ich lief hinter Sarah, Micha und Peter her, die Autos dröhnten an uns vorüber, Frachter zogen die Moldau entlang. In meinem Rücken wußte ich die Altstadt, das Panorama der Brücken und Kirchtürme, den Hradschin hoch oben auf dem Berg, ich drehte mich nicht um. Der Vietnamesenmarkt war einen Häuserblock entfernt, ein schlammiger Parkplatz, auf dem windige Buden im Dreck versanken, der Schnee, von dem Miroslav Sarah erzählt hatte, war zu schmutzigem Packeis gefroren. Die Vietnamesen standen dichtgedrängt um Tonnen herum, in denen Feuer schwelten, und verhielten sich so, als hätten sie mit dem grellen Zeug, das an den Plastikplanen ihrer Buden hing, mit Topfbürsten, Marienbildern, Strickpullovern, Zimmerspringbrunnen, Konservenbüchsen, Kinderschlafanzügen nicht das geringste zu tun. Ein Wind ging über den Platz, schlug die Planen aneinander und ließ die Plastikbügel klappern, die Feuer in den Tonnen loderten hoch. Sarah lief durch die Gassen zwischen den Buden voraus, die Hände in den Taschen ihrer Armeejacke versenkt, Micha folgte ihr mit einem stolzen, triumphierenden Ausdruck im Gesicht. Die Vietnamesen beachteten uns nicht. Wir bestellten in einer lichtlosen Baracke Wildschweingulasch mit Knödeln und bekamen sofort und ungefragt vier Becherovka auf den Tisch gestellt, ich schob meinen zu Peter, der ihn ohne zu zögern austrank. Am Tresen duckten sich Halbwüchsige mit schmalen Augen. Wir redeten wenig miteinander, schoben die Bierdeckel über das karierte Tischtuch, ich drehte Zigaretten, nahm einen Zug und gab sie dann weiter. Der Kellner stellte das Essen einfach an der Tischkante ab, und wir reichten einander die Teller, weiches Fleisch in brauner Soße und so etwas wie trockene Weißbrotscheiben. »Das ist Brot«, sagte Micha, »Das sind Knödel«, sagte Peter, »und sie müssen so sein«. Ich aß und dachte absurderweise »Es fehlt nichts. Es fehlt gar nichts, es ist alles so, wie es sein muß, es ist alles prächtig«, ich mußte aufhören zu essen, weil mich plötzlich ein Lachen schüttelte, in das niemand einfiel. Draußen ging ein dreckiger Regen nieder. Der Kellner räumte den Tisch ab und sagte »Es hat sehr gut geschmeckt«, dann goß er Becherovka nach, stur und zwingend. Wir saßen eine Stunde, zwei, zahlten und gingen, es war dämmrig geworden, die Vietnamesen packten ihr Zeug zusammen. Ich fragte Peter, ob sie eigentlich auch Silvester feiern würden, und er antwortete nachsichtig »Feuerwerk kommt aus Vietnam. Silvester kommt aus Vietnam. Natürlich feiern sie Silvester, nur zu einem anderen Zeitpunkt und wahrscheinlich auch anders als wir. Sie tragen Drachen vor sich her. Und bis es soweit ist, beobachten sie uns«, ich schob meinen Arm unter seinen und wünschte mir, daß er immer so weiter vor sich her reden würde. Sarah kaufte an einem Schmuckstand zwei Ringe aus Blech. Micha kaufte Raketen und Böller bei einem in Felle gehüllten Vietnamesen mit kindlichem Eskimogesicht, die Raketen waren mit rotem Pergamentpapier umwickelt, vom Regen durchnäßt. In der Ferne läuteten Glocken, an der Kneipenbaracke gingen grüne und blaue Lichter an. Der Platz lag jetzt leer, schlickig und verwüstet, Micha rannte eine lange Gasse entlang, schleuderte Böller in die Luft und schrie, die Vietnamesen duckten sich und liefen um die Ecken. Goldregen, Silberregen, Sternenpyramiden, rötliche Feuergarben, Michas überschnappende, heisere Stimme von sehr weit weg. Peter zog mich von einer Gasse in die nächste, warum er plötzlich rannte, wollte ich nicht wissen, ich rannte auch. Wir liefen durch ein Labyrinth aus Plastikplanen und Holzgerüsten, über einen Kessel gebeugt eine uralte

Frau mit einem Turban auf dem Kopf, Hunde, die an Mülltüten rissen, überhaupt kein Licht mehr, riesige Pfützen, ein Gefühl in meinem Magen, als würde ich träumen, und dann wieder die Straße, die Moldau, der Verkehr, das Licht der Lampen am Fluß. Der Himmel jetzt schwarz, ein kleiner Mond bei den Fabrikschloten. Prag, 31. Dezember, sieben Uhr abends.

Ich kenne Jacob seit fast einem Jahr. Ich denke nicht darüber nach, ob das lange ist oder kurz. Jacob sagt, daß wir für immer zusammensein werden, das beunruhigt mich, weil schon jetzt scheinbar alles zwischen mir und ihm aus Erinnerung besteht. Ich bin einmal mit Jacob auf einer Ausstellung gewesen. Die Ausstellung war in einem Schloß am Ufer eines Sees, in einer Gegend, in der er als Kind gelebt hatte. Wir waren mit dem Auto gefahren, er hatte mir seine Orte gezeigt, er hatte, als wir einen Fluß überquerten, stolz gesagt »Und das ist die Spree«, ich war mir der Bedeutung dieses Ausfluges bewußt. Wir kamen am Abend am Schloß an. Der Schloßpark lag verlassen, auf dem Parkplatz kein einziges Auto, auf der Wiese am See baute ein Mann umständlich einen Projektor für ein Freiluftkino auf. Wir schienen die einzigen Besucher zu sein, das Mädchen an der Kasse schreckte auf, als wir die Halle betraten, und riß die Eintrittskarten ab, als täte sie das zum allerersten Mal. Jacob hatte den ganzen Tag über gesagt, es solle auf dieser Ausstellung unter 50 schlechten ein gutes Bild geben, das gute Bild war nicht zu finden. Alle Bilder waren fürchterlich, die Installationen, Videoprojektionen, Skulpturen auch.

Wir liefen Hand in Hand durch die Säle, öffneten die Schubladen der Wandschränke, die Tapetentüren, die Flügelfenster, die auf den See hinausgingen. Das Schloß war schön, verfallen und heruntergekommen, die Wandschränke leer, hinter den Tapetentüren Plastikeimer, Desinfektionsmittel und Besen, die Brokattapeten mit braunem Lack überstrichen, graues Linoleum über dem Parkett. Manchmal blieben wir stehen und umarmten uns ungeschickt, es schien Jacob gutzugehen, mir ging es auch gut, obwohl die seltsame Vollkommenheit des Tages mich verschlossen machte, stumpf und erwartungslos. Wir umarmten uns, ließen uns wieder los, gingen weiter, sprachen nicht über das, was wir sahen, und waren uns einig. Die letzte Installation im letzten Raum, vor dem ein schwarzer Filzvorhang hing, trug den Titel *Wohin des Wegs*. Ich zog den Vorhang beiseite, und wir betraten ein Zimmer, das vollständig mit Holzlatten verkleidet war, sie reichten fast bis unter die Decke und ließen nur ganz oben einen schmalen Spalt Licht herein. Es war dunkel, alle Helligkeit schien unter der Decke zu schweben, milchig und staubig, nur an die rechte Wand warf die Abendsonne ein ganz kleines, leuchtendes, goldenes Rechteck aus Licht. Es war warm, ein wenig stickig, vielleicht so wie ein Dachboden im Sommer, eine Wärme, die in den Körper hineingeht und ihn widerstandslos macht. Wir standen eine Weile so da und betrachteten das Rechteck, dann ging Jacob hinaus, und ich folgte ihm. Später, auf der Heimfahrt in der Nacht, redeten wir darüber. Jacob sagte »Der Künstler kann von diesem komischen Lichtfleck nicht gewußt haben.

Also ist es darum auch gar nicht gegangen, eine sinnlose Installation, wenn nicht gerade in dem Moment, in dem wir das Zimmer betreten haben, die Abendsonne diesen zugegebenermaßen sehr schönen Effekt an die Wand geworfen hätte«. Er benutzte tatsächlich die Worte *Effekt* und *zugegebenermaßen*, aber das war es nicht, was mich später denken ließ, daß wir in diesem Moment verschiedene Wege gingen. Es war der bezeichnende Unterschied in unserer Wahrnehmung, in dem, woran wir glaubten oder bereit waren, zu glauben. Ich war mir sicher, daß es um genau dieses goldene Rechteck aus Licht gegangen war. Die Abendsonne, ein klarer Himmel, ein bestimmter Lichteinfall und ein kurzer Augenblick, er und ich und der Gang durch das Schloß und der Moment, in dem wir zufällig dieses Zimmer betreten hatten, nicht zu spät und nicht zu früh, und eine Frage, *Wohin des Wegs*, ich hätte meine Antwort gewußt. Jacob glaubte das nicht, und er hatte über eine Antwort noch nicht einmal nachgedacht. Er war auch später, als jemand, dem wir davon erzählten, sagte, schon in den Pyramiden hätte es Schreine gegeben, die so gebaut worden seien, daß sie zu bestimmten Zeiten des Tages vom Licht geradezu gesegnet worden wären, nicht zu überzeugen, er glaubte es nicht. Wir fuhren zurück in die Stadt, Sonnenblumen auf der Rückbank und der Autoaschenbecher voll von nervös gerauchten Zigaretten, die Gewißheit, einen Tag miteinander verbracht zu haben, das ausgehalten zu haben und auch glücklich gewesen zu sein, machte uns satt, träge und schwerfällig. Wir kamen gegen Mitternacht in Berlin an, gingen Wein trinken, stritten uns, Jacob sagte »Wir hätten bleiben sollen, wir hätten draußen bleiben sollen auf dem Land«, vielleicht, wir sind aber nicht geblieben. Daran erinnere ich mich. Von Zeit zu Zeit.

In der Wohnung eintausendfünfhundert Stufen hoch über der Moldau stand Miroslav in der Küche und wusch das Geschirr ab. Der Fernseher lief, die Schicht der Erdnußschalen um das Sofa herum schien noch dichter geworden zu sein. Micha und Sarah standen vor dem Küchenregal wie in einem Supermarkt, steckten nach längerem Überlegen zwei Flaschen Schnaps in ihre Jackentaschen und verschwanden dann wieder. Ich wußte, daß sie sich verloben wollten, bevor das Jahr zu Ende gehen würde, »An der Autobahnbrücke unten am Fluß«, hatte Sarah in einem Tonfall gesagt, der keine Fragen duldete. Ich wußte nicht, ob Miroslav davon wußte. Peter öffnete alle Fenster, stellte den Fernseher leise, legte sich auf das Sofa und machte die Augen zu. Draußen rauschte der Verkehr, die Erdnußschalen knisterten, ich saß unschlüssig auf der Sofakante herum, dann ging ich in die Küche zu Miroslav. Er wusch noch immer ab, Sarahs, Michas, Peters und mein Geschirr, ich nahm ein Küchenhandtuch vom Stuhl und begann abzutrocknen. Ich wartete darauf, daß er sagen würde »Du mußt das nicht tun«. Er wusch bedächtig eine Untertasse ab, räusperte sich, drehte sich zu mir um und sagte »Du mußt das nicht tun«. Ich lächelte ihn höflich an und sagte »Ich weiß«, ich sagte nicht »Ich weiß, aber du tust mir leid, diese ganze Situation hier tut mir leid, und ich habe das Gefühl, ich sollte jetzt abtrocknen, damit du dir nicht gänzlich wie ein Idiot vorkommen mußt, also laß mich abtrocknen und laß mich in Ruhe«. Wir starrten uns im Zwielicht der Klemmlampe über dem Abwaschbecken an, dann wandte er sich ab. Er benutzte viel zu viel Geschirrspülmittel. Wir schwiegen eine ganze Weile lang, dann räusperte er sich wieder und sagte »Dir geht es nicht so gut«. Ich sagte sofort und trotzig »Ja. Aber dir geht es nicht unbedingt besser als mir«, er lachte kurz und machte eine vogelartige Bewegung mit dem Kopf. Ich weiß nicht mehr, ob ich mit ihm reden wollte. Er begann jetzt, mir die sauberen Teller und Tassen direkt in die Hand zu geben, wobei er jedesmal einen entschuldigenden Laut ausstieß. Aus der Nähe konnte ich sehen, wie alt und müde sein Gesicht war. Er sagte »Und Peter – ist er dein Freund?«, es überraschte mich, daß er sich um uns Gedanken zu machen schien. Ich sagte so betonungslos wie möglich »Nein. Ist er nicht«, und freundlicherweise sagte er dann eine ganze Weile lang nichts mehr. Als ich mit dem Geschirrabtrocknen fertig war, wischte er den Tisch ab, fegte mit der Handfläche über den Stuhl und forderte mich zum Sitzen auf, ich schüttelte den Kopf. Er lächelte gequält. Ich drehte das Geschirrhandtuch in den Händen, ich hatte das Gefühl, genug für ihn getan zu haben, aber er wollte mich nicht gehen lassen. Er setzte sich hin, stand wieder auf, riß den Kühlschrank auf und sagte »Hast du Hunger, wollen wir zusammen Abendbrot essen, Fischstäbchen, Brot und Wein, wie wäre das?«, ich antwortete nicht. Er zerrte eine Pfanne aus dem Schrank, riß die Fischstäbchenpackung auf, schnitt

Brot, im Zimmer konnte ich Peter seufzen hören, es klang, als seufze er im Schlaf. Miroslav drehte das Radio an, das Öl in der Pfanne zischte, das Gas rauschte, er machte eine ganze Menge Geräusche, und als es endlich laut genug war, fragte er fast singend »Und wer ist dann dein Freund?« Ich sagte »Lukas. Du kennst ihn nicht, und er ist auch nicht wirklich mein Freund, ich wünschte nur, er wäre es«. Ich hatte das Gefühl, als würde ich gar nicht über mich sprechen, sondern eher über ihn. Er schüttete den gefrorenen Fisch in die Pfanne, sprang beiseite, weil das Öl spritzte, sagte »Du bist schön. Du bist nicht dumm. Was hat er, warum will er nicht dein Freund sein?«, ich sagte fast weich »Miroslav. Das ist doch eine unsinnige Frage. Er will es nicht, weil er mich nicht liebt, das ist alles«, Miroslav schüttelte den Kopf wie ein Clown. Das Radio spielte tschechische Volksmusik. Ich setzte mich jetzt doch, nicht weil ich dieses Gespräch fortsetzen wollte, sondern weil ich mich plötzlich ganz krank fühlte. Ich dachte an Micha und Sarah unter irgendeiner Autobahnbrücke am Wasser, an die kleinen Ringe aus Blech, den Verkehr, der über sie hinwegrauschen würde, den brackigen Geruch des Flusses, Sarahs Gesicht. Ich fragte mich, ob sie sich irgendwas versprechen würden, wenn sie die Ringe tauschten, was verspricht man sich, wenn man sich verlobt, vielleicht könnte ich Miroslav fragen, es schien mir, als würde er es wissen. Ich sah ihn an, er stand am Herd, wendete den Fisch, schnitt Tomaten auf, streute Salz darüber und Pfeffer, und dann unterbrach er meine Gedanken und sagte »Du könntest hierherkommen. Du könntest doch einfach hierherkommen, du könntest hier mit mir leben, du könntest es versuchen. Wir würden das lernen. Ich habe Geld und Arbeit, du wärst sicher, wir würden lernen, uns zu lieben, es ist möglich, das zu lernen«. Ich sagte »Ja. Das könnte ich. Aber ich werd's nicht tun«, mein Herzschlag schien sich zu verlangsamen. Er sah mich an. Ich sah an ihm vorbei aus dem Fenster auf die Hinterhofbrandmauer, die vom Himmel nicht mehr zu unterscheiden war. Ich dachte über seinen Vorschlag nach. Ich saß da und dachte darüber nach und stellte mir etwas vor, so präzise und schmerzhaft wie möglich. Dann redeten wir nicht mehr miteinander.

Am Anfang des Jahres, als ich Jacob kennengelernt hatte und wahrscheinlich schon liebte, sofort und auf der Stelle liebte, ging er mir aus dem Weg, und ich verbrachte Nächte damit, in Kneipen auf ihn zu warten. Ich überließ mich dem Zufall und ging los, in irgendeine Bar, von der ich wußte, daß er dort manchmal trank. Ich setzte mich an den Tresen, bestellte ein Glas Wein und wartete auf ihn. Ich sah durch die beschlagenen Fenster auf die Straße, und wenn da einer ging, der seine Gestalt hatte, seine Haltung, der vielleicht seinen Schritt verlangsamte, stehenblieb, die Tür aufstieß und hereinkam, schlug mein Herz hoch. Manchmal war er es, manchmal war er es nicht. Heute, da ich nicht mehr auf Jacob warten muß, weil er mir nicht mehr aus dem Weg geht, gibt es Nächte, in denen ich neben ihm sitze in einer Bar, und einer geht draußen am Fenster vorbei und wird langsamer, sieht durch die beschlagenen Scheiben herein, dreht sich weg und geht weiter. Dann stolpert mein Herz in einem gewohnheitsmäßigen Erschrecken, und erst in diesem Augenblick weiß ich wieder, Jacob kann es nicht gewesen sein. Es gibt Nächte, in denen ich ganz klar und deutlich denke »Ruf Jacob an, frag ihn, ob er nicht noch einmal rausgehen will, die Nacht ist so warm, wir könnten zusammen trinken, nur ein kleines Glas Wein«, und dann drehe ich mich zu ihm um, ich kann ihn nicht mehr fragen, er ist schon da.

Peter und ich ließen Miroslav gegen neun Uhr am Abend allein. Sarah und Micha waren nicht zurückgekommen, und Miroslav hatte erklärt, daß er auch nicht vorhätte, mit wem auch immer um Mitternacht auf das neue Jahr anzustoßen, er hätte niemandem etwas zu wünschen und wolle auch seinerseits keine guten Wünsche empfangen, wir könnten gehen. Wir saßen noch bei ihm, bis er seine Fischstäbchen, seine Tomaten und Zwiebelbrote alleine aufgegessen hatte, wir saßen zu seiner Linken und seiner Rechten und sagten kein Wort. Dann gingen wir los und ließen ihn auf dem Sofa zurück, er hatte Pantoffeln an, eine Strickjacke, einen Schal um den Hals, er sah aus wie ein altes Gespenst. *Janáčkovo nábřeží, Smetanovo nábřeží, Masarykovo nábřeží.* Wir liefen Hand in Hand an der Moldau entlang, und ich erinnere mich, wie Peter sagte »Diese Tschechen können in ihrer Sprache wirklich die meisten Konsonanten am schönsten unterbringen«, er sagte »Ich liebe Prag«, was mich überraschte. Ich sagte »Warum liebst du Prag?«, er sagte »Was fragst du mich da?«, ich hielt seine Hand sehr fest. Ich glaube, wir trauten damals den Worten nicht, wir wollten irgend etwas anderes für uns sprechen lassen – und was? Die Moldau, den Fluß, die Winterkälte, den Strahlenkranz der Laternen, wenn man die Augen zusammenkniff, all das, und alle Fragen ohne Antworten, alle Feststellungen ohne Fragen, wir waren zusammen, morgen würden wir das nicht mehr sein, mehr gab es nicht zu sagen. Ich habe das geglaubt. Ich bin mir nicht sicher – glaube ich das heute noch? Wir trieben durch die Straßen, bis es uns zu kalt wurde, wir tranken ein Bier und einen Tee in einem tschechischen Restaurant, in dem ich, als ich von der Toilette zurückkam, Peter lange Zeit nicht mehr wiederfinden konnte, so wenig unterschied er sich von den anderen. Die Tschechen saßen eher still beieinander, sie schienen Silvester nicht besonders viel Bedeutung beizumessen. Erst um halb zwölf wurde es ein wenig unruhig, einige bezahlten und gingen, ich hätte gerne gewußt, wohin. Gegen Mitternacht standen wir auf einer Brücke über der Moldau, wir hatten keinen Sekt und keine Raketen und auch keine Uhr. Wir waren zwischen den Jahren, unverankert, irgendwo, dann explodierten die Raketen über dem Hradschin, und alle um uns herum umarmten sich, wir umarmten uns auch. »Frohes neues Jahr, Peter. Alles Gute. Es wird alles gut werden, braucht nur alles seine Zeit, und sei nicht traurig, ich bin schon traurig genug.« »Alles Gute für dich«, sagte Peter. Gegen ein Uhr liefen wir zurück, das bunte Papier der abgebrannten Silvesterknaller färbte den Schnee am Straßenrand rot und blau, meine Hände waren kalt, meine Füße auch, ich war am Ende, ich wußte, morgen fahre ich zurück, nach Hause, Silvester ist vorbei, ist überstanden. Die Wohnung war überheizt, Miroslav lag in der Badewanne, Micha saß auf dem Sofa, hatte ein Papierhütchen auf dem Kopf und starrte in den Fernseher, Sarah war nicht da. Auf dem Fußboden lag schmutziges Konfetti. Wir setzten uns zu Micha und stießen mit Schnaps an, nebenbei, »Frohes neues Jahr«, ich nippte einen winzigen Schluck, der mir noch lange auf der Zunge brannte. Im Badezimmer plätscherte Miroslav herum, im Fernseher tanzte das tschechische Fernsehballett vor einer heruntergekommenen Strandkulisse. Micha summte ein wenig vor sich hin, unbeteiligt, unverwüstlich, an seiner linken Hand glitzerte der kleine Ring aus Blech. »Wo ist Sarah?« fragte Peter, »Draußen, schießt ihre Raketen ab«, sagte Micha, »Und wo ward ihr?« Miroslav lief in einem beschämenden Bademantel einmal an uns vorbei. Die Raketen draußen am Nachthimmel explodierten vereinzelt, weit voneinander entfernt. Wir saßen alle drei auf dem Sofa und sahen in den Fernseher, ab und an sagte Micha so etwas wie »Na eine Stunde ist schon mal um«, wir aßen Erdnüsse, Chips, Bananen, Karamelbonbons und saure Gurken, und dann stand ich auf und sagte »Gute Nacht«.

Als ich das letzte Mal mit Jacob aufs Land fuhr, hielten wir an einer Tankstelle an der Landstraße, weil ich auf die Toilette mußte. Ich stieg aus dem Auto und fragte, ob ich ihm etwas mitbringen solle, er sagte »Ja, einen Schokoriegel«. Ich betrat die Tankstelle, die dicke

Tankwartin grüßte mich nicht und verlangte eine Mark für die Benutzung der Toilette, sie sagte »Und er muß nicht?«, was mich amüsierte, ich sagte »Nein, er muß nicht«. Ich kaufte den Schokoriegel. Als ich von der Toilette zurückkam, stand die dicke Tankwartin draußen an der einzigen Zapfsäule, mit verschränkten Armen und verschlossenem Gesicht, Jacob war mit dem Auto bis zur Ausfahrt weitergefahren und ausgestiegen, lehnte jetzt an der offenen Autotür und sah über die Landstraße. Ich lief auf ihn zu und spürte den Blick der Tankwartin in meinem Rücken. Ich sah, was sie sah – ein Auto mit offenen Türen, einen Mann, wartend, eine Frau, die Frau steigt auf der Beifahrerseite ein, er steigt auch ein, die Türen schlagen zu, er gibt Gas, sie fahren los, das Auto entfernt sich, ist schnell nicht mehr zu sehen. Letztendlich ist das der einzige Moment gewesen, in dem ich mich und Jacob gefühlt habe – in diesem Blick einer Tankwartin an einer heruntergekommenen Tankstelle an der Landstraße.

Irgendwann in den ersten Stunden des neuen Jahres in Prag bin ich aufgewacht. Ich wachte auf und wußte einen Moment lang nicht, wo ich war, das Zimmer war dunkel, ich konnte das Atmen eines anderen Menschen hören, tief und ruhig. Der Himmel vor dem Fenster war schwarz, kein Stern, kein Mond. Ich setzte mich auf. Neben meinem Bett auf dem Boden, zusammengerollt wie ein Kind und in einem Schlafsack lag Peter, den Kopf auf die gefalteten Hände gelegt. Ganz von ferne konnte ich leise Stimmen und Musik hören. Ich stand auf, der Fußboden war kalt, die Dielen knackten, ich wollte Peter auf keinen Fall wecken, hätte ich ihn dann nicht bitten müssen, sich mit mir auf dieses schmale Bett zu legen, der Fußboden war viel zu kalt. Ich ging auf Zehenspitzen durch die leeren Zimmer, die Türen standen offen, nur die letzte Tür zu Miroslavs Zimmer war geschlossen, durch den Türspalt fiel ein grünes Licht. Ich trank in der Küche ein Glas Wasser aus der Leitung, das Wasser schmeckte metallisch und bitter, ich war durstig und trank zu schnell, mein Magen zog sich zusammen. Ich dachte, vielleicht habe ich Heimweh, vielleicht Sehnsucht, vielleicht habe ich schlecht geträumt, und dann fiel mir ein, wie Lukas, der niemals über die Liebe sprechen wollte, dann ein einziges Mal doch etwas über sie gesagt hatte – Liebe sei Mißbrauch, so oder so. Ich stellte das Glas ins Abwaschbecken, ging durch den Flur und öffnete vorsichtig die Tür zu Miroslavs Zimmer. Das grüne Licht kam aus dem Fernseher, die Stimmen und die Musik auch, Miroslav saß auf dem Sessel zwischen den Erdnußschalen, er war wach und sah mich an, als hätte er auf mich gewartet. Er war alleine, Sarah und Micha schienen verschwunden zu sein, vielleicht lag auch Peter gar nicht auf dem Fußboden neben diesem Bett am anderen Ende der Wohnung. Ich blieb in der Tür stehen und atmete tief ein und aus, so als wolle ich mir einen Geruch einprägen und mit dem Geruch einen Zustand – dieses Zimmer, grün wie ein Aquarium, voll von Rauch und Unwirklichkeit, die darin treibenden sinnlosen Dinge, ein Sofa, ein Tisch, ein Bücherregal, Gläser und Flaschen, Steine aus dem Riesengebirge, gerahmte Fotos, vertrocknete Pflanzen, Miroslav in seinem Sessel, eine Gestalt ohne Knochen und ohne Ton, und irgendwo darin auch ich, in irgendeiner anderen Nacht, und ein Blick zwischen mir und Miroslav, ein Blick von mir zu ihm und von ihm hin zu mir, so würden wir sitzen, immer und immer. »Willst du wissen«, sagte Miroslav jetzt und seine Stimme klang erstaunlich klar, »willst du eigentlich wissen, was *traurig* heißt auf tschechisch?« »Ja«, sagte ich »natürlich will ich das wissen.« »Nun«, sagte Miroslav und er bewegte sich kein Stück dabei, trotzdem schien sich der Abstand zwischen uns zu verringern, »*smutna* heißt das. *Smutna*, das heißt traurig.«

Jacob sagt »Und dann?« Es ist elf Uhr am Abend, wir haben das chinesische Essen aufgegessen, ich habe wenig gegessen und statt dessen viel geredet, Jacob ist nichts aufgefallen. Er zündet sich eine Zigarette an und reicht sie an mich weiter, eine Geste, die viel bedeuten soll. Er sagt »Und dann? Was war dann?« Ich nehme die Zigarette und gieße mir eine neue Tasse Tee ein, wir sitzen noch immer auf dem Boden, eine Position, die es später einfach machen wird, uns zu küssen und zu berühren. Es ist warm im Zimmer, draußen ist es kalt, noch zwei Wochen bis Silvester. Ich sage »Nichts war dann. Am nächsten Morgen bin ich zurück nach Berlin gefahren. Peter hat mich zum Zug gebracht. Er ist länger geblieben, er ist zwei Tage später mit Sarah und Micha im Auto zurückgefahren«. Jacob lächelt wissend. Er schweigt eine Weile, er denkt über das Erzählte nach. Ich weiß, daß er mich gleich fragen wird, was Peter heute macht, wo er ist und wie es ihm geht, Micha und Sarah, sind sie noch verlobt? Und was will ich antworten. Peter sitzt in der Grellstraße in seinem schönen Zimmer mit dem Blick auf die Kastanien, die Platanen, in seinem Kühlschrank ist immer Bier und eine Flasche Schnaps. Wann immer ich komme, öffnet er mir die Tür, und dann setze ich mich neben ihn auf das Sofa und halte seine Hand und lege meinen Kopf auf seine Schulter. Ich denke »Du solltest bleiben«, und bleibe nicht. Sarah und Micha haben sich getrennt, ein halbes Jahr nach diesem Silvester, Sarah lebt jetzt zusammen mit einem Rechtsanwalt am Kurfürstendamm, Micha ist im Juni aus dem Fenster einer Wohnung im zweiten Stock gefallen und hat diesen Sturz nur knapp überlebt. Seitdem ist er ein anderer und sagt, er hätte abgeschlossen mit der Welt und nicht mehr viel Zeit, nicht daß ihn das traurig machen würde, nein. Oder die andere Geschichte, auch wahr, der Morgen im Mai, an dem Sarah und Micha die Filiale der Deutschen Bank in Reinickendorf überfallen haben, dann drei Monate lang nicht mehr aus dem Haus gingen und mit Peter im September nach Südamerika gefahren sind, von wo aus sie Briefe schreiben und Pakete schicken mit Kaffee, Schnaps und Zuckerrohr. Jetzt muß ich lachen. Jacob sieht mich an und sagt freundlich »Was lachst du? Was machen die jetzt – Peter, Sarah und Micha?« Ich mache ein fragendes Gesicht. Ich möchte sagen »Jede Geschichte hat ein Ende«. Ich möchte sagen, daß auch unsere Geschichte ein Ende haben wird und daß ich dieses Ende kenne, ich möchte ihn fragen, ob er es hören will, ich hätte größte Lust, ihm davon zu erzählen. Er streckt seine Beine aus und setzt sich ein wenig anders hin, näher zu mir, in ungefähr dreieinhalb Minuten wird er mich anfassen. Vielleicht sagt er »Erzähl's schon«. Vielleicht sage ich »Ich kann nicht damit aufhören, mir die Zukunft vorzustellen, Jacob. Ich kann nicht aufhören zu denken, daß ich irgendwann und vielleicht schon bald jemandem die nächste Geschichte erzählen werde, eine Geschichte über dich«. Er seufzt und zieht die Schultern hoch. Dann sieht er mich an, mit seinen braunen Augen, die etwas zu groß sind, offen und fragwürdig zugleich, er wird mir demnächst eine dieser Fragen stellen, auf die ich nie eine Antwort weiß, eine Frage, die ihn animiert – »Was ist dir lieber, ein Kuß in den Nacken oder ein Biß in den Kehlkopf?« Ich wünschte, er würde das nicht tun. Ich wünschte, er würde gehen. Er geht auch, nur noch nicht jetzt.

## Die Liebe zu Ari Oskarsson

*Some enchanted evening*
*you may see a stranger,*
*you may see a stranger*
*across a crowded room*

Es war Oktober, als Owen und ich die Stadt verließen, um nach Tromsø zu reisen. Wir hatten uns im Sommer mit einer albernen kleinen CD voller Liebeslieder bei Musikfestivals überall in Europa beworben, wir erhielten keine einzige Einladung, und auch sonst gab es keine Resonanz, und als im September die Einladung für das Nordlicht-Festival in Norwegen in meinem Briefkasten lag, nahm ich an, dies sei ein Scherz. Owen riß den Briefumschlag auf und hielt mir Flugtickets und Busfahrkarten vor das Gesicht, er sagte »Ist kein Scherz«, das Nordlicht-Festival lud uns für eine Woche nach Tromsø ein. Ich mußte im Atlas lange suchen, bis ich Tromsø überhaupt finden konnte. Ein Konzert in einem kleinen Club ohne Gage, dafür aber Kost und Logis umsonst und die hundertprozentige Wahrscheinlichkeit, ein Nordlicht zu sehen. »Was ist ein Nordlicht?« sagte ich zu Owen, und Owen sagte »Materie. Ins All geschleuderte Materie, ein Haufen heißer Elektronen, zerborstene Sterne, was weiß denn ich«.

*Ich fahr nach Paris* hieß eines dieser Lieder auf der CD. *Ich fahr nach Paris und ich fahr nach Tokio, nach Lissabon, Bern, Antwerpen und Rom, ich fahr um die Welt and I'm just lookin' for you, glaub mir, ich suche nur dich.* Es war ausgesprochen albern. Owen sang mit einer ausgeleierten Kinderstimme vor sich hin, schlug eine Saite auf seiner Gitarre, und ich spielte dazu hohe Töne auf dem Klavier, es war albern, aber es hatte eine Art von sinnlosem Reiz, insbesondere vermutlich für Leute, die den Text nicht verstanden. Es machte Owen und mir Spaß, miteinander an eigentlich unnützen Dingen zu arbeiten. Wir verbrachten gerne Zeit zusammen, wir redeten gerne über das, was wir tun könnten, tun würden, wenn wir Geld hätten, anders sein, anders leben würden. Owen hatte seine Freunde, und ich hatte meine. Wir hatten kein gemeinsames Leben, wir waren nicht ineinander verliebt, wir hätten jederzeit auseinandergehen können, ohne irgend etwas zu vermissen. Wir hatten diese CD aufgenommen und selbst gebrannt, es war unsere dritte gemeinsame Produktion, wir schenkten sie unseren Freunden, bewarben uns auf den Off-Festivals, und als Tromsø uns einlud, hatte ich schon beschlossen, mit dem Musikmachen aufzuhören. Owen hatte gar nichts beschlossen. Er machte mal dieses und mal jenes, er hatte nicht vor, sich für irgend etwas zu entscheiden, und er konnte eine ganze Menge Dinge, singen und tanzen und mittelmäßig schauspielern und Fußböden verlegen, Wasserrohre installieren, Trucks fahren, Kinder beaufsichtigen. Owen freute sich auf Tromsø. Er sagte »Komm schon, freu dich, wir können eine Reise machen, eine Reise

irgendwohin. Ist das nichts, oder was?«, und ich sagte
»Doch, das ist etwas«.

Wir flogen nach Oslo und fuhren von Oslo weiter mit
dem Bus. Owen hatte zu dieser Zeit ein Verhältnis mit
einer Sängerin, die in einer einigermaßen bekannten
Band ebensolche Texte wie unseren *Ich-fahr-nach-Pa-
ris*-Text sang, allerdings mit einer erstaunlichen Ernsthaftigkeit. Die Sängerin war sehr schön und sah immerzu ein wenig mitgenommen aus, sie brachte uns
zum Flughafen und schien Owens einwöchige Abwesenheit nur schwer zu verkraften. Wir stoppten vor
dem Flughafen kurz in einem Parkhaus, über das die
Flugzeuge beim Landeanflug so tief hinwegdröhnten,
daß man die Gesichter der Passagiere in den winzigen
Fenstern sehen konnte. Wir fuhren mit dem Fahrstuhl
auf das Dach. Die Sängerin trug unter ihrem Pelzmantel ein trägerloses Abendkleid und Netzstrümpfe,
sie zog den Pelzmantel aus, was mich beeindruckte,
weil es ziemlich kalt war. Sie stellte sich am Rand des
Parkhausdaches in Positur, legte den Kopf in den
Nacken und reckte ihre langen, schönen Arme grazil
in den Himmel. Als ein Flugzeug dicht über uns hin-
wegflog, stellte sie sich auf die Zehenspitzen, so daß es
schien, als könne sie sich an den ausgefahrenen Rädern festhalten und mit ihm davonfliegen. Ich flüsterte »Was soll das?«, und Owen sagte dramatisch »Abschied, Mann. Das ist der Abschied, so sieht er aus. Ich
soll sie nicht vergessen, darum geht's«. Die Sängerin
sah Owen an, hängte sich den Pelzmantel über die
nackten Schultern, wir verließen das Parkhaus und

fuhren weiter zum Flughafen. Owen wirkte abwesend. Er hatte extreme Flugangst und beschäftigte sich mit einer Menge therapeutischer Bewältigungsmethoden, Atemtechniken, dem Rezitieren von Gedichten und Dehnungsübungen. Er nahm einen Schluck aus einer Flasche mit irgendeiner Bachblütenrezeptur. Er kritzelte etwas auf einen kleinen Zettel und ballte die Faust darum. Die Sängerin wollte ihm den Zettel aus der Hand winden, Owen machte die Faust nicht auf. Der Schalterbeamte von SAS sagte ungeduldig »Fensterplatz oder Gang«, und Owen schrie beinahe »Gang, Mann!«, es war ihm unmöglich, am Fenster zu sitzen. Er küßte die Sängerin pflichtschuldig unzählige Male heftig auf den Mund, ich sah entschuldigend den Schalterbeamten an. Unser Gepäck rumpelte auf dem Förderband davon. Die Sängerin hing um Owens Hals und sagte weinerlich »Was steht auf dem Zettel, Owen. Was steht da drauf?«, ich wußte, was auf dem Zettel stand, »Papa liebt dich, Paule«, Paul war Owens Sohn. Owen schrieb vor jedem Flug diesen kleinen Zettel und hielt ihn den ganzen Flug über in der Hand. Er hatte die Vorstellung, daß man ihn nach dem Absturz des Flugzeuges wie durch ein Wunder unversehrt auffinden würde, man würde seine zusammengeballte Hand öffnen, und die Welt würde wissen, an wen Owen in seinen letzten Minuten gedacht hatte, eine Vorstellung, die ihn – so unwahrscheinlich sie auch war – zu beruhigen schien. Owen sagte grob »Geht dich nichts an«. Die Sängerin blieb hinter der Glasscheibe der Abfertigungshalle zurück. Ich schaltete mein Handy aus. Durch die großen Fenster konnte ich die Propellermaschine sehen, die uns nach Oslo fliegen sollte, und ich wandte mich ab.

Tromsø war trostlos. Ich kann mich nicht erinnern, jemals eine Stadt im Norden gesehen zu haben, die nicht trostlos gewesen wäre, außer vielleicht Stockholm. Aber Tromsø war außergewöhnlich trostlos. In all diesen Städten scheint es so, als wäre immer zuerst ein Hafen dagewesen, dann ein paar Fischerhäuser drumherum, dann eine kleine Fischfabrik und mehr Häuser und eine größere Fabrik, eine Einfallstraße, eine Ausfahrtsstraße, ein Einkaufszentrum, ein Downtown, eine Vorstadt, die sich planlos zersiedelte und dann zu verenden schien. Niemand holte uns von dem kleinen Busbahnhof ab, und in der Zentrale des Nordlicht-Festivals ging keiner ans Telefon. »Drecksland«, sagte Owen. Wir standen vor dem Busbahnhof an einem schäbigen Kiosk und tranken lauwarmen Kaffee aus dünnwandigen, knittrigen Plastikbechern. Der Wind war entschieden kälter als zu Hause. Als ich eine Stunde später noch mal beim Nordlicht-Festival anrief, ging eine Frau mit der Stimme einer Hundertjährigen an den Apparat. Sie verstand meine Fragen nicht und rückte irgendwann erbittert die Adresse eines Gästehauses in der Innenstadt heraus. »Gunnarshus. See, if you can stay there.« Ich schrie in den Hörer »Festival! Musikfestival, you know! Nordlicht. Und wir sind eingeladen, verdammt noch mal!«, und sie schrie in beeindruckend akzentfreiem Deutsch zurück »Das Festival fällt aus!« Dann legte sie auf. Ich ging zu Owen, der mit dem Rest seines Hot dogs einen kümmerlichen

Hund fütterte und mit seiner über die Schulter ge-
hängten Gitarre unecht aussah. Ich sagte »Das Festival fällt aus«, nahm meinen Rucksack und ging zurück
in den Busbahnhof. Hätte der Bus nach Oslo abfahr-
bereit dagestanden, ich wäre eingestiegen und sofort
zurückgefahren, aber natürlich war der letzte Bus nach
Oslo schon weg. Owen kam nicht nach. Ich studierte
die Abfahrpläne, die unverständlichen norwegischen
Wörter, die Reklametafeln für Lakritzstangen und Ap-
felsinensaft. Dann ging ich wieder hinaus. Owen stand
noch immer an dem Kiosk herum und hatte jetzt eine
Flasche Lightbier in der Hand. Ich sagte zögernd
»Wir könnten es in Gunnars Guesthouse versuchen«,
Owen sagte »Na also«, und dann zogen wir los.

Das Gunnarshus lag in einer kleinen Straße in Downtown, einem Viertel zumindest, das so etwas wie das
Zentrum von Tromsø zu sein schien. Es gab erstaunlich viele kleine Läden und etliche Kneipen, zwei große Supermärkte, mehrere Hot-dog-Buden und ein
McDonald's. Das Gästehaus war bis auf zwei erleuch-
tete Fenster im ersten Stock dunkel, es wirkte verlassen und heruntergekommen. Owen schlug mit der flachen Hand gegen die Tür, die Tür ging auf, der Flur
dahinter roch feucht und muffig. Wir blieben ratlos
draußen stehen. Owen rief »Hello!« in die Dunkelheit
hinein. Irgendwo weit hinten ging ein Licht an, und
jemand kam den Flur entlanggeschlurft. Die Tür wurde geschlossen und dann wieder geöffnet, einen Spalt
breit. Durch den Spalt lugte ein mondhelles, schmales
Norwegergesicht. »Nordlicht-Festival«, sagte Owen

niedlich. »Fällt aus«, sagte das Gesicht, die Tür wurde weit geöffnet, und eine Art Flakscheinwerfer strahlte uns an, wir rissen die Hände vor die Augen. »Herzlich Willkommen. Die späten Gäste sind mir die liebsten.«

Es hatte keine einzige Band die Einladung zum Nordlicht-Festival angenommen außer uns. Es war einfach niemand gekommen, anscheinend hatten alle – so wie ich – diese Einladung für einen Scherz gehalten. »Na, und was sollen wir jetzt machen?« sagte Owen, wir saßen in Gunnars Küche am Tisch und tranken schwarzen Tee mit Milch, der mich an englische Waisenkinderheime denken ließ. Die Küche war warm und gemütlich, Gunnar hatte sich ans Fenster in einen Schaukelstuhl gesetzt und rauchte eine Zigarette, er trug einen Norwegerpullover und Filzpantoffeln, ich hätte es auch sehr bedauert, wenn er anders ausgesehen hätte. Das Licht vor dem Fenster war blau. Ich zog mir die Jacke aus und hängte sie über meine Stuhllehne. Ich wollte bleiben in Tromsø. Nicht mehr weggehen aus Tromsø. Norwegen. Fjorde und Wasserfälle und in den Wäldern Straßen, auf denen man selbst am Mittag das Fernlicht anschalten mußte. »Wenn ihr schon mal da seid«, sagte Gunnar, »könnt ihr auch bleiben.« Es schien ihn eigentlich nicht zu interessieren. »Es ist Oktober. Kommt ohnehin niemand nach Tromsø, kein Tourist, niemand. Ihr hättet hier gewohnt, wenn ihr gespielt hättet, ihr könnt auch jetzt hier wohnen, eine Woche lang, wenn ihr das wollt. Wollt ihr?« Owen sah sich in der Küche um, als müsse er das erst abwägen. Ein alter gußeiserner Herd. Kleine Regale voller Henkeltassen und abgeschlagener Teller. Sieben Stühle um den Holztisch herum. An der Wand über dem Abwaschbecken eine Art Reglement für die Gäste, Kinderschrift auf Packpapier: »Bier und Wein aus dem Kühlschrank immer aufschreiben. Immer abwaschen. Abstürzen auf dem Zimmer. Frühstück bis zehn Uhr«. »Was ist das hier?« sagte Owen, »eine Jugendherberge? Ein Heim für Rock' n' Roller?« Gunnar sagte »Ein Gästehaus. Ich vermiete Zimmer im Sommer an Touristen, und im Winter wohnen die Musiker hier, die zum Festival kommen, und so ein paar andere Leute, ihr werdet sie sehen. Es sind noch zwei Leute da gerade, Deutsche, so wie ihr«. Owen sah mich an. Ich sah Owen an. Sein Gesicht verriet diese erwartungsvolle Glückseligkeit, die ich kannte und mochte. Ich sagte nichts, und Owen sagte »Also – ich schätze mal, wir bleiben«.

Das Zimmer in Tromsø war ein Zimmer, wie ich es aus billigen Hotels in New York kannte. Ein breites amerikanisches Bett und ein Waschbecken mit einem Spiegel darüber, ein Sperrholzschrank und eine weißlackierte Heizung, in der das Wasser gluckste. Das Fenster ging auf die kleine Straße hinaus, aber das Zimmer war so, als ob draußen auch Soho, Little Italy oder die First Avenue im East Village hätte sein können, ein Zimmer, das größer schien, als es war, und in dem man auf diesem Bett herumliegen konnte und das tun, was man tut, wenn man verliebt ist – sich etwas vorstellen, sich seinem Herzklopfen hingeben, jedem die Tür aufmachen und immer auf Reisen sein wollen.

»Können wir nicht für immer einfach hierbleiben?« sagte Owen, ganz aufgelöst. »Wollen wir nicht einfach hierbleiben in Tromsø, in Norwegen, kein Mensch zu Hause weiß, wo wir eigentlich sind.« »Ich weiß auch nicht, wo wir sind«, sagte ich. Wir standen nebeneinander am Fenster, wir rauchten und sahen hinaus. Über Owens Gesicht huschten Lichtreflexe eines vorüberfahrenden Autos, das Zimmer war warm, weit entfernt schlug eine Tür zu, jemand lief langsam den Flur entlang. »Als ich klein war, wollte ich Kampfpilot werden«, sagte Owen. »Habe ich dir das eigentlich schon mal erzählt, daß ich Pilot werden wollte?« »Hast du nicht«, sagte ich, »Erzähl es mir jetzt.«

All diese Menschen, die ich jemals auf einer Reise in der Fremde kennengelernt habe, habe ich – wenn sie so wie ich Reisende gewesen sind – später nie wieder gesehen. Auch Martin und Caroline, die wir im Gunnarshus trafen, werde ich nicht wiedersehen, was nicht schlimm ist, weil ich sie nicht vergessen werde. Martin war für ein Jahr in Tromsø, Caroline für ein halbes. Martin studierte Skandinavistik in Bonn und war nach Norwegen gekommen, um seine Doktorarbeit zu schreiben, eine komplizierte Abhandlung über altnorwegische Handschriften. »Tromsø«, sagte Martin, »hat das größte Archiv für norwegische Schriften«, ich glaubte ihm das nicht, und mir schien, daß er hier eigentlich etwas ganz anderes suchte, aber ich habe ihn nicht zwingen wollen, mir davon zu erzählen. Caroline war als Au-pair-Mädchen nach Tromsø gekommen, sie war sehr jung und studierte eigentlich Germanistik in

Tübingen. Sie wirkte scheu, hatte eine ernsthafte, leicht zu beeindruckende Sicht auf die Welt, war begeisterungsfähig und von einer bemerkenswerten Angstfreiheit. Die Familie, in der sie in Tromsø als Au-pair arbeiten sollte, war zerrüttet, der Vater trank, schlug Frau und Kinder und griff Caroline betrunken immerzu unter den Rock, was sie dazu brachte, die Stelle zu kündigen, nicht aber Tromsø zu verlassen. Sie fing an, bei McDonald's zu arbeiten und schob bei Geschäftsschluß die Einkaufswagen des Supermarkts zusammen, sie sagte, es sei schön in Tromsø und schön in Norwegen, sie würde auch ohne diese Au-pair-Stelle so lange bleiben, wie sie sich das vorgenommen hätte, vielleicht sogar länger. Owen sagte später »Caroline hat so etwas Beruhigendes«, womit er genau das traf, was ich auch empfand.

Wir führten dieses erste Gespräch über den Grund unserer Reisen und das Für und Wider der Anfänge und Abschiede am Morgen in der Küche, Caroline lehnte in ihrem Mantel mit einem Becher Tee in der Hand am Fenster an der Heizung und war eigentlich schon auf dem Weg zu McDonald's, Martin hatte einen Stapel Manuskripte auf dem Tisch ausgebreitet, er arbeitete, Gunnar war nicht zu sehen. Alle beide waren unserer Ankunft im Gunnarshus eher freundlich und teilnahmslos begegnet, zwei Deutsche in Tromsø, nichts Erstaunliches. Sie gingen ihren morgendlichen Verrichtungen nach, vertraut miteinander und höflich mit uns, sie überschlugen sich nicht unbedingt vor Interesse für unsere Musik oder das geplatzte Festival. Später habe ich mich daran erinnert, daß auch ich mich so verhalten habe, wenn ich unterwegs war, für längere Zeit an einem fremden Ort, und jemand kam nach, ein Neuankömmling, ein aufgeregter Anfänger, der sofort alles wissen wollte über die besten Bars und die billigsten Läden und die schönsten Ausflugsziele der Umgebung. Ich hatte dann dieses gesagt und jenes, auf den Lauf der Zeit verwiesen und mich wieder meinen Dingen zugewandt; nicht aus Hochmut, eher eigentlich aus Unsicherheit, weil ein Fremder, in all der Aufregung und Bedrängtheit des Fremdseins, mich an meine eigene Fremdheit erinnerte. Martin sagte »Café Barinn, wenn ihr einen guten Kaffee trinken wollt«, und Caroline sagte immerhin »Wir könnten zusammen kochen, heute abend«, dann ging sie los, schloß die Tür so sachte hinter sich, wie es nur Menschen tun, die immerzu auch an den anderen denken.

Ich blieb in Tromsø im Haus. Fast ausschließlich. Ich hatte beschlossen, so zu tun, als sei dieses Zimmer im Gunnarshus ein Ort, an dem ich mich einquartiert hätte, ohne daß ein Ende dieses Aufenthaltes abzusehen gewesen wäre, ein Ort zudem, an dem die Welt vor meinem Fenster vorüberzog, und ich immerzu hätte überall sein können, das Draußen war ohne Bedeutung. Ich lag auf dem Bett und las in Carolines Büchern – Hofmannsthal, Inger Christensen, Thomas Mann – und in Martins Büchern – Stephen Frears, Alex Garland und Heimito von Doderer. Ich hatte das Gefühl, als habe der Zufall mich in dieses Zimmer gespült, damit ich etwas herausfinden sollte über mich, darüber, wie es weitergehen sollte mit mir und mit allem, ein langes Innehalten vor etwas scheinbar Großem, von dem ich nicht wußte, was es sein sollte. Ich ging manchmal die kurze Hauptstraße von Tromsø hinauf und hinunter und betrachtete meine Gestalt in den Spiegelscheiben der Schaufenster, dann ging ich zurück ins Haus, legte mich auf das Bett und sah aus dem Fenster hinaus. »Bist du glücklich?« sagte Owen, und ich sagte »Bin ich«. Owen selbst ging immerzu hinaus. Er erkundete Tromsø wie für eine Studie, er hatte innerhalb von 48 Stunden alles herausgefunden, was in Tromsø schön oder seltsam oder abstoßend oder außergewöhnlich war, er kam wieder, setzte sich zu mir auf die Bettkante und erzählte mir davon, ohne daß dieses Erzählen in mir das Bedürfnis ausgelöst hätte, auch nur irgend etwas von dem zu sehen, was er gesehen hatte. Er behielt seine Mütze auf dem Kopf, zog seinen Anorak nicht aus, rauchte eine Zigarette und stürzte dann wieder hinaus, knallte die Tür hinter sich zu. Ich konnte ihn am Fenster vorbeirennen sehen. Wenn Caroline abends aus dem Supermarkt und Martin aus seinem mysteriösen Archiv für norwegische Handschriften zurückkamen, setzten wir uns zusammen in die Küche, aßen miteinander, tranken eine Flasche Wein. Manchmal setzte Gunnar sich dazu, sagte nie etwas und zog sich auch schnell wieder zurück. Owen kochte Nudeln mit Garnelen, Nudeln mit Tomaten, Nudeln mit Lachs. Es gab Schokolade zum Nachtisch und grüne Bananen. Caroline und Martin gaben ihre Zurückhaltung und ihr höfliches Desinteresse auf. Weil wir uns fremd waren, weil wir nur zufällig und für eine kurze Zeit so beieinandersaßen, sprachen wir ziemlich schnell sehr vertraut über die privatesten Dinge, über unsere Herkunft, unsere Eltern, unsere Biographien und über die Liebe. Owen sagte, er sei seit dem Ende seiner letzten Beziehung ein Angstpatient. Martin sagte, er sei schwul, was Owen in eine kurzzeitige Befangenheit versetzte. Caroline sagte zögernd, sie sei bisher eigentlich noch nicht wirklich verliebt gewesen, ein Satz, über den ausgerechnet Owen in Gelächter ausbrach. Ich erzählte nichts, es gab nichts zu erzählen. Ich erzählte irgendwas über eine Liebe, die ich vor hundertzwanzig Jahren gehabt hatte, ich hatte auch das Gefühl, mich Caroline zuliebe zusammenreißen zu müssen – mit den Eingeständnissen, den Vorlieben, selbst dem Trinken –, ein Gefühl, das nicht unangenehm war. Martin sagte »Norwegische Männer sind schön«, er sah mich dabei merkwürdig an, »Ich kann sie nur empfehlen«, ein Satz, der an mir vorüberging. Ich war weit davon entfernt, mich zu verlieben. Manchmal dachte ich, ich müsse mich in Owen verlieben, aber es ging nicht, es war absolut unmöglich, ich hätte mich trotzdem gerne in ihn verliebt. Owen redete am meisten. Martin redete ziemlich viel, wenn Owen ihm zu laut, zu stürmisch und über irgend etwas zu aufgeregt wurde, ging er aus der Küche, kam erst wieder, wenn Owen nichts mehr sagte. Caroline redete am wenigsten. Meist mußte ich sie dazu auffordern zu erzählen, dann durchsetzen, daß auch Owen ihr zuhörte, er neigte dazu, sie zu übergehen. Ich mochte Caroline. Ich mochte ihre mädchenhafte, zurückhaltende Art, mit der sie dasaß, gegen ein Uhr todmüde, staunend über Owens und Martins Diskussionen über Sex und das Für und Wider von One night stands, mitgenommen und sichtbar erschöpft, und trotzdem ging sie immer erst schlafen, wenn wir alle schlafen gingen. Ich war gerne morgens mit ihr alleine in der Küche, sie machte Tee, und ich redete mit ihr, wie jemand, der ich gar nicht war – vernünftig, ein wenig altersweise, sentimental und ernst. Ich wollte, daß sie mir von ihrem Leben erzählte, und das tat sie, wenn wir alleine waren – ihre Kindheit auf dem Dorf, ihre Schwestern und Brüder, das Fachwerkhaus, in dem sie groß geworden war und das später abgerissen wurde, worüber sie noch in der Küche des Gunnarshus in Tränen ausbrach. Sie war mit zwanzig für ein Jahr nach Ghana gegangen, um dort in einem Behindertenheim zu arbeiten. Sie hatte das ganze Jahr über unter freiem Himmel geschlafen, die Malaria überlebt, war durch Westafrika gereist und hatte sich das Trinkwasser durch den Stoff ihres T-Shirts gefiltert. Sie lebte jetzt in Tübingen in einer Wohngemeinschaft mit zehn anderen Studenten, sie hatte eine beste Freundin und keinen Freund, sie dachte darüber nach, ihr Studium vielleicht in England weiterzuführen. Sie rauchte nicht, sie trank so gut wie gar nichts, und sie hatte in ihrem ganzen Leben sicherlich noch nicht mit einer einzigen Droge zu tun gehabt. Sie erzählte von sich, und ich hörte ihr zu, und irgend etwas an ihr erinnerte mich an mich selbst, an mich vor zehn Jahren, obwohl ich vor zehn Jahren ganz anders gewesen war. Ich wollte sie gerne in Schutz nehmen, ohne zu wissen, wovor. In ihrem Zimmer, das neben unserem lag, standen auf dem

Fensterbrett die Fotos ihrer Eltern und Geschwister nebeneinander aufgereiht, dazwischen Räucherstäbchen und Perlenketten aus Ghana. Wenn sie sich in der Frühe verabschiedete, um zu McDonald's zu gehen und dort acht Stunden lang Hamburger und Pommes frites über den Tresen zu schieben, wünschte ich, ich hätte mit ihr tauschen können. Wenn sie abends aus sich herausging und sich traute, etwas auch vor Martin und Owen zu erzählen, war Owen rücksichtslos und überheblich. Wir redeten über das Reisen und all die Zufälle, die Menschen zueinander hin- und wieder voneinander wegbringen, und Caroline sagte, es gebe einen Satz, den sie sehr mögen würde – das Leben sei wie eine Schachtel Pralinen, man greife hinein und wisse nie, was man bekäme, immer aber sei es süß. Und Owen griff sich an den Kopf und sagte, was für ein schwachsinniger Satz, so einen schwachsinnigen Satz habe er schon lange nicht mehr gehört, wofür ich ihm unter dem Tisch so heftig ich konnte auf den Fuß trat. Natürlich war dieser Satz schwachsinnig, aber er war auch optimistisch und in seiner ganzen Blödsinnigkeit durchaus verständlich, ich hatte Caroline diesen Satz gegönnt, und einen Moment lang haßte ich Owen dafür, daß er das nicht tat, daß er seine abgefuckte Coolness selbst hier ausspielen mußte. Martin war diplomatischer, er schien sich so wie ich zu Caroline hingezogen zu fühlen, er richtete oft das Wort an sie und fragte sie, machte den Weg frei für eine Antwort, war dann aber bald wieder mit Owen verzettelt in Grundsätzlichkeiten und langwierigen Diskussionen. So saßen wir beieinander, während es draußen meist regne-

te und Gunnar manchmal erschien und sich ein Glas
Wein eingoß, kurz zuhörte, bis er verstand, worüber
wir sprachen, und wenn er es verstanden hatte, sofort
wieder die Küche verließ. Es war, als hätten wir das
Thema, wegen dem er geblieben wäre, noch nicht gefunden und würden es vielleicht niemals finden. Ich
war angespannt und auf der Hut, ich wollte, daß nichts
von dem zerbrechen sollte, dieses Beisammensein unter Fremden an einem Ort hoch im Norden, ich zählte
die Tage, nach dem dritten verloren sie sich, und die
Zeit begann zu rasen, ich dachte ernsthaft darüber
nach, länger zu bleiben.

Wir blieben länger. Es war uns nicht möglich, Tromsø
nach Ablauf dieser einen Woche wieder zu verlassen,
es war uns absolut nicht möglich. Wir sprachen mit
Gunnar, der uns eine erträgliche Wochenmiete für das
Zimmer anbot, und verlängerten um sieben Tage. Ich
fragte Owen, ob er vorhätte, irgend jemand zu Hause
anzurufen, zu benachrichtigen, daß wir länger bleiben
würden, ich sagte »Was ist eigentlich mit deiner Sängerin?« Owen antwortete nicht. Ich blieb im Haus,
und Owen ging raus. Wenn er wiederkam, setzte er
sich zu mir und erzählte mir was, manchmal unterbrach er sich und sah mich mißtrauisch an, bis ich sagte »Was ist denn?« Er sagte »Bist du krank?«, und ich
sagte »Nein, bin ich nicht«, und er fragte »Also gut:
welche Schokolade mag ich am liebsten, und welches
Auto würde ich fahren, wenn ich Geld hätte, und welche Liebesgeschichte ist für mich die schönste«, er
hatte Angst, daß ich mich von ihm entfernen, ihn ver-

gessen könnte. Ich sagte »Pfefferminzschokolade. Mercedes Benz. Deine eigene«, und er war beruhigt und ging wieder weg. Ich wollte weiterhin nichts sehen. Ich wollte weiterhin nachdenken und so rumliegen und alleine sein und morgens mit Caroline Tee trinken und abends mit allen anderen essen. Es war wirklich ein wenig so, als wäre ich krank, als wäre ich krank gewesen und würde jetzt genesen. Ich entfernte mich nicht von Owen. Ich war nur ratlos mir selbst gegenüber und in dieser Ratlosigkeit auf eine unbekannte Art zufrieden. Wir verbrachten die Abende zusammen, Martin kam manchmal später oder verließ um Mitternacht noch einmal das Haus, ohne uns aufzufordern, ihn zu begleiten. Ich war mir sicher, daß er zu einer Verabredung ging, an deren Ende er mit jemandem im Bett landen würde, ihn weggehen zu sehen und zu wissen, daß er losging, um Sex zu haben, war verblüffend. Er brachte niemals jemanden mit ins Gunnarshus. Owen sagte an einem Abend genau ein einziges Mal zu viel »Ich bin nicht schwul«. An diesem Abend rückte er, als wir nebeneinander im Bett lagen, zu mir herüber und flüsterte in mein Ohr hinein. »Martin hat mich heute angesehen«. Ich flüsterte »Wie denn?«, und Owen sagte laut »Na sexuell, Mann«, was ich ihm nicht glaubte. Ich wußte, daß wir auf diese unpersönliche persönliche Art so schön zusammen sein konnten, weil nicht die Gefahr bestand, daß sich irgend jemand in den anderen verlieben würde – Caroline würde sich nicht in Owen verlieben, und Owen würde sich nicht in Martin verlieben, ich würde mich nicht in Owen verlieben, und Owen sich nicht in mich. Es war eine große Erleichterung, das zu wissen, und gleichzeitig war es auch traurig. Es war traurig, daß ich die Abwesenheit der Liebe, selbst die Abwesenheit einer möglichen Liebe zum ersten Mal in meinem Leben als tröstlich und erleichternd empfand.

Am Samstagabend, dem siebten Abend, gingen wir zusammen aus. Wir zogen uns im Flur unsere Mäntel an und verließen das Haus. Als ich auf die kalte, nächtliche Straße trat, hatte ich das Gefühl, seit Monaten nicht mehr an der Luft gewesen zu sein. Ich dachte daran, daß wir an diesem Abend, um diese Zeit eigentlich schon fast wieder zu Hause hätten sein sollen oder zumindest jetzt auf dem Flughafen in Oslo angekommen wären. Ich war heilfroh darüber, daß wir beschlossen hatten zu bleiben. Gunnar hatte uns eingeladen, ihn auf ein Fest der Tromsøer Künstler zu begleiten, Musiker, Plattenproduzenten, Schriftsteller und Studenten, unter anderem auch die Leute vom Nordlicht-Festival, denen Owen, wie er sagte, sofort eine aufs Maul hauen wollte. Wir fuhren gemeinsam mit Gunnars Auto, das Fest war in der Vorstadt, im Haus eines norwegischen Schriftstellers, ein Flachbau aus den fünfziger Jahren in einer ausgestorbenen Gegend. Als wir ankamen, waren schon jede Menge Leute da, die sich alle kannten, wir standen verlegen an der Garderobe herum, bis Gunnar uns einfach in das große Wohnzimmer hineinschob. Ich sagte leise »Niemandem vorstellen bitte, erst recht nicht jemandem vom Nordlicht-Festival vorstellen«, Gunnar lachte darüber und sagte »Das wird sich nicht vermeiden lassen«. Die Partygäste sahen so aus, wie ich mir norwegische Partygäste vorgestellt hätte, warm angezogen, angetrunken und mit erhitzten Gesichtern. Der Gastgeber schien keinen Wert darauf zu legen, jedem einzelnen Gast die Hand zu schütteln, ich fragte Gunnar mehrmals, wo er sei, und Gunnar sagte immer »Nicht zu sehen«. Auf einem langen Tisch standen Bier- und Weinflaschen, komische Chips und Schüsseln voller Salsa. Im Kamin brannte ein Feuer, um den Kamin hatten sich die Spezielleren der Tromsøer Künstler versammelt, eine Gruppe exzentrisch aussehender Leute, die sich von den anderen, die um die Salsaschüsseln herumstanden, deutlich distanzierten. Ich lehnte mich an eine Wand neben der Tür. Caroline brachte mir ein Glas Wein, ich hatte das Gefühl, daß ich hier niemals jemanden kennenlernen würde, wenn sie sich neben mich stellte, sie stellte sich neben mich. Martin sah sich unverhohlen nach den Schwulen um und hatte sie innerhalb von fünf Minuten alle ausfindig gemacht. Owen sprengte mit bemerkenswertem Selbstbewußtsein die Gruppe am Kamin und begann sich mit einer großen Frau zu unterhalten, die in ein Bärenfell gehüllt war. Caroline lächelte mich an. Sie lächelte mich an, wie sie mich morgens in der Küche anlächelte, wenn sie auf ihre besonnene Art den Tee zubereitete und ich im Geiste meine erste Frage an sie formulierte – »Wann hast du eigentlich angefangen, Germanistik zu studieren?« Aber das hier war nicht die Küche vom Gunnarshus. Das hier war eine ziemlich langweilige und lahme Party in der norwegischen Provinz, und dennoch wurde ich unruhig. Ich stellte mein

Glas Wein ab, ich wollte nichts trinken. Martin unterhielt sich mit einem Jungen, der aussah wie ein englischer Internatsschüler, er flüsterte dem Jungen etwas ins Ohr, woraufhin dieser tief errötete. Owen berührte das Bärenfell dieser großen Frau, die große Frau zog Owen die Mütze vom Kopf. Nichts passierte. Caroline sagte etwas, und ich hörte Martin auflachen, auf eine völlig neue Art. Am Kamin stand ein kleiner Mann. Er hatte abstehende Ohren und einen angedeuteten Irokesen. Er sah polnisch aus. Er sah ziemlich schön aus. Er sah so aus, als würde ihn das, was sich außerhalb dieses Kreises am Kamin abspielte, in keinster Weise interessieren, und dafür mochte ich ihn nicht. Gunnar kam herüber und stellte uns einem Verleger vor, der, wie er sagte, gerade sehr erfolgreich ein Buch über Yoga für Kleinkinder verlegt hatte. Ich wußte nicht, was ich sagen sollte. Aber Caroline fiel was ein, und schließlich fragte sie den Verleger nach dem Yogabuch, und der Verleger ging anstandslos dazu über, die Yogaübungen zu präsentieren, die Schlange, das Nashorn, den Bär und die Katze, beim Fisch ging er zu Boden und krümmte sich auf dem Rücken liegend um unsere Füße herum. Owen blickte vom Kamin aus zu uns herüber, ich sah zurück und riß meine Augen so weit wie möglich auf, da drehte er sich wieder weg. Der kleine Mann zündete sich eine Zigarre an. Der Verleger stand vom Boden auf, klopfte sich den Staub von den Hosen und sagte »Finden Sie es nicht etwas einsam in unserem Tromsø?« Sein Deutsch war so fehlerfrei, daß ich nicht die geringste Lust hatte, ihn zu fragen, wo er das gelernt hatte. Ich sah ihn an. Ich holte Luft und sagte »Ich mag gerade diese Einsamkeit ganz gerne«, ich war kurz davor, zu kapitulieren und dieses Gespräch zu führen und ein weiteres und ein letztes über kulinarische Spezialitäten und die Mittsommersonne in Norwegen und dann eben wieder nach Hause zu gehen; ich hatte zu lange in diesem Zimmer auf dem Bett herumgelegen, ich hatte ein gekränktes Heimweh. Ich war kurz davor, einfach aufzugeben, und in genau diesem Moment nahm der kleine Mann mit dem Irokesenhaarschnitt meinen Arm und zog mich dreist einfach aus dem Kreis heraus. Er schüttelte mir die Hand, so derart lange, daß ich schon wünschte, er würde nie mehr damit aufhören, und dann sagte er »Ich fahr' nach Paris, ja? Nach Tokio, Lissabon, Bern, Amsterdam«, er hatte einen fürchterlichen Akzent und schien nicht zu verstehen, was er aussprach. Er kicherte. Er ließ meine Hand los. Er sagte seinen Namen, Ari Oskarsson, und ich sagte »Nice to meet you«, mir war komisch zumute, und ich sah mich wieder nach Owen um, der meinen Blick schon erwartete und jetzt die Augen verdrehte. Der kleine Mann war der Leiter des Nordlicht-Festivals. Er entschuldigte sich auf englisch für das geplatzte Konzert und die Unannehmlichkeiten, er sagte, er habe unsere CD sehr gemocht. Ich sah ihn an, ich konnte ihm überhaupt nicht zuhören, aber das schien auch nicht wichtig zu sein. Er hatte einen nervösen Tick, er kniff immerzu das linke Auge zusammen, der Zug um seine Augen herum war neugierig und ironisch. Er stand sehr dicht neben mir, er roch gut, er trug einen schwarzen zerknitterten Anzug und einen billigen Silberring am kleinen Finger der rechten Hand. Ich nahm mein Glas Wein wieder auf. Caroline schien sich mit dem Verleger nicht zu langweilen. Gunnar sah von der anderen Seite des Raumes zu uns herüber, sein Gesichtsausdruck war nicht zu deuten. Der kleine Mann fing diesen Blick auf und sagte irgend etwas über den Ruf von Gunnars Gästehaus, das weit über die Grenzen der Stadt hinaus bekannt sei, es hätten unzählige weltberühmte Musiker in Gunnars Betten geschlafen. Ich sagte plötzlich, ich wolle eigentlich überhaupt keine Musikerin mehr sein. Ich hatte das nicht unbedingt sagen wollen, aber ich sagte es. Mein Gesicht war ganz heiß. Ich sagte, ich würde seit einer Woche in diesem Zimmer in Gunnars Haus herumliegen und mich von irgendeinem Schaden, von dem ich nichts gewußt hätte, erholen, ich sagte, ich würde Tromsø demnächst bestimmt nicht verlassen. Ich hielt inne, und der kleine Mann machte ein aufforderndes, belustigtes Gesicht, er nickte, ich sagte noch mehr Dinge, die ich eigentlich nicht sagen wollte. Ich sagte, ich würde so herumliegen und darauf warten, daß die Tür aufginge und irgend jemand hereinkäme, er sagte »Wer denn?«, ich sagte »Irgend jemand«, ich sagte »You look polish«, er sagte »Do I?«, er lachte und schien etwas erwidern zu wollen, und dann ging eine Frau an uns vorüber mit einer dicken Sechzigerjahre-Brille und einem Wollschal um den Hals und wirrem Haar, und der kleine Mann sagte »Excuse me«, hielt sie am Handgelenk fest und zog sie zurück »Excuse me. That's Sikka, my wife«.

Um kurz vor Mitternacht hatte Owen den Verleger gefragt, ob er nicht vielleicht wisse, wer diese abgefahrene, extrem attraktive, langbeinige Blondine sei, die den ganzen Abend über bewegungslos auf der Treppe herumgesessen und mit niemandem gesprochen hätte. Der Verleger hatte nicht geantwortet, war zehn Minuten später mit der Blondine am Arm gegangen, hatte sich von uns verabschiedet und sie uns noch kurz vorgestellt – »Das ist übrigens meine Frau«. Owen konnte sich lange nicht beruhigen. Die Norweger auf dieser Party hatten allesamt Frauen und mindestens drei Kinder. Sikka war Ari Oskarssons Frau, sie sah nicht aus wie seine Frau, aber sie war seine Frau. Sie sah merkwürdig aus, aber sie hatte eine Art von Humor, den ich unterhaltsam gefunden hätte, wenn sie nicht schon ziemlich angetrunken gewesen wäre. Ich hatte mich eine halbe Stunde lang nicht von dem Schreck erholen können, den ich bekommen hatte, als Ari Oskarsson sie mir vorstellte. Ich war verstummt und konnte erst wieder anfangen zu sprechen, als Owen sich zu uns gesellte und »Arschloch« zu Ari Oskarsson sagte, was dieser ignorierte. Caroline unterhielt sich mit einer Frau, die ihre Mutter hätte sein können. Martin aß Chips und schien sich auszuruhen, der englisch aussehende Junge hatte sich auf ein Sofa gelegt und war eingeschlafen. Die Party löste sich auf, in der Küche klirrten Gläser, irgend jemand riß alle Fenster auf, die Frau im Bärenfall ging, ohne sich von Owen zu verabschieden. Owen sagte »Du stehst doch immer auf dieselben Typen, Mann«, ich sagte ärgerlich »Du doch auch«. Ari Oskarsson zwang mich im Flur vor der Haustür dazu, meinen Namen in das Gästebuch zu schreiben. Sikka war verschwunden, und wir standen nebeneinander vor einer Kommode, auf der das Gästebuch lag, beschattet von einem großen Strauß roter Blumen. Ari Oskarsson schlug eine leere Seite auf, zog einen Stift aus seiner Jackentasche und begann, das Datum aufzuschreiben, wofür er erstaunlich lange brauchte, er schien sich weder des Monats noch des Jahres wirklich sicher zu sein. Dann reichte er mir feierlich den Stift, und ich beugte mich über das Gästebuch und schrieb meinen Namen unter das Datum und das komisch aussehende Wort *Tromsø*. Er schrieb seinen Namen unter meinen, so dicht darunter, daß die Buchstaben sich berührten und ineinanderschoben. Es sah aus, als wären wir von nun an miteinander verheiratet. Er richtete sich auf, klappte das Buch zu und sagte, wir müßten unbedingt noch zusammen in die Stadt fahren auf eine andere Party, diese Party sei vorbei. Er lächelte mich an. Er schien nicht ganz bei Trost zu sein.

In der Kälte draußen vor der Tür erinnerte ich mich wieder daran, daß ich nicht alleine war. Ich erinnerte mich daran, daß Martin und Caroline und Owen da waren, und sie erinnerten mich daran, weil Caroline ihren Arm unter meinen schob und Owen mir »Mach keinen Blödsinn« zuzischte. Es war zu spät. Ich war schon wach. Der bis zur letzten Minute unerkannt gebliebene Gastgeber schloß die Tür schnell von innen ab, als befürchtete er, wir könnten es uns noch einmal anders überlegen. Ari Oskarsson bestimmte, daß Caroline und ich mit ihm und Sikka in die Stadt fahren sollten. Er bestimmte, daß Caroline fahren sollte, er hatte instinktiv erkannt, daß sie dazu als einzige noch in der Lage war, ich hatte kaum etwas getrunken, aber ich besaß keinen Führerschein. Er bestimmte, daß Martin und Owen mit Gunnar in dessen Auto in die Stadt fahren sollten, er erklärte Gunnar den Weg zu der Party, eine Künstlerparty in irgendeiner Kneipe. Gunnar hörte nicht zu und sah gelangweilt die Straße hinauf und hinunter, er sagte zu Martin, er würde sie bei der Kneipe absetzen und dann ohnehin nach Hause gehen. Martin war amüsiert und schien Ari Oskarsson genauso anziehend zu finden wie ich. Owen wirkte gereizt und wollte sich Ari Oskarssons Befehlston widersetzen, stieg dann aber doch in Gunnars Auto ein und kniff mich vorher noch einmal kräftig in den Arm. Sie fuhren weg, und ich sah ihnen hinterher, während Sikka Caroline betrunken den Weg zu erklären versuchte und Ari Oskarsson hinter meinem Rücken geräuschvoll in eine Hecke pinkelte. Ich dachte, daß es mir absolut egal sei, ob ich Owen und Martin jemals wiedersehen würde. Wir fuhren los, Caroline fuhr, Sikka saß neben ihr, Ari Oskarsson setzte sich neben mich auf die Rückbank und nahm meine Hand. Er sagte »I love the Germans. I hate the Germans. For sure I hate the Germans«, Sikka drehte sich nach uns um und schrie »Christmasmusic!« Aus dem Autoradio schepperte eine Art von Kaufhausmusik. Ich zog meine Hand weg. Ich sah an Ari Oskarssons Gesicht vorbei in die pechschwarze Tromsøer Nacht hinaus, ich sah ihn an. Sikka sagte »Left. Right. Nononono, left, exuse me«, und Caroline sagte erstaunlich gelassen »Don't worry«, als würde sie immerzu extrem betrunkene Leute durch die Gegend fahren. Wir schienen durch einen Wald zu fahren. Wir schienen am Wasser entlangzufahren und wieder durch den Wald und dann in eine Stadt hinein, Downtown, Lichterketten und hupende Autoschlangen, es hätte Tromsø sein können, es hätte aber auch irgendeine andere Stadt sein können, ich wollte es gar nicht wissen.

Owen hatte mir vom Kapitänsviertel erzählt, einem Viertel mit alten, bunten Holzhäusern und Vorgärten und schmalen Straßen. Er hatte gesagt, wenn er irgendwo leben wolle in Tromsø, dann dort. Die Straße, in der Sikka jetzt Caroline »Stooop!« ins Ohr schrie, so daß Caroline auf die Bremse trat und der Wagen herumschlitterte, war vielleicht eine Straße im Kapitänsviertel. Sie war schmal, und ihre Häuser waren klein und zweistöckig und sahen gemütlich aus, so als würden Leute darin wohnen, die mit ihrem Leben zufrieden und einverstanden sein könnten. Sikka fiel aus dem Auto, stolperte in einen der Vorgärten hinein, machte uns ein Zeichen, ihr zu folgen, und verschwand im Haus. Caroline parkte das Auto peinlich genau vor dem Gartentor, wir stiegen aus und gingen Sikka hinterher, Ari Oskarsson ging hinter mir, damit wir ihm jetzt ja nicht mehr abhanden kommen könnten. Wir traten ins Haus, die Tür fiel schwer hinter uns ins Schloß, es war stockdunkel, und ich konnte Carolines erschrockenes Einatmen hören, dann ging das Licht an. Wir standen in einer Küche, in der es keinen Tisch gab, nur eine Art Tresen aus Stahl und eine leere Küchenzeile. Von der Küche ging ein Raum ab, in dem das einzig lebendige ein Regal voller Bücher und CDs zu sein schien, der Tisch und die Designerstühle davor sahen absolut unbenutzt aus, auf dem Tisch lag die *Times*. In dem Raum dahinter verschmolz ein weißes Sofa vor einem riesigen Fernseher mit einer weißen Wand. Im letzten Raum blinkte das Stand-by-Signal eines Computers in der Dunkelheit. Der Ort, an dem Ari Oskarsson und seine Frau Sikka ihre Nächte verbrachten, war nicht zu sehen, ich konnte keine Treppe entdecken, die ins Obergeschoß geführt hätte. Ari Oskarsson legte mir seine Hand an den Rücken und zwang mich dazu, mich an den eiskalten Tisch zu setzen, er setzte sich mir gegenüber und plazierte Caroline neben sich. Sikka hatte rein zufällig eine Flasche Weißwein aufgetrieben und drei Gläser bis zum Rand vollgegossen, für Ari Oskarsson war kein Glas mehr da, also trank er einfach aus der Flasche. Caroline sah blaß aus. Sie sagte »Party? What's about this party and where are Martin and Owen?«, und Sikka sagte »Feel free, feel free«, stand auf und drehte die Stereoanlage an. Ari Oskarsson lächelte über den Tisch. Ich saß da und war bereit, mit allem umzugehen, was geschehen würde. Aus der Stereoanlage kam sphärische Musik mit verdecktem Baß und einer Stimme, die in einer unerträglichen Tonlage ein unverständliches Kauderwelsch von sich gab. Ich sagte zu Caroline, daß an fremden Orten und insbesondere, wenn man bald abreisen müßte, immer solche Dinge passieren würden, ich wußte nicht, ob das eigentlich stimmte. Caroline antwortete nicht, sie machte mir Zeichen mit dem Zeigefinger, die ich nicht verstand, sie sah ungebührlich ängstlich aus. Ari Oskarsson sagte noch mal, er habe unsere CD sehr gemocht. Er habe das Cover-Foto gemocht, auf dem Owen und ich unter einer Plastikpalme im Hinterhof von Owens Mietshaus herumlungerten, er hätte gewußt, daß ich aussehen würde, wie ich aussähe, obwohl ich nicht so aussehen würde wie auf dem Foto. Ich wußte nicht, was ich damit anfangen sollte. Ich fand mich ziemlich schön auf diesem Foto, wollte Ari Oskarsson mir sagen, daß ich nicht schön sei? Sikka schien sich nicht entscheiden zu können, welche Musik dieser Situation angemessen gewesen wäre, sie wechselte ständig das Programm, deutete mit dem Kopf auf ihren Mann und sagte in den Stapel der CDs hinein »He loves you«. Ich stand auf und ging ins Bad neben der Küche. Das Bad sah aus wie ein Bad in einem Hotel, die Handtücher waren wie mit der Maschine gefaltet, am Rand der Badewanne standen kleine Proben mit Duschgel und Shampoo, neben dem Waschbecken lag Sikkas teure Kosmetik herum. Ich klappte eine Puderdose auf und wieder zu. Sikka sah nicht geschminkt aus. Ich dachte darüber nach, warum Leute in Wohnungen lebten, die aussahen wie Hotelsuiten, und dann ging ich wieder aus dem Bad raus. Ich mußte im Zimmer an Sikka vorüber, und sie hielt mich fest und deutete an, mit mir tanzen zu wollen, indem sie ihre knochige Hüfte gegen meine drückte. Sie trug noch immer ihren Wollschal und sah erkältet aus. Ich wehrte sie entschuldigend ab, ich konnte nicht mit ihr tanzen, das lag nicht an ihr, ich konnte nie so tanzen. Ich setzte mich wieder auf den mir zugewiesenen Platz und betrachtete Ari Oskarsson, und er betrachtete mich mit diesem belustigten, vertraulichen Ausdruck im Gesicht. Er hatte sich seine Jacke ausgezogen, und ich konnte eine Tätowierung an seinem linken Unterarm sehen, ein H und ein B, übereinander gestellt, akkurate schwarze Druckbuchstaben auf seiner weißen Haut. Ich nahm mir vor, daß ich, sollte ich jemals die Gelegenheit bekommen, diese Tätowierung zu berühren, ihn niemals nach ihrer Geschichte fragen würde. Niemals. Caroline hielt sich an der Tischkante fest und starrte auf die Schlagzeile der *Times*. Sikka stand jetzt neben mir und tanzte zu den dumpfen Klängen einer Band, von der Ari Oskarsson mir zurief, daß sie *The Leave* hieße und aus Deutschland sei. Ich hatte niemals etwas von *The Leave* gehört. Ich lehnte mich zurück und fand, daß ich hierbleiben könne, einfach hierbleiben oder sonstwo bleiben, die Musik war ganz schön, und Sikka hielt Abstand, und Ari Oskarsson hatte jetzt unsere CD in der Hand und sah immer wieder von dem Foto zu mir hin und zurück zum Foto. Ich hoffte, daß er nicht auf den Gedanken kommen würde, diese CD jetzt abzuspielen, es wäre mir unerträglich gewesen, Owens hohe Kinderstimme und mein Klavier zu hören. Er kam nicht auf den Gedanken. Und es hätte alles so bleiben können, wenn nicht Caroline plötzlich aufgesprungen wäre und »Könnten wir jetzt gehen! Könnten wir jetzt bitte einfach gehen und Martin holen und Owen« gerufen hätte, mit zitternder Stimme und so, als wären wir entführt. Sikka hielt inne. Ari Oskarsson stand auf und machte die Musik aus. Offensichtlich hatten sie diese Worte verstanden. Wir zogen uns die Mäntel an und gingen einfach wieder raus, raus aus dem Haus und auf die kalte Straße, wir liefen nebeneinander her, und es passierte gar nichts mehr, bis wir im Café Barinn ankamen.

Das Café Barinn erinnerte mich an eine Kneipe zu Hause, eine Kneipe, in die ich jahrelang gegangen war und die dann auf dem Höhepunkt ihres Ruhmes zu Recht und gerade noch rechtzeitig geschlossen hatte. Ich war mir nicht sicher, ob ich daran erinnert werden wollte. Es war eine kleine Kneipe in einer Gasse, die von der Hauptstraße abging, ein Wohnzimmer voller alter Ledersofas und Tische mit kaputten Stühlen darum herum, die Heizung schien ausgefallen zu sein, es war brechend voll und trotzdem kalt, alle Leute hatten ihre Mäntel an und Mützen auf dem Kopf. Aus den Lautsprechern kam Punkmusik. Wir mußten unsere Getränke an der Bar bestellen und sofort bezahlen, ich lud Sikka, Caroline und Ari Oskarsson ein. Martin und Owen waren nicht zu sehen, aber erstaunlicherweise saß Gunnar an der Bar. Caroline irrte durch den ganzen Raum und suchte sie, kam dann zu mir zurück und und sagte verzweifelt »Hier sind sie auch nicht«. Es war sinnlos, Sikka und Ari Oskarsson nach ihnen zu fragen, Sikka und Ari Oskarsson verstanden kein Englisch mehr, wenn man sie nach Martin und Owen fragte, Gunnar schien irgend etwas anderes die Sprache verschlagen zu haben. Caroline sah ihn an, wie man einen Verräter ansieht. Mir war es gleich. Ich stand neben Sikka, neben Ari Oskarsson, neben Caroline und Gunnar herum, es war kalt und schön und wild in dieser Kneipe, so als wären die Fensterscheiben zerbrochen und das Dach kaputt. Es war offensichtlich, daß wir nicht wußten, worüber wir so zu fünft eigentlich reden sollten. Sikka wandte sich Gunnar zu. Ari Oskarsson bestellte am Tresen eine heiße Schokolade mit Sahne für Caroline. Ich wartete. Ich wartete und mußte überhaupt nicht lange warten, und dann stand er vor mir und umarmte mich und torkelte mit mir zwischen den Leuten herum und sagte rätselhafte Dinge, und ich versuchte, ihn abzuwehren, obwohl ich ihn nicht wirklich abwehren wollte. Ich versuchte, ihn abzuwehren Caroline zuliebe und Sikka zuliebe. Ich war nicht ernst genug. Ich entzog mich, und alles an mir war so weich, und er griff mich und zog mich an sich, er sagte was auf norwegisch und was auf englisch und was auf chinesisch, ich verstand überhaupt nichts. Ich verstand, daß er wissen wollte, wie ich diese letzten Jahre verbracht hatte. Ich verstand, daß er sagte, er hätte diese letzten Jahre gerne mit mir zusammen verbracht, als wisse er, daß die letzten Jahre schrecklich gewesen waren, obwohl ich das doch gerade erst begriff. Ich wußte nicht, wie ich die letzten Jahre verbracht hatte. Ich wußte nicht, wie ich ihn von mir wegbekommen sollte, wie ich verhindern sollte, daß er mich anfaßte, wenn ich nicht wirklich verhindern wollte, von ihm angefaßt zu werden. Ich sah Sikkas Rücken. Ich sah Gunnar. Ich sah Caroline. Ari Oskarsson hielt meine Hand fest und legte seinen Arm um meinen Rücken, als würden wir miteinander tanzen. Mir war schwindelig. Ich sah Caroline an und verzog mein Gesicht, ich versuchte den Ausdruck einer Person zu imitieren, die überfallen wird, die sich fügt, die sich widerwillig mißbrauchen läßt. Ich muß diesen Ausdruck zu genau imitiert haben. Caroline hielt es fünf Minuten aus oder kürzer, vielleicht hielt sie es auch gar nicht aus. Es war nicht Sikka, die uns auseinanderriß, es war Caroline, und Caroline zuliebe ließ ich Ari Oskarsson los. Ari Oskarsson ließ mich los. Caroline sagte in einer Strenge, die ich ihr nicht zugetraut hätte, im Tonfall eines zu allem entschlossenen Menschen, sie würde jetzt wissen wollen, wo Owen und Martin seien, sie würde das jetzt wissen wollen, sofort. Und Ari Oskarsson sagte höflich und sehr plötzlich nüchtern, er würde sie einfach holen, und ging hinaus und war verschwunden. Ich stand neben Caroline und war den Tränen nahe. Ich wußte nicht, ob irgend etwas anders gewesen wäre ohne Caroline oder ob die Situation so war, weil Caroline da war, weil sie etwas verhinderte und mich dazu brachte, mich zu verstellen und mich zu jemandem machte, mit dem Ari Oskarsson gerne die letzten Jahre verbracht hätte, wie viele eigentlich, alle. Ich stand da, und Caroline stand neben mir, und wir starrten irgendwohin und wurden angerempelt und gegeneinandergestoßen, und dann ging die Tür wieder auf, und Ari Oskarsson kam herein, und mit ihm kamen Martin und Owen.

Owen kennt mich. Er kennt mich gut. Er kam ins Café Barinn hineingestürzt und ließ es sich nicht nehmen, mich sofort zu schubsen und anzuschreien – »Deine scheiß Alleingänge kotzen mich wirklich an. Wirklich. Das kotzt mich extrem an«. Es war müßig, ihm zu erklären, wie es stand, und er wollte es auch gar nicht wissen. Er regte sich noch eine ganze Weile lang auf, über die Bar, in der Gunnar ihn und Martin auf seinem angeblichen Nachhauseweg abgeladen hätte, eine Absturzkneipe, in der von einer Party nicht die Rede gewesen wäre, eine miese Nummer, in seinem ganzen Leben hätte er sich noch nicht so verarscht und abgeschoben gefühlt. Martin schien das verhältnismäßig gleichgültig zu sein. Sie hatten in dieser Bar herumgesessen und auf uns gewartet und irgendwann gewußt, daß wir nicht mehr kommen würden, warum auch immer, Martin hätte gesagt »Ari Oskarsson wollte eben mit den Mädchen alleine sein«, und dann sei Ari Oskarsson hereingekommen und habe gesagt, die Party finde woanders statt. »Und dann sind wir mitgegangen, ja«, sagte Owen, »einfach mitgegangen mit diesem Arschloch, uns blieb ja auch nichts anderes übrig, ich hätte ihn mal direkt vor dieser scheiß Bar zusammenschlagen sollen.« Er stieß mich noch einmal von sich weg, ging an den Tresen und bestellte ein Bier, ich wußte, daß seine Wut nicht lange anhalten würde. Ich war geduldig. Ich hatte mich schon lange nicht mehr so geduldig und so berechnend gefühlt. Sikka unterhielt sich mit Gunnar, der vor Owen ein wenig Angst zu haben schien, und kümmerte sich nicht um uns und nicht um Ari Oskarsson. Ihre Brille war beschlagen, sie nahm sie nicht ab. Owen stellte sich mit seinem Bier zu Martin und Caroline, und sie fingen ein Gespräch an, das sich um das Vorlesungsverzeichnis der Tübinger Universität hätte drehen können. Ich stand mitten im Raum herum und war geduldig und berechnend, und dann setzte Ari Oskarsson sich an einen Tisch an der Wand und gab mir ein Zeichen, und ich setzte mich zu ihm. Wir saßen einander gegenüber, und es gab nichts zu sagen, und ich wußte nicht mehr, ob es Tromsø war, das mich so sein ließ, oder das Zimmer im Gunnarshus oder der letzte Bus nach Oslo, der schon abgefahren war vor sieben Tagen, oder etwas ganz anderes, noch weiter zurück, ich wußte es nicht mehr, und ich hatte auch nicht das geringste Interesse daran, es zu erfahren. Ich sah ihn an und ich konnte sehen, daß er absolut gleichmütig war, unbewegt, leer, nicht mir gegenüber, sondern allem gegenüber, es war nicht schlimm, das zu sehen. Bevor er mich küßte, ließ er mir Zeit, ihn zu fragen, ob das nicht schwierig sei, er ließ mir Zeit zu sagen »Isn't it a problem, because of your wife?«, und er sagte sehr überzeugend »No. It's no problem. For sure«, und dann küßte er mich. Und ich sah Carolines entgeistertes Gesicht irgendwo ganz weit weg, und Martins Gesicht und Sikkas Gesicht, Sikka sah uns an, und Owen sah uns an, und dann sagte er etwas zu Sikka, worüber sie lachen mußte. Ich dachte noch einmal kurz daran, anders zu sein, aber ich war's nicht, und dann küßte ich Ari Oskarsson.

Das Café Barinn schloß schlagartig. Wir gingen gemeinsam zurück in diese Wohnung im Kapitänsviertel, ohne daß darüber lange diskutiert worden wäre. Ich schob meinen Arm unter Owens Arm, ich war glücklich darüber, daß er jetzt auch in den Genuß kommen würde, diese Wohnung zu sehen, ihre Kälte und Kargheit, das Hotelzimmerbad und den Stahltresen in der Küche, daß auch er jetzt *The Leaves* hören und mit Ari

Oskarsson Weißwein aus der Flasche trinken konnte. Ich war glücklich darüber, das mit ihm teilen zu können, ich wußte, daß wir eigentlich gleich waren, und auch Owen schien jetzt glücklich zu sein, obwohl er sich nicht zurückhalten konnte, mir zu sagen, daß ich unmöglich sei. Er sagte »Du küßt einen verheirateten Mann vor den Augen seiner Frau, das ist doch wirklich das Allerletzte, absolut daneben«, und ich drückte seinen Arm und sagte »Ich habe ihn gefragt, ob das ein Problem sei, und er sagt, es sei keins, laß mich in Ruhe, Owen, laß mich einfach in Ruhe«. Caroline ging neben Martin, sie schien sich an ihm festzuhalten, Martin ging energisch und schnell, er sah aus wie ein Teilnehmer einer interessanten Expedition in ein unbekanntes Gebiet hinein. Ari Oskarsson ging an meiner Seite. Sikka lief mit Gunnar hinter uns her, ich konnte ihre Stimme hören, sie klang nicht angespannt. In der Wohnung wurde das Licht wieder eingeschaltet, die Musik angemacht, der Weißwein auf den Tisch gestellt, so wie Stunden zuvor. Gunnar stellte Kaffeetassen dazu, in die er Cognac goß. Ich trank nichts. Ich setzte mich auf meinen Platz. Ich fühlte mich hier zu Hause, ich war ein selbstverständlicher Eindringling mit Absichten, ich hatte nicht vor, mich zu rechtfertigen, vor mir selbst nicht und vor niemandem sonst. Caroline und Martin setzten sich mir gegenüber, Ari Oskarsson setzte sich neben mich und nahm meine Hand und legte sie zusammen mit seiner Hand in seinen Schoß. Sikka und Owen standen vor der Stereoanlage herum und legten Musik auf, und Gunnar ging von einem zum anderen und hatte anscheinend nur dafür zu sorgen, daß alle es gut hatten. Ich fragte mich, ob er gewußt hatte, daß dieser Abend so enden würde, ob das seine Art gewesen war, uns in die Tromsøer Gesellschaft einzuführen, ob er jedes Wochenende Neuankömmlinge in die Ari-und-Sikka-Oskarsson-Falle laufen ließ. Er vermied es mich anzusehen. Caroline und Martin redeten über Zollerklärungen, die man an Flughäfen ausfüllen mußte, sie schienen beschlossen zu haben, so zu tun, als ob alles in Ordnung sei. Vielleicht fanden sie auch, daß alles in Ordnung sei. Sikka und Owen fingen an, miteinander zu tanzen. Ich hatte gewußt, daß es dazu kommen würde, dennoch fand ich es einen Moment lang erstaunlich. Sie tanzten miteinander, zuerst mit einigem Abstand, dann näher und schließlich eng, Owen hielt Sikka sehr fest, band ihr den Wollschal ab und küßte sie auf den Hals, er bewegte seinen Hintern, wie er es immer tut, auf eine Art, die Martin gefallen mußte. Martin sah hin. Alle sahen hin, selbst Ari Oskarsson und ich, und dann sahen wir uns wieder an, ich mußte lächeln, er lächelte auch. Ich hatte das Gefühl, zu verstehen, daß es hier nicht um mich ging, sondern um Ari Oskarsson und seine Frau, daß sie sich diese Gäste eingeladen hatten, um einander dann ansehen zu können; Sikka konnte Ari Oskarsson sehen, der eine fremde Frau küßt, Ari Oskarsson konnte Sikka sehen, die mit einem fremden Mann tanzt, sie konnten einander ansehen und neu erkennen. Ich dachte, daß ich meine eigenen Gründe hatte, hier zu sein, und ich dachte, daß ich mich vielleicht auch täuschte, in allem. Das Licht über dem eiskalten Tisch war sehr hell, viel heller als das Licht im Café Barinn,

Caroline und Martin mußten in diesem Licht an einem Tisch zusammen mit Leuten sitzen, die sich küßten, aber es kümmerte mich eigentlich nicht. Owen küßte Sikka, und Ari Oskarsson küßte mich. Owen nahm Sikka die Brille ab und schrie »Seht euch das an, wie schön sie ist«, Sikka blinzelte in den Raum mit diesem verschwommenen Ausdruck der Kurzsichtigen, dann nahm sie Owen die Brille weg und setzte sie wieder auf. Sie kam manchmal zu mir und Ari Oskarsson herüber und sagte »Stop that«, mehr sagte sie nicht, dann ging sie zurück zu Owen. Sie sagte nicht mehr »Feel free«. Martin beobachtete Owen. Caroline beobachtete mich, als wäre ich für sie eine fremde und unheimliche Person, ich konnte das nicht mehr verhindern. Gunnar verließ das Haus, ohne daß irgend jemand das wirklich bemerkt hätte, seine Aufgabe schien erfüllt zu sein. Als Owen seine Hand in Sikkas Hose schob, standen Martin und Caroline auf und gingen ebenfalls. Caroline blieb neben mir stehen und fragte, ob sie den Schlüssel für unser Zimmer haben könne. Ich hätte ihr sagen können, daß dieser Abend hier nicht so enden würde, wie es vielleicht schien, ich wußte das genau, ich sagte es nicht. Ich gab ihr den Schlüssel, ich verstand, was sie wollte, sie wollte nicht alleine schlafen, das verstand ich, und vielleicht wollte sie auch wissen, ob wir nach Hause kommen würden und wie.

Spät in der Nacht war Sikka mit Owen in einem kleinen Zimmer verschwunden, das versteckt hinter dem Badezimmer lag. Ich war ihnen irgendwann hinterhergegangen und hatte hineingesehen, das Schlafzimmer, dunkel und still, Sikka lag im Bett und Owen saß auf der Bettkante. Ich war zurück ins große Wohnzimmer gegangen und hatte Ari Oskarsson gefragt, ob es möglich sei, daß wir irgendwann einmal hinausfahren würden zusammen, raus aus Tromsø in die Wälder, an irgendwelche Flüsse, Wasserfälle, Fjorde, an einen Platz, den er schön fände und den er mir zeigen wolle. Ich hatte vor, das Gunnarshus zu verlassen. Ich hatte vor, in Tromsø zu bleiben. Ich hatte ihn das gefragt, und er hatte »No« gesagt, und ich dachte, er hätte vielleicht meine Frage nicht richtig verstanden, ich wiederholte sie, und er sagte wiederum »No«, und dann sah er mich nachdenklich an und sagte »Are you talking about sex?« Ich schüttelte den Kopf. Ich war verwirrt über diese Frage. Redete ich über Sex, wenn ich ihn fragte, ob wir zusammen raus aus Tromsø fahren könnten? Vielleicht. Vielleicht auch nicht. Wir standen in der Küche voreinander an diesem Stahltresen und hielten uns an den Händen, der nervöse Tick seines linken Auges hatte aufgehört, Ari Oskarsson war ruhig. Ich war auch ruhig. Vielleicht schliefen Sikka und Owen gerade miteinander, vielleicht auch nicht. Es schien darum nicht zu gehen. Wir umarmten uns, wie man sich umarmt, wenn man sich lange nicht wiedersehen wird, und dann stieß mich jemand von Ari Oskarsson weg, und Owen stand da und sah müde aus, und Sikka stand vor dem Badezimmer und schrie, sie war nackt und hatte erstaunlicherweise Strapse an. Sie schrie auf norwegisch und kam angelaufen und stieß mich gegen Owen, sie sagte »You have to go. Both of you«, als hätte ich jemals annehmen können, daß einer von uns beiden hätte bleiben dürfen. Sie riß die Tür auf. Owen nahm mich sanft am Arm. Ich sah Ari Oskarsson nicht noch einmal an. Wir gingen nach Hause.

Gegen Mittag des nächsten Tages wachte ich mit rasenden Kopfschmerzen auf. Ich lag im Bett im Zimmer im Gunnarshus, und neben mir lag Caroline, und neben Caroline lag Owen. Ich stand auf und wusch mir das Gesicht mit kaltem Wasser und sah aus dem Fenster hinaus auf die graue Straße, und dann legte ich mich wieder hin. Caroline und Owen wachten gleichzeitig auf. Wir konnten lange nicht aufstehen. Wir lagen so nebeneinander in diesem Bett herum, zerschlagen, verkatert und glücklich, Caroline schien befremdet zu sein und gleichzeitig zutraulicher, sie sah uns anders an als zuvor, sie schien nicht beschlossen zu haben, uns nie mehr wiedersehen zu wollen. Sie sagte »Wie ist es denn ausgegangen?« und richtete sich auf, zog sich die Bettdecke bis unter ihr Kinn, ihr verschlafenes Gesicht war ganz weich. Owen drückte seinen Kopf in die Kissen, kam dann wieder hoch und sagte »Ich weiß nicht mal mehr, wie sie ausgesehen hat. Wie hat sie ausgesehen, diese Sikka, ich meine, ich hatte meine Hand in ihrer Hose, und ich weiß nicht mal, wie sie aussah, das ist doch grauenhaft«, ich mußte lachen, Caroline lachte auch. Wir rekapitulierten den Abend, Stunde für Stunde, und wollten alles voneinander wissen, es war, als wäre diese Nacht ganz kostbar gewesen, unwiderruflich vorbei und wundervoll. Ich sagte »Wie war das denn, als wir geküßt haben, Ari Oskarsson und ich?«, und Caroline und Owen schrieen auf und schlugen die Hände zusammen und schüttelten die Köpfe, »Unmöglich, also wirklich, diesen Typen zu küssen vor allen Leuten«, ich rollte mich am Fußende des Bettes zusammen und konnte nicht aufhören, zu lachen. »Ich habe zu dieser Frau *let's fuck together* gesagt«, sagte Owen, er sah erstaunt aus. Caroline sagte »Oh«, und Owen sagte »Tatsache. Ich habe *let's fuck together* gesagt, in diesem Schlafzimmer, sie lag im Bett, und ich saß auf der Bettkante«. »Wo war ich da?« sagte ich, und Owen sagte, ich hätte mit Ari Oskarsson geküßt, extrem lange, die ganze Zeit. »Und was hat sie gesagt?« sagte Caroline, aufgeregt wie ein Schulmädchen. »Sie hat *no* gesagt«, sagte Owen. »Sie hat *no, I love my husband* gesagt, und ich habe gesagt *your husband is an asshole*, und sie hat gesagt *but I love him.*« Er krümmte sich zusammen und schrie kurz auf. »Mann! Ihre Haut war so weich, und sie sah so schön aus ohne Brille, und ich wollte sie wirklich ficken, und sie sagte *I love my husband!* Stellt euch das vor!«, wir konnten uns das nicht vorstellen. Caroline stand irgendwann auf und kochte Tee und kam ins Bett zurück, und wir tranken den Tee, der Tag ging in den Nachmittag über, es wurde dämmerig. Meine Kopfschmerzen wurden besser, ich bekam Hunger, ich wollte, daß das immer so weitergehen würde, diese Mattigkeit, das Glück und die Aufregung, wir konnten nicht aufhören, darüber zu sprechen. »Es müßte immer solche Nächte geben«, sagte Owen. »Das ganze Leben müßte so sein wie diese eine Nacht«, und Caroline sagte, sie wisse nicht, ob sie das aushalten könne.

Als es Abend wurde, klopfte Martin an die Tür. Ich hatte auf ihn gewartet, und ich hatte ihn schon fast vermißt. Er sah durch den Türspalt herein und schien nicht erstaunt darüber, uns gemeinsam im Bett vorzufinden. Er wirkte so wie jemand, der Nächte dieser Art am allermeisten von allen gewohnt war, er war belustigt darüber, wie aufgelöst wir waren, als wären wir Anfänger in einer Welt, in der er sich schon lange auskannte. Er setzte sich zu uns und sagte, er hätte diesen Abend sehr gemocht. Es sei schön gewesen, an Carolines Gesicht neben ihm ablesen zu können, was ich mit Ari Oskarsson tat, es sei schön gewesen, Sikka und Owen miteinander tanzen zu sehen. Er wollte nicht unbedingt wissen, wie die Nacht ausgegangen war. Die Nacht war für ihn vorbei, auch diese Einsicht schien er lange schon gehabt zu haben – Nächte wie diese gehen vorüber, spurlos, es kommen andere Nächte, später, irgendwann. Er sagte, er würde jetzt mit Gunnars Auto ins Rathaus fahren, auf einen Empfang deutscher Kapitäne, die einen Gedenkstein für die in norwegischen Gewässern ums Leben gekommenen Fischer errichten wollten. Wir sollten ihn begleiten, es gebe etwas zu essen und Getränke umsonst. Wir standen endgültig auf, unsicher noch und benommen, zogen uns an, ließen die Zimmertüren offenstehen und unterhielten uns über den Flur hinweg. Gunnar tauchte nicht auf, er war verschwunden, und vielleicht war er auch schon gar nicht mehr im Haus, hatte seine Gastvaterrolle aufgegeben, wir waren ja angekommen. Wir fuhren mit seinem Auto zum Rathaus, im Rathaus standen deutsche Kapitäne um einen Stein aus deutschem Granit herum, der Bürgermeister von Tromsø hielt eine unverständliche Rede, und norwegische Mädchen sangen norwegische Lieder. Ich aß kleine Würstchen mit Senf und Gurken und Lachsbrötchen und trank Coca-Cola dazu, ich hatte eine Gänsehaut, ich sehnte mich nach zu Hause. Ich dachte, daß ich nie mehr nach Hause zurückkehren, sondern in Tromsø bleiben würde, zusammen mit Martin und Caroline und Owen, ich hielt es für möglich, die Zeit anzuhalten und mich ein für allemal verbergen zu können, es war mir sehr ernst. Ich dachte an Ari Oskarsson, und jedesmal, wenn ich an ihn dachte, zog sich etwas in mir zusammen, und ich hatte eine große Sehnsucht danach, ihn noch einmal zu küssen. Owen stand neben mir, ging wieder weg, kam zurück und sagte »Ich habe mal gefragt, was man verdient, wenn man hier in der Fischfabrik arbeiten würde«. Caroline und Martin redeten mit den deutschen Kapitänen. Wir waren sehr bemüht, uns nicht aus den Augen zu verlieren, und irgendwann verloren wir uns doch, Caroline war weg, und Martin war weg, aber Owen war da, er hatte Gunnars Autoschlüssel in der Hand. Er sagte »Ich zeige dir jetzt die Insel, den schönsten Ort in Tromsø«, und wir verließen das Rathaus, stiegen in Gunnars Auto und fuhren los.

Wir haben nicht darüber geredet, noch einmal zu Sikka und Ari Oskarsson zu fahren, ich meine, daß wir darüber nicht geredet hätten, sondern es unabgesprochen und einträchtig einfach taten. Wir fuhren mit Gunnars Auto ins Kapitänsviertel und parkten direkt vor Sikkas und Ari Oskarssons Haus auf der anderen

Seite der Straße. Owen stellte den Motor ab und ließ leise das Radio laufen. Ich löste den Sicherheitsgurt und zündete mir die erste Zigarette an. In dem großen Wohnzimmer brannte das helle Licht, aber die Vorhänge waren zugezogen, im hinteren Zimmer konnten wir das blaue Flackern des Fernsehers sehen. Ab und an lief ein Schatten durch das Zimmer in die Küche und wieder zurück. Es sah friedlich aus, und ich nahm an, daß Sikka und Ari Oskarsson Kopfschmerzen haben und müde sein würden. Wir saßen lange in dem Auto vor dem Haus. Ich wäre sehr gerne hineingegangen. Ich hätte gerne geklopft und »Excuse me« gesagt, wenn Sikka die Tür geöffnet hätte, und dann hätten wir eintreten und uns zusammen mit Sikka und Ari Oskarsson vor den Fernseher setzen können. Sie hätten uns hereinlassen müssen. Sie hätten das wirklich tun müssen. Aber ich klopfte nicht an die Tür, und Owen tat das auch nicht, wir saßen so im Auto und sahen zu diesem hellerleuchteten Fenster hin, und dann startete Owen, und wir fuhren wieder los und weiter zur Insel.

Die Insel lag nahe vor Tromsø, eine kleine Insel mit einem Leuchtturm und zwei verlassenen Häusern darauf, sonst nichts, eine Felseninsel, auf die man bei ablaufendem Wasser über eine Mole gelangen konnte. Owen liebte diese Insel, er erzählte ständig davon, wie großartig der Blick auf Tromsø sei von der Insel aus, er ging jeden Tag hin, bei Flut blieb er auf dem Festland und sah sehnsüchtig zu dem Leuchtturm hinüber. Als wir am Strand ankamen, war Ebbe, und wir stiegen aus dem Auto und kletterten über kleine Felsen

und liefen über die Mole auf die Insel. Der Leuchtturm stand hell gegen den Nachthimmel, alle drei Minuten schwenkte sein grünes Licht über uns hinweg.
Wenn ich mich umdrehte, konnte ich Tromsø sehen.
Owen balancierte sicher vor mir her, er schien den
Weg über die Mole gut zu kennen, ich stolperte mehrmals, meine Schuhe wurden naß, ich war sehr froh
darüber, daß wir auf diese Insel gingen, gerade jetzt.
Das Inselufer war steil und steinig, Owen nahm meine
Hand und half mir, der Wind auf der Insel war schär-
fer als der Wind auf dem Festland, der Himmel über
uns schwarz und klar. Owen sagte, er sei sich nicht sicher, wann die Flut käme, wie lange wir auf der Insel
bleiben könnten, wenn die Flut zu schnell käme, müßten wir hier übernachten und könnten erst sechs Stunden später wieder zurück. Mir war das gleich, ich
fürchtete mich nicht. Wir standen nebeneinander und
sahen zum Leuchtturm hoch, nach Tromsø hinüber
und in den Himmel hinauf. Owen sagte »Ich habe *I
love you* zu Sikka gesagt«. Ich schwieg. Ich sagte
»Wann denn?«, und er sagte »Als du Ari Oskarsson
geküßt hast, im Café Barinn. Ich bin zu ihr rüberge-
gangen und habe *I love you* gesagt, da und später auch
noch mal«. Ich sagte »Und warum hast du das gesagt?«, und Owen dachte darüber nach und dann sagte
er »Nur so. Nur so aus Spaß. Sie hat auch darüber gelacht«. Wir schwiegen eine Weile lang und traten von
einem Bein auf das andere, der Wind war ziemlich kalt
und er pfiff um den Leuchtturm herum. Die Fenster
der verlassenen zwei Häuser waren mit Brettern ver-
nagelt. Ich sagte »Ari Oskarsson hat auch zu mir *I love*

*you* gesagt, vielleicht kurz bevor du das zu Sikka gesagt hast«, ich fand es ungeheuerlich, diesen Satz sagen zu können. Ich holte mir das zurück, diesen Moment an dem Tisch an der Wand, in dem ich gesehen hatte, daß Ari Oskarsson leer war, gleichmütig und unbewegt, und genau da nämlich hatte er das gesagt. Er hatte sich nicht dabei vorgebeugt, und sein Gesicht hatte keinen anderen Ausdruck angenommen, er hatte es einfach gesagt, *I love you*, ich holte mir das zurück. Owen starrte mich an. »Hat er nicht gesagt.« »Doch«, sagte ich, »das hat er gesagt.« »Und was hast du ihm daraufhin geantwortet?« Owen ging los, er ging von mir weg um den Leuchtturm herum, ich lief ihm hinterher, ich mußte lachen, Owen fing auch an zu lachen, er schüttelte den Kopf, er sagte »Hast du nicht, oder? Das hast du nicht gesagt. Bitte. Du kannst mir nicht im Ernst erzählen, daß du das gesagt hast«, er rief es, und ich hatte noch gar nicht geantwortet. Er rief »Das hast du nicht gesagt«, und ich rief »Natürlich habe ich das gesagt. Ich hab's einfach gesagt, *I love you, too*, ich habe *I love you, too* gesagt, und es war mein vollständiger Ernst«. Owen blieb so plötzlich stehen, daß ich gegen ihn lief. Wir kicherten. »*I love you, too*«, sagte Owen. »*I love you, too.*« Er konnte sich nicht beruhigen, er war so erheitert darüber, und ich war das auch, grenzenlos erheitert, und darunter war etwas, das vollständig traurig war. Und bevor ich das hätte greifen können, diese Traurigkeit unter der Lust, darüber zu lachen, warf Owen seine Arme hoch und schrie, und ich sah in den Himmel, und das, was ich für eine grüne Wolke gehalten hatte, fing plötzlich an zu zerfließen. Es zerfloß und zitterte und wurde heller und heller und war ein großer Wirbel über den ganzen Himmel hin in allen Farben, leuchtend und schön. Ich flüsterte »Was ist das denn?«, und Owen schrie »Ein Nordlicht, Mann, das ist ein Nordlicht, ich fasse es nicht«, und wir legten die Köpfe in den Nacken und sahen das Nordlicht an, ins All geschleuderte Materie, ein Haufen heißer Elektronen, zerborstene Sterne, was weiß denn ich »Und bist du jetzt glücklich?« sagte Owen atemlos, und ich sagte »Sehr«.

*Danksagung*

Die Autorin dankt der Stiftung Kulturaustausch
Niederlande–Deutschland, Alexander von Bormann,
dem Fund for the Promotion of Icelandic Literature
und dem Literarischen Colloquium für die
Unterstützung der Arbeit an diesem Buch.
Ich danke Christoph und Veronika Peters für
den August am Strausberger Platz.